KB096203

골

내몽골자치구

비　사　막

황　하

오르도스

은천

산서성

감숙성

영하회족자치구

궁위

연안

섬서성

유가협

난주

정서

위

농서

하

관중평원

천수

보계　부풍

함양　서안

령

맥적산

오장원　미현

화산

산

하남성

맥

농남

한중

호북성

중국 실크로드

우루무치
투르판
선선
카슈가르
쿠차
쿠얼러
누란
호탄
민풍
차말
약강

나의 문화유산답사기

중국편 2 막고굴과 실크로드의 관문

일러두기

1. 이 책에 나오는 중국의 인명·지명은 한자를 우리말로 읽어주고 괄호 안에 한자를 병기했다. 중국 소수민족의 인명·지명은 관용적인 경우 해당 언어의 발음에 가깝게 표기하고 괄호 안에 로마자와 한자를 병기했다.

2. 권말에는 독자의 이해를 돕고 현지답사에 활용될 수 있도록 주요 고유명사의 한자(번체, 간체)와 중국어 발음, 로마자 표기를 병기한 일람표를 실었다.

나의 문화유산답사기

중국편 2 · 막고굴과 실크로드의 관문

— 오아시스 도시의 숙명

유홍준 지음

창비

차례

돈황의 도보자와 실크로드의 관문

나의 중국 답사기 두 번째 책은 3부로 구성되었다. 제1부는 돈황 막고굴(莫高窟)을 두 차례 답사한 감상기이다. 492개의 석굴 중 가장 유명한 석굴의 매력과 관전 포인트를 실어 독자의 이해를 도왔다. 제2부는 돈황문서를 가져간 사람들과 막고굴을 지킨 수호자의 이야기이다. 막고굴 제17굴, 이른바 장경동(藏經洞)의 문서들이 영국·프랑스·러시아·일본 등으로 흩어지는 과정은 세계 문화사의 일대 사건으로 지금까지 그 정당성에 대한 논란이 일어나고 있다. 중국에서는 이 돈황 유물을 가져간 사람들을 보물을 도둑질해간 사람이라며 도보자(盜寶者)라고 부르고 있다.

그런가 하면 어떤 이들은 훔쳐간 것이 아니라 구입해간 것이었고, 훗날 북경(北京)으로 나머지 문서 약 1만 점을 옮기는 과정에서 유물들이 중간에 흩어져버렸던 일을 말하면서 만약에 그대로 두었으면 아마도 뿔뿔이 흩어져 사료적 가치를 잃었을지도 모르고, 오히려 세계 각국의 유력한 박물관과 도서관에 소장됨으로써 결국 '돈황학(敦煌學)'이 국제학으로 성립할 수 있게 되었다고 말하고 있다.

서세동점 시절 서구 제국주의자들의 문화재 수집과 약탈에 엄청난 피해를 입은 우리의 입장에서는 중국에 손을 들어주게 되는 동병상련의 염이 없지 않다. 국제정세에 어둡던 시절 무기력하게 당하고 말았던, 지워지지 않은 역사의 깊은 상처이다. 그런데 아이러니하게도 우리 국립중앙박물관에는 일본인이 가져온 돈황과 실크로드의 유물이 약 1,700점이나 소장되어 있어 우리 역시 이 문제에서 자유롭지 못하다. 나는 이 점에 대해 당시의 상황을 정확히 인지하는 것이 여러 면에서 중요하다고 생각되어 그동안 알려진 사실들을 가감없이 소개했고, 이에 못지않게 유물을 지키고 보호하려고 노력해온 수호자들의 이야기도 함께 전했다.

제3부는 실크로드의 관문으로서 돈황의 이야기이다. 돈황을 여행하다보면 오가는 길이 하도 멀고 실크로드로 가는 긴 여정이 남아 있어서 대개는 명사산(鳴沙山)과 막고굴 답사로 그치게 된다. 그러나 유적지로서 돈황은 그렇게 지나칠 곳이 아니다. 내가 실크로드 답사는 답사대로 진행하고, 돈황 답사만을 따로 4박 5일로 진행하게 된 것은 이 때문이었다.

천불동(千佛洞)이라고 하면 흔히 돈황의 막고굴을 지칭하는 것으로 알려져 있지만 천불동은 보통명사로 많은 석굴이 조성된 석굴사원을 말하는 것이고, 돈황에는 막고굴 이외에도 유명한 천불동이 여럿 있다. 그 대표적인 것이 돈황에 있는 서천불동, 안서에 있는 동천불동, 그리고 안서 유림굴이다. 현재 이들 모두 돈황연구원이 관리하고 있다. 안서 유림굴은 중국의 석굴사원 중에서도 열 손가락 안에 꼽히는 석굴로, 특히 여기에는 우리 고려불화와 연관이 있는 서하시대의 훌륭한 벽화가 있어 이곳을 우정 답사하고 소개했다.

돈황은 실크로드의 관문이지만 정작 돈황에서 서역으로 가기 위해서는 서남쪽 60킬로미터 거리에 있는 양관이나 서북쪽 90킬로미터 떨어져 있는 옥문관을 거쳐야 한다. 양관을 떠나 남쪽 곤륜산맥을 따라가는 길이 서역남로이고 옥문관을 떠나 북쪽 천산산맥을 따라가는 길이 서역북로이다. 그 점에서 양관과 옥문관은 실크로드로 가는 두 관문이다. 옛날에 서역으로 가는 대상과 구법승들은 여기를 지나고부터는 오직 죽은 자의 해골과 짐승 뼈만을 이정표로 삼아 사막을 건너갔다고 했다. 그러니까 양관과 옥문관은 제3권에 이어질 실크로드 여로의 서막이라 할 수 있다.

2권에서도 강인욱 교수(경희대)와 최선아 교수(명지대)가 원고를 세심히 읽고 많은 지적과 가르침을 주었다. 두 분께 감사드리며, 실크로드 여정에서 다시 만날 것을 기약한다.

2019년 4월
유홍준

제1부

막고굴

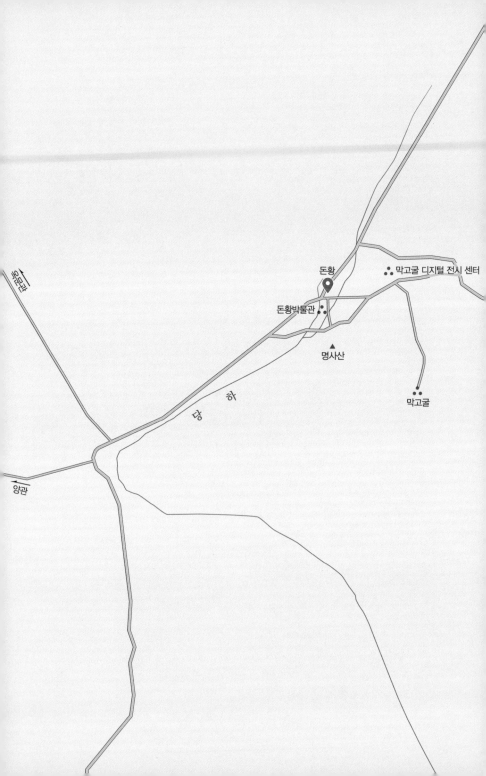

돈황

막고굴 디지털 전시 센터

돈황박물관

명사산

막고굴

당   하

양관

신장방향

답사의 로망은 이렇게 이루어졌다

돈황박물관 / 막고굴 디지털 전시 센터 / 성당시대 제23굴 /
초당시대 제328굴 / 북주시대 제428굴 /
초당시대 제96굴 북대불 / 제16굴과 제17굴 장경동

돈황박물관

　명불허전의 명사산(鳴沙山)·월아천(月牙泉) 답사를 마치고 난 우리
의 다음 일정은 대망의 막고굴이었다. 답사를 떠나기 전, 총무는 회원
들에게 한 가지 선택사항이 있다며 의견을 물었다. 우리의 막고굴 답
사 예약시간은 3시 15분이기 때문에 명사산 답사 후 점심식사를 마치
면 2시간의 여유가 있는데, 명사산에서 낙타 체험을 할 것인가 돈황박
물관을 관람할 것인가에 대한 물음이었다. 나는 낙타 체험으로 결론
날 줄 알았는데 돈황박물관으로 결정되었다. 막고굴 관람을 위한 사
전지식을 다진다는 생각들이었다. 그만큼 막고굴은 답사객의 마음을

기대로 부풀게 하고 긴장시키는 답사처였다. 그리하여 우리는 입시를 치르러 가는 수험생처럼 점심식사를 든든히 하고 돈황박물관으로 향했다.

1979년에 개관한 이 박물관은 돈황 출토 유물을 전시하면서 동시에 사진, 모형, 설명 패널로 돈황의 역사를 소개하는 역사교육관이었다. 진열실 첫머리에는 '서문'이라는 제목 아래 돈황의 개요가 중국어, 영어, 일본어, 한국어 순으로 검은 대리석에 새겨져 있었다. 우리나라의 국제적 위상이 이만큼 높아졌음을 말해주는 것이어서 여간 뿌듯한 일이 아니었다. 그러나 한국어 번역은 띄어쓰기도 엉망이고 문맥이 통하지 않는 곳이 많았다. 예를 들어 "돈황 (…) 남쪽으로는 숙북, 아커싸 두 현과 잇닿아 있는데"라고 위구르어와 한문이 어지럽게 섞여 있어 무슨 말인지 알 수 없어 원문을 보니 "돈황 (…) 남쪽은 숙북현(肅北縣), 아극새현(阿克塞縣) 두 현과 맞닿아 있는데"라고 되어 있었다. 아커싸는 아극새현의 위구르어인데 이를 거르지 않고 그대로 쓴 것이었다.

우리나라 관광객이 많이 찾아오면서 이처럼 중국 유적지 곳곳에 한글 안내판이 늘어나고 있는데 아무 검토 없이 자동번역기에 나오는 대로 써놓은 것이 많아 문맥이 통하지 않고 심지어는 웃음이 절로 나는 오역도 있다. 이는 오늘날 한국에 대한 중국의 인식을 그대로 반영하는 것이다. 즉 이젠 좀 대접도 해주어야겠는데 그동안 축적해온 준비가 없어 아직은 서툰 것이다.

돈황박물관은 1층부터 3층까지 올라가면서 돈황의 역사를 살필

| **막고굴 제45굴** | 돈황박물관에서는 막고굴의 하이라이트인 제45굴을 원형 그대로 재현해놓아 자세히 살필
수 있고, 돈황 관련 서적이나 각종 기념품과 모사화도 구매할 수 있어 유익했다.

수 있도록 되어 있다. 돈황에 있었던 사찰 일람표, 귀의군(歸義軍) 시
대 역대 절도사(節度使) 명단, 돈황문서에서 나오는 서하문자(西夏文
字) 등 전문적인 볼거리도 많았지만 가장 보람찬 전시물은 실제 크기
로 재현된 막고굴 제45굴의 모형이었다. 막고굴 안은 조명이 따로 없
어 손전등을 비추어가며 부분 부분을 살펴보아야 한다고 해서 모두들
손전등을 준비해왔는데 여기서는 밝은 조명 아래 전모를 한눈에 살필
수 있었다. 또 막고굴은 촬영이 전면 금지되어 있지만 여기서는 마음
대로 사진을 찍으며 디테일을 감상할 수 있었다.

그리고 돈황박물관은 뮤지엄숍이 아주 잘되어 있어 돈황 관련 서적
은 물론이고 각종 기념품과 모사화도 다양하게 구비되어 있었다. 회

| **막고굴로 가는 길** | 돈황에서 막고굴까지는 약 15킬로미터의 사막길이다. 막고굴로 가려면 먼저 디지털 전시 센터로 가서 영상을 감상한 뒤 다시 셔틀버스로 이동해야 한다.

원들은 마치 전리품이라도 되는 양 한 보따리를 사서 들고 나오며 확실히 낙타 체험보다는 돈황박물관에 오기를 잘했다고 좋아했고, 특히 실물대로 재현된 제45굴의 모습을 잊을 수 없다고 했다.

그런데 1차 답사고 2차 답사고 내가 사전에 파악한 정보가 부족하여 막고굴 안에 '돈황석굴 문물 보존연구 진열 센터(敦煌石窟文物保存研究陳列中心)'가 있다는 사실을 알지 못하여 여기를 다녀오지 못한 것이 아쉽다. 조사한 바에 의하면 이 진열관은 1994년 3월에 개장한 것으로 모두 세 구역으로 구성되어 있어 제1구역에는 제275굴, 제220굴 등 남북조·수·당·원대의 대표적인 7개의 석굴을 실물 크기로 재현해놓았다고 한다. 그리고 제2, 3구역에는 돈황 출토 문물의 정품

| **막고굴 디지털 전시 센터** | 막고굴 관람 신청자들은 우선 디지털 전시 센터로 가야 한다. 센터는 모던한 황톳빛 외관에 막고굴 석굴의 이미지를 빌려 내부를 특색 있게 디자인했다.

과 모사화가 진열되어 있다고 한다. 막고굴 정문에서 도보로 5분 거리에 있는데도 사전에 알지 못해서, 그리고 시간이 부족해 여기를 다녀오지 못한 것은 정말 후회스럽기만 하다.

막고굴 디지털 전시 센터

막고굴 관람은 수속이 아주 복잡했다. 우선 관람 신청자들이 집결하는 막고굴 디지털 전시 센터(莫高窟數字展示中心)로 가야 한다. 디지털 전시 센터는 막고굴에서도 한참 떨어진 곳에 있다. 오늘날 돈황을 찾는 관광객 수가 엄청나게 많아져서 보존을 위해 하루 6천 명으로 관람 인원을 제한하고 예약된 관광객만 15분 단위로 입장시킨다. 예약하지 않고 그냥 온 사람은 시내에 있는 막고굴 예약 센터에서 신청을 해야 하는데 성수기에는 적어도 3시간은 기다려야 입장권을 살 수 있다고 한다. 그것도 빠를 경우이고 당일 표는 매진일 때도 많다고 한다. 막고굴에서 만난 한국인 관광객에게 물어보니 아침 일찍 예약하러 갔는데 오후 3시 15분 표를 구할 수 있었다고 한다.

입장료는 외국인 기준으로 가이드 비용 20위안을 합쳐 1인당 220위안(약 4만 원)이다. 중국의 물가를 감안한다면 아주 비싼 편이다. 배낭여행자들은 혀를 내두를 가격이지만 서비스는 그만큼 뛰어나다.

막고굴 디지털 전시 센터는 근래에 지어진 건물로 황톳빛 자재로 된 외관이 모던하면서도 단아한 인상을 준다. 단층 건물로 외형이 크게 두드러지지 않게 한 것도 마음에 들었고 로비의 천장이 높아 내부가 아주 시원했다. 인테리어는 막고굴 석굴의 이미지를 빌려 특색 있게 디자인했다. 기념품 판매장도 카페테리아도 아주 깔끔하고 쾌적했다. 전광판에는 총 매표인원과 현재 입장인원 수를 실시간으로 보여준다.

예약된 시간에 입장하면 곧바로 막고굴로 안내하는 것이 아니라 영상관에서 돈황에 관한 20분짜리 영상을 보여준다. 그러고 나면 또 새로 지은 3D 영상관으로 이동하여 천장까지 꽉 차는 화면으로 막고굴에 관한 영상을 보여준다. 한국어, 영어, 일본어 더빙이 제공된다. 두 영상을 보고 나서야 비로소 막고굴로 가는 경내 셔틀버스를 타게 된다. 이 일련의 관람 시스템은 오늘날 중국의 문화 수준이 얼마나 비약적으로 높아졌는지를 말해준다.

| 막고굴 전경 | 답사의 로망, 돈황 답사의 하이라이트는 역시 막고굴이었다.

막고굴은 디지털 전시 센터에서 버스로 10분 남짓 더 가야 할 정도로 멀리 떨어져 있다. 셔틀버스에 올라 창밖을 내다보니 어느 쪽이 막고굴인지 전혀 가늠할 수 없는 막막한 사막이다. 왼쪽 창으로는 멀리 기련(祁連)산맥의 긴 줄기가 보이고 오른쪽 창으로는 전신주가 계속 우리를 따라오고 있다. 셔틀버스는 멀리 모래무지 민둥산으로만 보이는 명사산을 향해 달려간다. 그러다 명사산 자락 아래로 막고굴이 어렴풋이 제 모습을 드러내기 시작하자 긴 다리가 나타났다. 셔틀버스는 다리 바로 못미처 있는 주차장에 우리를 내려놓았다. 이제부터는 막고굴까지 걸어서 가야 한다.

나는 이 일련의 이동 과정도 아주 마음에 들었다. 적당한 거리에서 차에서 내려 걸어가게 함으로써 막고굴 답사를 위해 심호흡을 할 수 있는 공간적·시간적 거리를 갖도록 한 것이 슬기로워 보였고 이렇게 함으로써 막고굴 주변의 환경이 다치지 않게 한 것이 고마웠다.

대천하 너머 막고굴

다리 아래로 흐르는 마른강은 대천하(大泉河)다. 막고굴로부터 동남쪽 15킬로미터 지점의 산기슭에 있는 큰 못 대천(大泉)에서 흘러내리는 물줄기이기 때문에 대천하라는 이름을 얻었다. 이 강물이 있기 때문에 막고굴에 스님들이 모여 살 수 있었고 주위에는 백양나무가 싱싱하게 자라날 수 있었다. 지금 이 강은 말라 있고, 모래가 쓸려내려와 수심이 많이 얕아졌지만 비가 오면 여전히 큰 강을 이루어 흐르고 겨울이면 완전히 얼어붙어 광대한 빙판이 된다고 한다. 다리를 건너자 산자락 아래로 줄지어 있는 백양나무가 보이고 백양나무 너머로는 긴 울타리가 둘러진 절벽에 크고 네모난 구멍이 마치 벌집 구멍처럼 2단, 3단으로 줄지어 뚫려 있었다. 드디어 막고굴이다.

막고굴은 앉은 자리가 동향이다. 1.6킬로미터에 달하는 이 절벽은 크게 남구(南區)와 북구(北區)로 나뉜다. 우리가 답사할 석굴은 남구에 있는 예불굴이고 북구의 석굴들은 명사산의 승려들이 참선을 하며 생활하던 곳이다.

북구의 석굴은 대부분 승방굴로 규모가 작고 벽화나 불상이 없으며, 어떤 굴은 입구를 기왓장으로 막았던 흔적이 있고 어떤 굴에는 연기에 그을린 검은 자국이 남아 있다고 한다. 창고로 사용했던 창고굴도 있고, 성인 키 높이에 사방이 1미터 정도밖에 안 되는 아주 작은 참

| **대천하 너머에서 본 막고굴** | 산자락 아래로 줄지어 있는 백양나무가 보이고, 백양나무 너머로는 긴 울타리가 둘러진 절벽에 크고 네모난 구멍이 마치 벌집 구멍처럼 2단, 3단으로 줄지어 뚫려 있다.

선굴도 있다고 한다. 또 석굴을 조성하던 조각가·화가 등 장인들이 기거했을 성싶은 석굴에서는 안료가 묻어 있는 그릇이 발견된다고 한다. 그중 이름만 들어도 숙연해지는 '즉신성불굴(則身成佛窟)'이라는 석굴이 있다. 이 석굴은 스스로 생명이 다한 것을 안 스님이 죽음을 맞으러 들어가는 굴이다.

북구의 이 석굴들은 사람의 발길이 끊기면서 모래에 덮여 폐허가 되었다. 남구의 예불굴들이 정비될 때도 그대로 방치되었던 것이 근래에 차근차근 발굴돼가고 있는데, 현재까지 일련번호가 부여된 것만도 총 243개 굴이라고 한다. 앞으로 북구의 발굴이 더 진행되면 막고

| **막고굴로 가는 길** | 주차장에서 막고굴로 향하면 백양나무가 무리지어 숲을 이루며 멀리 솟을대문이 나올 때까지 계속 이어진다.

굴은 그야말로 천불동(千佛洞)이었음을 알려줄지도 모른다.

막고굴 광장에서 길을 따라 왼쪽으로 꺾어들자 광장이라 해도 좋을 만큼 넓은 길이 나오면서 왼쪽으로는 백양나무가 무리지어 숲을 이루고 있고 오른쪽으로는 막고굴의 석굴들이 저 멀리 솟을대문이 나올 때까지 계속 이어진다. 늠름한 고목으로 자란 백양나무가 마치 우리나라 느티나무처럼 그늘을 넓게 펴주어 석굴을 찾아가는 답사객의 마음을 편안하고 느긋하게 해준다. 막고굴의 정취는 이 백양나무 잎이 노랗게 물드는 가을에 가장 아름답다고 한다.

막고굴 입구에 도착하자 우리나라 솟을대문처럼 양옆에 날개를 단 일주문이 있고, 푸른 바탕에 황금색으로 '막고굴'이라 쓰인 현판이 걸

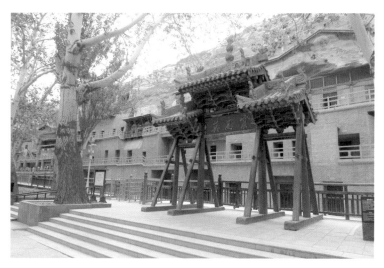

| **막고굴 솟을대문** | 막고굴 입구의 3칸 솟을대문에는 푸른 바탕에 황금색으로 '막고굴'이라 쓰인 현판이 걸려 있다.

려 있다. 막고굴 대문치고는 너무 작다 싶어 솟을대문 앞쪽을 내다보니 저 멀리 커다란 패방(牌坊)이 보였다. 그러니까 지금 내가 걸어온 길은 옆으로 가로지르는 길이었다.

나는 어느 유적지를 가든 곁문이나 뒷문으로 가는 것을 싫어한다. 가이드에게 왜 정문으로 오지 않았느냐고 하니 출구가 그쪽으로 나 있다는 것이다. 출구는 출구고 정문은 정문이다. 나는 부리나케 정문으로 내달려갔다. 거기서 마치 이제 막 막고굴에 도착한 사람인 양 사방을 둘러보았다.

뒤를 돌아보니 멀리 가물거리는 산자락이 보였다. 말로만 듣던 삼위산(三危山)이다. 366년에 낙준(樂僔) 스님이 올랐다가 명사산에서 금빛 속에 부처님이 있는 것을 보고 찾아가 석굴을 열었다는 그 산이다. 다시 앞을 바라보니 솟을대문 너머 9층 누각 건물을 중심으로 명사산의 밋밋한 산등성이가 하늘과 맞닿아 길게 뻗어가고 그 산자락 아래로는 절벽을 타고 석굴들이 3단으로 층을 이루며 끝이 안 보일 정도로 이어진다. 순간 '아! 드디어 나도 막고굴에 왔구나'라는 감격이 일었다. 나는 막고굴의 정면관(파사드)을 향해 카메라 셔터를 누르고 또 눌렀다. 그러고 나서 부리나케 달려가 일행에 합류했다.

우리가 볼 8개의 석굴

다시 솟을대문으로 돌아오니 우리를 안내할 가이드가 기다리고 있었다. 가이드는 한국어로 자기소개를 하면서 자신은 한족으로 이름은 장형운(張馨韻)이고 17년째 막고굴에서 일하고 있는데 한국어 가이드를 하고 싶어서 5년간 한국어를 따로 공부했다며 말이 서툴러도 이해해달라고 했다. 한류가 여기까지 흘러들어온 것이다.

가이드는 앞으로 우리가 2시간 동안 8개의 석굴을 보게 될 것이라고 했다. 492개 굴 중 겨우 8개라! 너무 적다는 생각이 들었지만 한 석굴을 15분간 감상하는 것이니 2시간에 그 정도면 적당하다 싶었다. 과연 어느 굴을 보여줄까 자못 궁금해지던 차에 일행 중 누군가가 "45굴도 봅니까?"라고 큰 소리로 물었다. 이에 가이드는 "그건 특굴입니다"라고 대답하며 막고굴은 보존을 위해 제45굴을 포함하여 10개의 석굴을 특굴로 지정하고 학술적 목적으로 관람을 신청한 사람에 한해서만 돈황연구원에서 엄격한 심사를 거쳐 허가한다고 했다. 나는 이를 당

| **석굴 전경** | 시간대별로 입장한 관람객들이 무리지어 가이드를 따라다니고 있다. 석굴 앞에서 먼저 들어간 팀이 나오기를 기다리기도 하고, 잔도를 따라 줄지어 가기도 한다.

연한 대책이고 현명한 조치라고 생각했다.

가이드는 출발하기에 앞서 주의사항으로 사진 촬영은 절대로 안 되지만 플래시를 비춰 보는 것은 가능하다고 했다. 나는 카메라 대신 플래시를 목에 걸고 가이드 뒤를 따라갔다. 일주문 계단 아래로 내려오니 15분 간격의 입장시간대별로 관람객들이 무리지어 가이드를 따라다니고 있었다. 석굴 앞에서 먼저 들어간 팀이 나오기를 기다리기도 하고, 잔도를 따라 줄지어 가기도 한다. 가이드에게 입장시간대별로 관람하는 석굴이 다르냐고 물으니 막고굴 석굴 중 가장 큰 불상인 북대불(北大佛)이 있는 제96굴과 돈황문서가 발견된 장경동(제17굴)이 있는 제16굴은 공통으로 보여주고 나머지는 관람객들이 겹치지 않게 가이드가 조절하며 안내한다고 했다.

우리가 선택할 여지는 없었다. 나는 인연 따라 간다고 생각하며 가이드 뒤를 조용히 따라갔다. 가이드는 일주문에서 멀지 않은, 제23굴이라 쓰여 있는 석굴 앞에서 일행들이 다 모이기를 기다리다가 이윽고 열쇠로 문을 열고 우리를 안으로 안내했다.

제23굴, 성당시대 석굴

제23굴은 아주 아담했다. 초등학교 교실 크기(9미터×7.5미터, 약 20평)에 천장은 됫박을 엎어놓은 것 같은 복두형(覆斗形)으로 4면에서 사다리꼴로 비스듬히 올라가 공간이 시원스럽다. 경사면은 불화로 꽉 차 있고 천장 꼭대기 조정(藻井)에는 연꽃이 그려져 있다. 문을 살짝 열어주니 빛이 석굴 안으로 들어오면서 굴 정면 감실에 불상 1구, 제자상 2구, 보살상 4구가 모셔져 있는 것이 보였는데 불상을 제외하고 제자상·보살상은 청나라 때 보수한 것인지라 큰 감동은 없었다.

양쪽 벽면에 벽화가 그려져 있는데 너무 어두워서 무슨 도상인지 알 수 없었다. 그런데 가이드가 오른쪽 벽을 향해 성능이 뛰어난 플래시를 비추니 벽화의 도상이 환하게 드러났다. 일행 모두 "와!" 하고 감탄을 발했다. 석굴 안이 온통 벽화로 가득하여 환상적인 분위기를 연출한다.

자세히 들여다보니 『법화경(法華經)』의 내용을 품(品)별로 그린 것이었다. 그중 "불법이 마치 구름과 같으니 구름이 비를 내려 만물을 윤택하게 기른다"는 '약초유품(藥草喩品)'의 내용을 그린 벽화에는 비가

| 제23굴 벽화 | 성당시대 대표적인 석굴 중 하나인 제23굴은 아담했다. '약초유품'의 내용을 그린 벽화에는 비가 내린 뒤 농부들이 바쁘게 경작하고 벼를 옮기며 아낙네들이 식사를 나르는 등 한 폭의 풍속화가 장대한 파노라마로 펼쳐진다. 기법도 대단히 사실적이다.

내린 뒤 농부들이 바쁘게 경작하고 벼를 옮기며 아낙네들이 식사를 나르는 등 한 폭의 풍속화가 장대한 파노라마로 펼쳐진다. 기법도 대단히 사실적이다. 그동안 도판으로 부분 부분 보았을 때는 느낄 수 없었던 감동이 일어난다. 가이드는 돈황석굴의 일반적인 크기와 분위기를 보여주기 위해 이곳을 먼저 안내했다고 하며 이 제23굴은 성당시대의 대표적인 굴 중 하나라고 했다.

중국미술사에서는 당(唐, 618~907)시대 불상을 전기·후기가 아니라 초당(初唐)–성당(盛唐)–중당(中唐)–만당(晩唐) 4기로 나누어 시대를 구분한다. 이런 시대 구분은 본래 당시(唐詩)의 편년에 사용되던 것인데 미술사에서도 그대로 끌어 쓰고 있다. 초당과 성당이 전기이고 중당과 만당이 후기이다. 전기와 후기를 가르는 것은 755년 안사(安史)의 난이다. 그러니까 건국부터 고조, 태종, 고종, 측천무후에 이르는 711년까지 약 100년이 초당이고 성당은 현종과 양귀비 시절 50년이다. 중당은 안사의 난 이후 성당의 문화가 어느 정도 지속된 70년간이고, 만당은 당나라 문화가 쇠퇴하는 마지막 70년간이다.

성당시대는 당나라 문화의 전성기로, 이백(李白, 701~762)과 두보(杜甫, 712~770)가 성당의 시인이었고 바로 이때 불교미술도 난숙하게 꽃을 피웠다. 듣고 보니 불상들의 조각이 당나라 전성기답게 대단히 사실적이고 육감적이라는 것을 명확히 느낄 수 있었다. 제45굴이 대표적인 성당시대 석굴인데 특굴인지라 보여줄 수 없어 그 분위기를 보여주기 위해 이 석굴을 먼저 안내했다는 것이다. 그리고 제23굴은 '농서(隴西) 성읍에서 80리 떨어진 작은 고을 이가천(李家川)에 사는 이씨 삼형제가 조성했다'는 제기(題記)를 통해 발원자를 확인할 수 있기 때문에 각별히 주목을 받는다고 했다.

제328굴, 초당시대 석굴

이어서 가이드가 우리를 안내한 석굴은 제328굴이었다. 제328굴은 초당시대의 대표적인 석굴로 막고굴 도록에 반드시 소개되어 있다. 불교미술사에서는 초당시대 석굴 양식이 여기에서 비로소 완성되어 성당시대 석굴의 풍요로움으로 넘어가는 기틀을 마련한 것으로 생각하고, 제45굴과 비견되는 것으로 높이 평가하고 있다.

석실의 내부는 전형적인 당나라 시대 예불굴로 짧은 연도(복도)가

| 제328굴 내부 | 제328굴은 초당시대의 대표적인 석굴로, 초당시대 석굴이 여기에서 비로소 완성되어 성당시대의 풍요로움으로 넘어가는 기틀을 마련한 것으로 평가받는다.

있는 네모반듯한 방형 공간에 감실을 파고 불상을 모신 아주 간명한 구조이다. 천장은 사다리꼴로 비스듬히 좁아들며 올라가 정가운데서 작은 사각형으로 마무리되는 복두형이다.

불상은 입구와 마주한 서쪽 벽에 감실을 깊이 파서 모셨다. 감실 안의 불상은 부처를 중심으로 양대 제자, 양대 보살로 구성된 5존상과 한쪽 무릎을 세우고 꿇은 자세의 공양보살상 네 분으로 구성되어 있다. 즉 1불, 2제자, 2보살, 4공양보살상이다. 공양보살상 1구는 1924년에 하버드대학의 랭던 워너(Langdon Warner, 1881~1955)가 반출하여 미국으로 가져가 하버드대학 내 포그 박물관(Fogg Museum), 새

| 제328굴 공양보살상 | 이 공양보살을 중국에서는 오랑캐 호(胡)자를 써서 호궤상이라고 한다. 이 보살상은 랭던 워너가 가져가 지금은 하버드 미술박물관에 소장되어 있다.

클러 박물관(Arthur M. Sackler Museum)에 있다가 지금은 하버드 미술박물관(Harvard Art Museum)에 소장되어 있다.

안으로 들어서니 연도부터 석실 안이 온통 벽화로 가득하다. 네 벽은 물론이고 천장의 4면과 불상이 모셔진 감실 안팎까지 불교적 이미지로 가득 차 있다. 그런데 이 석굴의 벽화는 서하(西夏)시대에 보수를 하여 당나라 시대 모습을 잃었다. 다행히도 감실 안의 벽화는 불상과 함께 원형 그대로를 보여주고 있다.

내가 막고굴 벽화의 길라잡이로 삼은 것은 영국의 대표적인 돈황미술 전문가로 영국박물관에서 오렐 스타인(Marc Aurel Stein, 1862~1943)의 수집품을 분류한 로더릭 휫필드(Roderick Whitfield)의 정확하고도 친절한 저서 『돈황: 명사산의 돈황』(권영필 옮김, 예경 1995)인데, 이 책에서는 제328굴의 감실 조각상과 벽화의 구성이 다음과 같이 설명되어 있다.

이 소조상들은 살붙이기 방식으로 완전한 형태를 만든 뒤 채색을 하고 도금까지 했는데 1,300년 동안 거의 완전한 상태로 유지되어 왔다는 것은 참으로 놀라운 일이다. 석가의 제자들 중에서 가장 연장자인 가섭은 눈을 꼭 감고 두 손을 모으고 기도하고 있으며 (…) 애제자로 석가의 설법을 모두 암송할 수 있던 아난은 조용하고 차분한 젊은 모습으로 오른쪽에 서 있다. 보살들은 머리를 높이 땋아 올려 쪽을 지었으며 많은 보석들을 장식했다. (…) 그들의 뒤쪽 벽면 벽화엔 조각상과 꼭 닮은 제자상과 보살상이 배치되었는데 무채색이면서 잔 꽃가지들이 있고 석가의 뒷면에서는 푸른 하늘색으로 바뀐다. 이 불상들을 감싸고 있는 광배들은 대상에 따라 걸맞게 변화하여 제자들은 단조로운 원형으로 하고 보살은 섬세하게 장식된 원형으로, 그리고 본존불에 와서 가장 장엄한 원형으로 점차 고조되는 변화를 주고 있다.

보면 볼수록 이 불상조각들은 생동감이 넘친다. 부처님은 거룩하고, 석가모니의 제자인 아난(阿難)과 가섭(迦葉)은 대단히 사실적이며, 공양보살상의 공손한 자세는 실감나게 묘사되어 있다. 미술사적 관점에서 내가 흥미롭게 본 것은 부처와 보살의 앉은 자세였다. 부처는 법의 자락이 좌대를 완전히 덮어내린 상현좌(裳懸座)를 취하고 있다. 이런 상현좌는 우리나라에서도 고구려 금동여래좌상이나 백제 불상으로 고개를 살짝 돌리고 있어 '6시 5분'이라는 별명을 갖고 있는 부여 군수리 출토 석조여래좌상 등 삼국시대 불상에 많이 나타나는 형식이다.

그러나 우리 석굴암 본존불에서는 이 상현
좌가 사라지고 그 대신 대좌가 독립적 위상
을 갖게 되었으니 이 불상은 양식상으로는
올드패션인 셈인데, 법의 자락의 주름과 끝
선 처리가 아주 자연스러우면서 화려한 느
낌을 준다.

보살의 자세를 보면 한쪽 발을 아래로
내리고 있는 반가부좌 자세이니 반가상(半
跏像)이라고 할 만하지만 그 편안함을 생
각하면 유희좌(遊戱座)라고 할 만하다. 공
양보살의 경우 무릎을 꿇고 다소곳이 손을
모아 공양하고 있는 자세를 하고 있는데,
중국에서는 오랑캐를 나타내는 호(胡)자를
써서 호궤상(胡跪像)이라고 한다. 그렇다
면 이국적인 형식을 받아들여 이처럼 거룩
한 조각상으로 구현한 셈이다.

나는 지금 눈으로 보고 있는 이미지를
머릿속에 각인시키려고 감실 안의 불상과
벽화를 말없이 한동안 보고 또 보았다. 이 석굴 하나를 본 것만으로도
막고굴에 온 보람을 느꼈다. 그런데 이것은 예고편이었고 더 큰 감동
이 나를 기다리고 있었다.

| 제428굴 내부 | 북주시대 석굴로, 막고굴 남북조시대 석굴 중 최대 규모이다. 천장은 지붕이 비스듬하게 만나는 박공식으로 되어 있어 석굴이 아니라 법당에 들어온 것 같다.

제428굴, 북주시대 석굴

제328굴을 나와 우리는 가이드가 안내하는 2개의 석굴을 더 관람했지만 워낙에 뛰어난 석굴을 본 다음인지라 별 무반응이었다. 그러다 묘하게도 석굴의 번호가 꼭 100번 다음인 제428굴에 들어와서는 모두들 "우와!" 하는 감탄과 함께 저마다 석굴 안의 불상과 벽화를 보느라 한동안 정신이 없었다.

우선 석굴의 규모가 이전에 본 것보다 배 이상 컸다. 제428굴은 북주시대 석굴인데 막고굴에서 남북조시대 석굴 중 최대 규모로 주실의 평면은 폭이 약 11미터, 깊이가 약 14미터이며 대략 46평(약 150제곱미터)이나 된다. 천장은 비스듬한 지붕이 만나는 박공식(博栱式)으로 되어 있어 석굴이 아니라 법당에 들어온 것 같다. 박공식이란 양면이 'ㅅ'자로 만나는 구조로 영어로는 게이블(gable), 그리스 신전을 말할 땐 페디먼트(pediment), 우리식으로는 맞배지붕을 말한다. 전실을 거쳐 주실로 들어오면 앞쪽 반은 예불자를 위한 넓은 공간으로 비어 있고 뒤편엔 중심탑주(中心塔柱)라 불리는 커다란 네모 기둥 4면에 모두 감실을 열고 불상을 모셨다. 중국에선 감실을 팠다고 하지 않고 열었다고 하며 열 개(開)자를 쓴다. 석굴도 팠다고 하지 않고 열었다고 한다. 그 표현이 멋지고 합당하다고 생각한다.

천장의 벽화는 주홍빛으로 표현한 서까래 사이사이로 '라피스 라줄리'(lapis lazuli)라고 불리는 청색을 띤 비천이 흩날리는 연꽃잎 사이를 날아가고 있다. 3단으로 나뉜 벽면 가운데 칸에는 광배를 한 공양보살상들이 길게 도열해 있는데 그 수가 1,189명이라고 한다. 주홍빛을 띠는 중심탑주에는 1불, 2제자, 2보살 조각상이 배치되어 있다. 석굴 전체가 화려하기보다는 장엄한 분위기인데 불상과 보살상의 하얀 얼굴은 근엄한 것과는 거리가 먼 아주 앳된 모습이어서 우리의 마음을 순수한 세계로 이끌어준다. 그야말로 '수골청상(秀骨淸像)'의 맑은

| 제428굴 천장 비천과 공양보살상 | 제428굴 천장의 벽화는 주홍빛으로 표현한 서까래 사이사이로 '라피스
라줄리'라고 불리는 청색을 띤 비천이 흩날리는 연꽃잎 사이를 날아가고 있다. 3단으로 나뉜 벽면 가운데 칸에
는 광배를 한 1천여 명의 공양보살상들이 길게 도열해 있다.

| **부처님 본생담 벽화** | 제428굴 중심탑주 안쪽에는 석가모니의 전생 이야기인 본생담이 애니메이션처럼 긴 띠로 전개되어 있다. 민화처럼 소략하고 설명적인 필치로 자기 몸을 아끼지 않고 보시한 석가모니의 이야기들이 동화처럼 펼쳐져 있다.

모습으로 과연 앞서 본 제328굴의 당나라 시대 석굴과는 다른 남북조 시대 석굴의 진면목을 보여준다.

중심탑주 안쪽으로 들어가보니 석가모니의 본생담(本生譚)이 애니메이션처럼 긴 띠로 전개되어 있다. 민화처럼 소략하고 설명적인 필치로 자기 몸을 아끼지 않고 보시한 석가모니의 전생 이야기가 동화처럼 펼쳐져 있다. 그 모든 것이 초기 불교의 친절성을 보여준다. 이석굴은 조씨 귀의군 시대에 대대적인 수리를 해 입구의 옆 기둥에는 조원충(曹元忠)을 비롯해 이 굴을 조성한 시주자들의 명단이 있다. 그러나 그로 인해 북주시대 석굴의 모습이 다친 것은 아니었다.

부처님의 세계라는 상상의 공간을 불경에 입각하여 이처럼 벽화와 조각으로 구현해낸 것은 종교가 조형예술의 힘을 빌린 것이라고 할 수 있지만 또 조형예술은 종교에 의지해 거룩한 아름다움을 나타냈다고도 할 수 있다. 그런 의미에서 예술과 종교의 환상적인 만남이라고 할 만했다. 불자도 아니면서 부처님 앞에 예를 올리고 싶은 마음이 절로 일어났다. 나는 가이드에게 함께 온 스님이 예불을 올려도 괜찮겠느냐고 물었다.

요즘 중국은 우리나라 스님이 입국할 때 포교 활동을 하지 않는다는 서약서를 요구하기도 할 정도로 종교 활동에 신경을 많이 쓰고 있다. 가이드는 잠시 망설이더니 나의 청이 간곡해서였는지 아니면 한류의 흐름에 동참할 정도로 한국에 대한 애정이 남달랐기 때문인지 눈짓으로 허락했다. 이에 동행한 원욱 스님은 『반야심경(般若心經)』에 이어 의상대사의 「법성게(法性偈)」를 독송했다.

참된 성품 깊고 깊어 지극히 오묘하니	眞性甚深極微妙
자기 성품에 묶이지 않고 인연 따라 이뤄지네	不守自性隨緣成
하나 속에 모두 있고 여럿 속에 하나 있네	一中一切多中一
하나가 모두이고 모두가 하나이네	一卽一切多卽一

공간이 주는 장엄함 때문이었는지 스님의 염불은 이날따라 크고 높고 청아하게 들렸다.

막고굴에 대한 몇 가지 물음

이렇게 5개의 석굴을 관람하자 일행들 모두가 벌써 지친 기색이었다. 가이드에게 좀 쉬었다 가자고 하니 안 그래도 코스가 그렇게 짜여 있다며 석굴 건너편에 있는 '돈황 장경동 진열관'으로 안내했다. 친절하게도 막고굴의 역사를 패널과 사진 자료로 상세히 설명해놓았다. 막고굴의 옛 사진도 흥미로웠다. 특히 장경동의 돈황문서가 유실되는 과정을 인물 사진과 함께 상세히 설명해놓아 그냥 지나칠 수 없었다. 잠시 쉬겠다고 들어갔다가 쉬기는커녕 관람 정도가 아니라 완전히 공부하는 마음으로 전시관을 둘러보았는데 힘들기는 했어도 참으로 유익한 시간이었다.

그러나 내가 막고굴에 대해서 일찍부터 갖고 있던 몇 가지 근원적인 궁금증에 대한 대답은 여기에도 없었다. 그중 첫 번째는 무엇 때문에 이 많은 석굴사원이 경쟁적으로 굴착되었는가, 몇 개만 있으면 그만 아닌가, 그리고 누가 자금을 대서 그 경비를 감당했는가 하는 의문이다. 단순히 예불만을 위한 것이었다면 이렇게 많을 이유도 없고 석굴 안을 빈틈없이 벽화로 채울 이유도 없다. 로더릭 휫필드는 『돈황: 명사산의 돈황』(권영필 옮김, 예경 1995)에서 이 점에 대해 이렇게 말했다.

이곳은 불교 순례의 중요한 거점으로 이 지방 승려뿐만 아니라 일반 신도들, 지방 집권자 및 행정관리들이 멀고 가까움을 가리지 않고 모두 몰려와 석굴을 만들어 그들의 신심(信心)을 표현하고 그들의 신분과 중국 중앙정부에서 하사받은 명예직을 과시하였다. (…) 여행자들과 상인들이 긴 사막의 여행을 무사히 마치도록 해달라고, 또는 무사히 마쳐 감사하다는 기도와 중국 거류민들이 빠른 시일 내에 중국 본토로 돌아가게 해달라는 간절한 염원들은 새로운 석굴들을 만들기에 충분한 이유가 되었다.

즉 성지(聖地)로 알려진 이곳에 1천 년을 두고 거대한 보시(布施)가 이루어진 것이었다. 이를테면 사경(寫經) 공덕이 아름다운 불경 제작에 필요한 자금을 지원함으로써 자신의 신심을 나타내는 것이듯 막고굴에 아름다운 석굴을 조영함으로써 소원성취를 빌고 또 한편으로는 자신의 신분을 과시할 수 있었던 것이다. 귀의군 시대에 많은 석굴이 수리되고 조영된 것은 불교에 귀의하고 있는 백성들에게 정부의 신심을 보여주는 통치 행위이기도 했다. 이 점은 운강(雲崗)석굴, 용문(龍門)석굴, 맥적산(麥積山)석굴, 병령사(炳靈寺)석굴 모두 마찬가지였다.

두 번째 물음은 492개의 석굴의 제작 시기를 어떻게 알고 북주시대, 성당시대의 것이라 단정적으로 말하는가 하는 질문이다. 돈황연구원장을 지낸 번금시(樊錦詩)가 펴낸 『돈황석굴(敦煌石窟)』(돈황연구원 2008)에 부록으로 실린 연보를 보니 현재 돈황 막고굴 중 확실한 제작연대가 밝혀진 석굴은 9곳밖에 없다. 제285굴(538~539년, 서위시대), 제302굴(584년, 수나라), 제220굴(642년, 당나라), 제96굴 북대불(695년, 당나라), 제130굴 남대불(721년, 당나라), 제148굴(776년, 당나라), 제156굴(865년, 장씨 귀의군 시대) 등이다.

| **박공식 천장(제254굴)** | 박공식 천장의 원리는 아치와 같다. 아치와 돔은 부재들이 압축력만 받도록 하여 천장을 버티는 공법이다.

    나머지 석굴은 관련된 문헌 자료와 미술사적 양식 분석에 따라 편년한 것이다. 이를 위해 무수한 조사보고서와 연구논문이 발표되었다. 이는 돈황학의 핵심적 과제 중 하나다. 막고굴뿐 아니라 중원의 불교미술 등과 연관하여 세밀하게 분석해 내놓은 결과를 미술사가와 돈황학자들의 잠정적 동의하에 편년한 것이다. 이는 양식사로서 미술사의 힘이다.

    연구가 진행되면서 편년은 보다 정확해지고 세분화되어갔다. 30년 전에는 북조시대 석굴이라고 넓게 편년하던 것을 지금은 북량(北涼)-북위(北魏)-서위(西魏)-북주(北周)로 나누어 말하고 있다. 그렇게 추

| **복두형 천장(제285굴)** | 복두형은 아래가 넓고 위가 좁아지는 돔 형상이다. 돔이 유지되려면 위에서 눌러주고 양끝을 버텨주는 힘이 필요하다.

정한 시대가 곧 절대적인 정답은 아니다. 간혹 새로운 연구조사에 의해 수정되기도 한다. 우리가 본 제428굴도 오랫동안 북위시대 석굴로 간주되어왔는데 1980년대의 번금시 등의 연구 결과 북주시대 석굴로 인정받고 있는 것이다.

여기까지는 내가 책으로 공부해서 답을 얻었다. 내가 정말로 궁금했던 세 번째 물음은 토목공학적으로 이 석굴이 어떻게 그렇게 넓은 공간을 확보할 수 있었느냐 하는 것이다. 궁금증에 대한 대답은 어디에도 없고 무슨 양식이라는 설명뿐이다.

석굴을 파고 들어가자면 벽체는 튼튼하니까 문제가 없겠지만 천장은 토목기술적인 문제가 동반되지 않을 수 없다. 천장 공법은 공간 확보에 결정적 역할을 한다. 석굴을 파는 것이 아니고 인공으로 축조하는 경우라면 고구려 벽화고분에서 보이듯 넓은 공간을 확보하기 위해 모줄임평행쌓기, 이른바 말각조정법(抹角藻井法)을 이용할 수 있다. 모서리에서 위로 올라가면서 계속 마름모꼴로 좁혀가다 마지막에 사각형 돌로 마무리하여 마치 사각형의 우물을 뒤집어놓은 것 같은 격천정(格天井)이다. 제272굴은 이 말각조정법을 사용하여 아름다운 연화문으로 마감했다. 이것은 이해가 간다. 그런데 우리가 본 제328굴은 복두형이었고, 제428굴은 박공식이었다고 한다. 이 점을 건축가 민현식에게 물어보았더니 이렇게 간명히 알려주었다.

"기본적으로 돔(dome)이나 볼트(vault)를 만드는 아치(arch)와 구조원리가 같습니다. 2차원의 아치를 수평 이동하면 볼트라는 공간이 되고, 회전시키면 돔이라는 공간이 되지요. 박공식이라는 것은 아치와 같은 원리이고 복두형이라는 것은 아래가 넓고 위가 좁아지는 돔 형상입니다. 아치와 돔의 원리는 부재(部材)들이 압축력만 받도록 하여 천장을 버티는 것이죠. 로마는 이전부터 이탈리아 반도에 살던 에트루리아 사람들이 사용한 아치 기술을 발전시켜 수도교나 콜로세움 같은 거대한 건축물을 만들었고 판테온 같은 돔 건축까지 탄생시켰어요. 이에 비해 이집트는 아치를 사용하지 않아서 룩소르 신전에서 보듯 기둥이 엄청나게 크고 많습니다.

볼트와 돔이 유지되려면 눌러주고 양끝을 버텨주는 힘이 필요합니다. 순천 선암사의 승선교를 보면 아치로 만든 다리 위에 엄청난 양의 돌과 흙이 얹혀 있잖아요. 아마도 우리가 본 석굴 위에는 다른 석굴이 없거나, 있어도 한참 위에 있을 겁니다."

이것은 오늘날 터널 공사도 마찬가지라고 한다.

초당시대 제96굴, 북대불

돈황 장경동 진열관을 나와 우리는 또 하나의 작은 석굴을 본 다음 북대불(北大佛)이라 불리는 거대 불상이 있는 초당시대 제96굴로 향했다. 막고굴에는 2개의 대불이 있어 남쪽에 있는 성당시대의 제130굴 불상은 남대불(南大佛)이라 불린다. 북대불 높이가 35.5미터이고, 남대불은 26미터이다.

제96굴은 막고굴에서 가장 큰 불상일 뿐 아니라 9층 누각 안에 모셔진 북대불이 있는 중심 석굴이다. 695년에 영은(靈隱)선사와 음조(陰祖)거사가 이른바 권진(勸進)이라는 모금운동을 하여 세운 것이라고 한다. 그러나 이 북대불은 거대하다는 것 외에 큰 감동이 없었다. 이 세상을 구제하기 위해 56억 7천만 년 뒤에 하생한다는 미륵의 위엄을 보여주었다는 설명인데 내가 보기엔 그보다는 이 불상을 제작한 당나라 측천무후 시대(690~705)의 시대상을 보여주는 것 같았다. 측천무후는 무지막지한 권력을 휘두른 중국 역사상 희대의 여제였다. 로더릭 횟필드는 이렇게 말했다(『돈황: 명사산의 돈황』, 권영필 옮김, 예경 1995).

| 제96굴 북대불 | 제96굴은 초당시대 석굴로, 막고굴에서 가장 크고 전체가 9층 누각 안에 모셔진 북대불이 있는 중심 석굴이다. 그러나 이 북대불은 거대하다는 것 외에 큰 감동이 없었다. 불상의 모습을 제대로 찍을 수 있는 각도가 나오지 않는다.

이 석굴의 별명은 대운사(大雲寺)이다. 이는 분명 여제 측천무후가 좋아했던 대운경(大雲經)과 관계있을 것이다. 더욱이 이 석굴의 축조는 690년에 각 지방마다 대운사를 세우라고 말한 여제의 칙령 직후에 이루어졌다. 그리고 여제는 이어 대형 불상을 제작하라는 칙령을 695년에 내렸다.

이런 배경에서 막고굴엔 북대불이 조성되었고 낙양 용문석굴엔 봉선사 노사나불상이, 사천성 낙산(樂山)에는 71미터나 되는 미륵좌상이 조성되었다. 그런데 이 세 불상을 비교해보면 낙산대불은 크기만 클 뿐 조각으로서는 실패작에 가깝고, 봉선사 노사나불은 이 세상에서 가장 아름다운 불상의 하나로 꼽히는 명작이다. 이에 비해 막고굴 제96굴의 북대불은 실패작은 아니지만 명작이라고 할 만큼 조각적으로 감동을 주는 것은 아니었다. 나는 이 불상조각보다도 불상을 보호하고 있는 9층 누각에 주목했다.

북대불 불상의 재료와 기법은 우리가 천수(天水) 맥적산석굴에서 많이 보았던 석태니소법(石胎泥塑法), 즉 돌로 대략적 형태를 만들고 진흙으로 세부를 마무리한 다음 채색을 입힌 것이다. 그렇기 때문에 누각이 없으면 비바람에 쉽게 훼손될 수밖에 없으니 애당초 누각을 세울 것을 염두에 두고 조성한 것일지도 모른다. 이 누각의 높이는 막고굴 절벽의 높이와 거의 같은 45미터에 달한다. 누각은 창건 이후 모두 다섯 차례의 보수가 이루어졌다.

1차는 당나라 때(874~885)로 4층에서 5층으로 증축했고, 2차 조씨

| 제96굴 9층 누각 | 북대불은 누각이 없으면 비바람에 쉽게 훼손되는 석태니소법으로 만들어져, 애당초 누각을 염두에 두고 조성한 것일지도 모른다. 외관을 이루는 이 누각의 높이는 막고굴 절벽의 높이와 거의 같은 45미터에 달한다. 창건 이후 모두 다섯 차례의 보수가 이루어졌다.

귀의군 시절(966)에는 조원충(曹元忠)의 주도하에 그대로 5층으로 보수했고, 3차 청나라 시대(1898)에는 돈황의 상인들과 민간인들의 모금으로 7층으로 증축되었고, 4차 중화민국 수립 후(1928~1935)에는 9층으로 증축했다. 그리고 마지막 5차인 1986년에는 돈황연구원에서 붕괴를 막기 위해 8층 대들보를 교체하는 등 대대적 보수를 하고 바닥도 복토된 흙을 걷어내 초당시대 원래의 위치를 찾아냈다고 한다.

이 과정에서 보이듯이 누각을 전제로 한 불상이었으니 불상은 대불로서의 위용만 갖추면 되고 누각이 중요했다. 그런데 제96굴의 누각은 계속 층수가 높아졌다. 그 이유가 무엇일까? 궁금했다. 이는 기록에 남을 사항이 아니라 다만 추측할 수 있을 뿐인데 나는 외관을 더 위용 있고 멋있게 하기 위해서라고만 생각했다. 곁에 있던 민현식에게 나의 의문과 추측을 말하니 그는 "어쩌면 실내 채광을 위해 광선을 끌어들일 창을 많이 확보하기 위함도 있지 않았을까 모르겠네요"라고 하고는 이런 식으로 빛을 설계한 것은 르코르뷔지에가 잘 쓰던 기법이었다며 빙그레 웃으면서 추측일 뿐이라는 표정을 지었다.

제16굴과 제17굴 장경동

이제 우리는 돈황문서로 유명한 제17굴 장경동(藏經洞)으로 향했다. 제17굴은 사실 별도의 석굴이 아니라 제16굴 안에 있는 감실이다. 막고굴은 일련번호를 부여하면서 이런 감실도 별도의 번호를 부여했기 때문에 492개의 석굴은 겉으로 보면 그 절반 정도로 줄어든다. 제16굴을 앞에서 보니 기둥과 처마지붕으로 이루어진 3층 건물로 보였다. 그 1층이 제16굴이고, 2층은 제365굴, 3층은 제366굴이란다.

제16굴은 만당시기 석굴이라고 하지만 정확하게는 '장씨 귀의군 시대 석굴'이라고 해야 옳다. 848년 의병을 일으켜 토번으로부터 돈황을 탈환한 장의조(張議潮)는 이 사실과 자신의 공적을 당 황실에 보고하러 누구를 보내야 할지 고승 홍변(洪辯)과 의논했다. 홍변의 속성은 오(吳)씨로 어려서 출가하여 불경과 산스크리트경전을 열심히 연구했고 티베트어를 비롯한 여러 민족의 언어를 익혀 역경승으로 이름이 높았다.

이에 홍변은 자신의 제자들을 장안으로 보냈다. 그들 중 몇 명은 도

| 제16굴 내부 | 장씨 귀의군 시대 석굴인 제16굴은 돈황을 탈환한 절도사 장의조가 협력한 고승 홍변을 기리기 위해 굴착된 초대형 석굴이다.

중에 죽었으나 일부 제자가 무사히 임무를 완수하고 돌아왔다. 851년 황실에서는 장의조를 귀의군 절도사로 임명하고 홍변을 하서 지방 승려 사회의 최고 책임자인 하서도승통(河西都僧統)에 임명했다. 장의조는 홍변의 공을 기리기 위해 제16굴을 열었다.

하서도승통 홍변을 위해 굴착한 제16굴은 막고굴 석굴 중 초대형 규모로 전실-연도-후실로 구성되어 있다. 전실은 10미터×3미터, 후실은 10미터×10미터, 연도의 폭은 3미터이다. 천장은 복두형으로 높직하고 굴 중앙에는 말발굽 모양의 불단을 설치해 불상을 모셨다. 그리고 연도 한쪽에는 홍변 스님의 아담한 참선굴을 굴착했다. 이것이 제17굴이다. 862년 홍변이 세상을 떠나자 제17굴은 스님을 추모하는

| 제17굴 입구 | 돈황문서가 발견된 것으로 유명한 제17굴 '장경동'은 사실 별도의 석굴이 아니라 제16굴 안에 있는 감실이다. 여기서 왕원록이 돈황문서 약 3만 점을 발견했다.

기념굴이 되었다. 지금 이 감실 안에는 좌선하는 홍변 스님의 조각상이 모셔져 있고 그 뒤로는 이제까지 우리가 보아온 석굴 벽화와는 전혀 다른 아름다운 한 폭의 수묵채색 인물화가 그려져 있다.

두 그루의 보리수를 배경으로 왼쪽엔 비구니 스님이, 오른쪽엔 비구 스님이 시립해 있는데 왼쪽 보리수에는 모던한 모양의 가죽 가방이 걸려 있고 오른쪽 나뭇가지엔 여행자용 물병 모양의 정병이 걸려 있다. 인물은 선묘로 우아하게 묘사했으며 나무줄기는 선으로 테두리를 두르는 구륵법(鉤勒法)으로 용트림까지 나타내고 잎사귀들엔 초록의 농담이 살아 있어 당나라 시대 회화의 높은 수준을 보여준다.

그러나 세월이 흐르면서 무슨 일이 있었는지 1100년 무렵에 이 홍

| **홍변 스님 조각상** | 제17굴은 홍변 스님이 세상을 떠나자 그를 추모하는 기념굴로 만들어졌다. 발견 당시 홍변의 조각상은 다른 곳으로 옮겨지고 돈황문서로 가득 차 있었으나, 지금은 좌선하는 홍변의 조각상이 모셔져 있다.

변의 초상조각은 3층의 제336굴로 옮겨지고, 누군가 이 감실에는 훗날 돈황문서라고 불리는 3만여 점의 문서들을 가득 채워 감추고는 입구를 막은 다음 그 위에 벽화를 그려놓았다. 그래서 지금도 연도의 양쪽 벽에는 서하시대의 설법도와 공양보살상이 벽화로 그려져 있다.

이렇게 막혀 있어 아무도 모르던 이 감실을 1900년 6월, 자칭 도사(道士)인 왕원록(王圓籙)이 발견했고, 그때 여기에는 4세기에서 11세기 사이의 고문서 약 3만 점이 가득 들어 있었다. 이것이 그 유명한 돈황문서이다. 이 돈황문서는 1907년 영국의 오렐 스타인이 어리숙한 왕원록에게 소액의 기부금을 주고 약 1만 점을 유출하여 영국박물관에 가져갔고, 1908년엔 프랑스인 폴 펠리오(Paul Pelliot, 1878~1945)가 다시 5천 점의 유물을 프랑스로 가져갔는데 그중에는 혜초의『왕오천축국전(往五天竺國傳)』필사본도 들어 있었다. 나머지는 청나라 정부가 북경으로 옮겨갔다. 뒤이어 일본의 오타니(大谷) 탐험대가 흩어져 있던 문서와 불상을 유출해갔고, 미국의 랭던 워너는 불상과 벽화를 뜯어갔다. 중국인들은 이들을 돈황의 도보자(盜寶者)들이라고 부른다.

다시 막고굴에 가지 않을 수 없었다

이로써 우리의 막고굴 답사를 마쳤다. 제17굴까지 불과 8개의 석굴을 보았지만 꿈결 같은 답사였고 답사의 로망은 이렇게 이루어졌다.

그러나 막고굴을 떠나는 내 발길은 쓸쓸하기만 했다. 내가 막고굴에 와서 본 것은 몇 십분의 일도 안되는 것이었다. 막고굴의 넓이는 1만 5천 평(5만여 제곱미터)에 달하고 벽화는 총 면적이 4만 5천 제곱미

| 막고굴 전경 | 막고굴은 1.6킬로미터에 달하는 절벽에 위치해 있으며, 남구와 북구로 나뉜다. 남구에는 주로 예불굴이 있고, 북구에는 명사산의 승려들이 참선을 하며 생활하던 승방굴이 있다. 주변에 울창한 백양나무가 줄지어 있다.

터에 불상은 2천여 구가 있다고 한다. 물론 이를 다 본다는 것은 불가능할 뿐 아니라 생각지도 않는다. 그러나 막고굴에 올 때 은근히 볼 수 있기를 기대했던 석굴은 하나도 보지 못했다.

내가 서양의 비너스상에 비견한 보살상이 있는 성당시대 제45굴, 미륵교각상이 있는 가장 오래된 북량시대 제275굴, 우리나라 삼국시대 반가사유상과 비슷한 포즈를 한 불상이 있는 북위시대 제257굴, 고구려 고분벽화의 수렵도를 연상케 하는 천장벽화를 갖고 있는 서위시대 제249굴, 「장의조 출행도」가 있는 장씨 귀의군 시대 제156굴, 「오대산도」가 그려져 있는 조씨 귀의군 시대 제61굴.

사실 내게 특굴을 볼 수 있는 방법이 아주 없는 것은 아니었다. 내가 막고굴 답사기의 길라잡이로 삼은 로더릭 횟필드가 2017년 돈황학회

참석차 가는 길에 부인과 함께 한국에 들렀을 때 부여의 우리 집에 하루 놀러왔었다. 부인은 영국 소아스(SOAS, 런던대 아시아·아프리카 연구 대학)의 박영숙 교수로 대학원생 시절부터 내가 누님이라고 부르며 가까이 지내는 사이다. 로더릭이 돈황학회에 발표할 이야기를 한참 하고는 아직 내가 돈황에 못 가보았다니까 자못 의아해하면서 가게 되면 돈황 연구원에 연락해서 특굴도 볼 수 있게 해줄 수 있다고 했었다. 그러나 그건 연구차 몇몇이 갔을 때의 얘기지 일행 17명과 관광차 오면서 주제넘게 그럴 수는 없는 일이었다. 그리고 일반인들이 볼 수 없는 것이라면 나도 못 본 상태에서 글을 써도 무방하다고 생각했던 것이다.

더욱이 나도 문화재를 관리해본 입장에서 관람 제한이 필요함을 충분히 이해하고 있었다. 1,500년의 역사를 갖고 있는 막고굴이 이와 같이 보존되어온 것은 인간의 간섭을 덜 받았기 때문이다. 보존과학으로 말할 것 같으면 항온항습이 가장 중요하다. 인간이 숨 쉬면서 나오는 열기와 이산화탄소도 유물에 영향을 준다. 좁은 공간에 여러 명이 오래 들어가 있으면 온습도가 금방 변한다. 항온항습에 문제가 생기는 것이다. 그리고 광선을 일정하게 차단하여 자외선을 피해야 한다. 자외선은 인체에만 해로운 것이 아니라 벽화에도 치명적이다. 즉 열고 닫는 것과 사람이 들어가는 것을 최소화해야 한다. 연구 목적으로 돈황연구원의 허가를 받은 경우만 공개하는 것은 현명한 조치라고 생각한다.

그러나 귀국 후 이 돈황 답사기를 쓰면서 자세히 알아보니 그게 아니었다. 일반인도 특굴 관람을 신청하면 볼 수 있었다. 날짜와 시간, 관람 인원을 알려주면 막고굴 관계자와 상의해서 입장 가능 여부를 알려준다고 한다. 다만 특굴은 별도의 관람료(1개 석굴에 1인당 150~200위안)를 내야 하고 여행 성수기(5~10월)에는 아주 특별한 사례가 아니면 개방을 하지 않을 때도 있단다. 나는 이것 또한 현명한 조치라고 생각한다. 특별한 서비스를 받으려면 그에 맞는 대금을 지불하는 것이 맞다고 생각한다. 우리나라의 석굴암도 이런 시스템으로 운영해서 관람을 꼭 하고 싶은 사람은 볼 수 있는 여지를 열어주어야 한다고 생각해 이를 위한 제안과 시도를 여러 번 하기도 했다. 지금 창덕궁에서는 벽화로 유명한 희정당과 대조전의 내부 관람을 일주일에 네 번 별도의 입장료와 함께 신청받아 공개하고 있다.

아무튼 일반인도 신청해 허가를 얻으면 볼 수 있다는 것 아닌가. 겨울철 비수기라면 얼마든지 가능하다. 그렇다면 가봐야지. 나는 황급히 돈황만 다녀오는 4박 5일 답사 계획을 세웠다. 그리고 금년(2019) 1월, 가까운 벗, 제자, 화가 등 38명과 제45굴을 비롯하여 내가 보지 못해 안타까웠다고 한 석굴들을 모두 보았다. 이는 내 평생 가장 감동적인 꿈결 같은 답사였다.

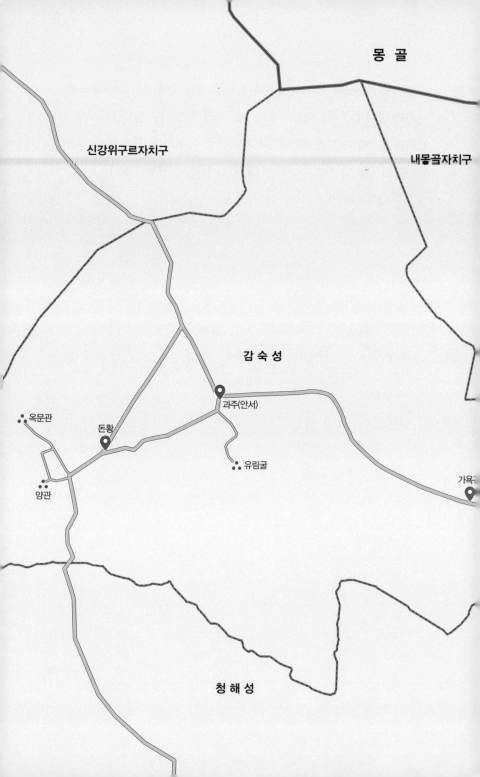

나는 기어이 다시 찾아가고 말았다

가욕관에서 돈황으로 / 북량시대 제275굴 /
초당시대 제220굴 / 성당시대 제45굴 / 성당시대 제148굴 /
조씨 귀의군 시대 제61굴

다시 돈황으로

나는 돈황 막고굴 특굴 관람을 위해 황급히 답사 계획을 세웠다. 서안에서 비행기로 곧장 돈황으로 들어가 막고굴을 관람하고, 아름다운 겨울 명사산을 유람한 다음, 간 김에 안서 유림굴도 답사하고 서역으로 나아가는 두 관문인 양관과 옥문관을 다녀오는 4박 5일 일정이다.

이렇게 일정표를 세우고 보니 이는 답사의 로망인 돈황을 다녀오는 진짜 황금 코스라는 생각이 들었다. 처음에는 혼자 다녀올까 생각했다. 내가 혼자 답사를 다녀온 것은 어느새 까마득한 옛날 얘기가 되었다. 항시 답사객을 이끌고 안내하며 문화유산을 전도하다보니 나 자신을 위한 시간이 부실함을 느끼면서 혼자 배낭을 메고 시외버스를 타고 다니던 시절에 대한 그리움이 있었다.

지금 생각하면 그 시절 나에게는 수도하는 마음이 있었다. 그때는 힘들었지만 힘든 줄을 몰랐고 거기에서 얻는 희열이 있었다. 불교로 치면 대승(大乘)이 아니라 소승(小乘)이었다. 우리는 '대승적 차원'이라는 말이 하도 근사하게 들리고 도량이 큰 것으로 인식되어 은연중 소승은 쩨쩨하다는 생각을 갖고 있다. 그러나 율(律)을 바로 세우고 자기를 완성해가는 소승은 그대로 높은 도덕과 가치가 있다.

홀로 양관에 가서 법현(法顯)이 무작정 걸어간 사하(沙河)를 바라보거나 옥문관에 가서 현장(玄奘)이 늙은 조랑말을 타고 소륵하(疏勒河)를 건너갔던 것을 생각하면 무언가 깊이 느끼는 것이 따로 있을 것 같았다. 왕유(王維)가 "서쪽 양관으로 나아가면 아는 이가 없다네(西出陽關無故人)"라고 노래한 것 이상의 시심이 일어날지도 모른다.

그러나 솔직히 말해서 혼자 갈 자신이 없었다. 추위도 추위지만 그 외로움이란 아마도 의미있는 고독이 아니라 청승맞은 짓일 것이라는 생각도 들었다. 게다가 영하 17도가 예고되는 한겨울에 낯설고 삭막한 그곳을 홀로 간다는 것은 위험한 일이다. 나는 이제 소승으로 돌아가긴 틀렸음을 알았다.

대승이다. 이제까지 그랬듯이 큰 수레에 여럿을 싣고 가는 수밖에 없다. 제자들에게 나의 돈황 답사 계획을 알리니 금세 대학원생과 졸업생 10명이 신청했다. 그리고 이번에는 늘 함께하던 그림자 같은 친구들이 아니라 민족예술을 위해 나와 맨땅에 도전하면서 한생을 같이

해온 그림쟁이, 소리꾼, 춤꾼, 글쟁이 등 예술가들을 초대하니 10명이 되었다. 그리고 내 사회적 삶의 점잖은 부분인 박물관 인생과 미술 애호가들이 항시 답사가 있으면 같이 가고 싶다고 해서 알리니 이번엔 다섯 커플로 10명이 따라붙었다. 그리하여 순식간에 30명이 되었는데 사람이 사람을 계속 물고 들어와 결국 35명이 되었다. 존경하는 선배에게 알리니 추위에 자신 없다고 사양했다. 그럴 만했다. 그래서 노은사님께는 말씀도 드리지 않았다.

아! 이 많은 중생들을 어떻게 끌고 갈 것인가 큰 걱정이 아닐 수 없었다. 게다가 개성이 강한 딴따라들은 한 사람을 한 집단으로 보아야 하니 벌써 머리가 어지러웠다. 내가 이러할진대 참가한 개개인 입장에서 낯모르는 사람들과 닷새간 여행한다는 것이 얼마나 부담스러울 것인가. 이럴 때 내가 쓰는 방법이 있다. 공부를 세게 시켜서 기를 팍 죽이고 긴장시켜놓으면 함부로 나대지 못한다. 나는 돈황을 이해하는 데 도움을 줄 전문가 4명을 추가로 초대했다. 불교미술사 전공으로 명지대 미술사학과의 최선아 교수, 불교사와 고려사가 전공인 동국대 국사학과의 최연식 교수, 지형지리의 권위자인 경상대 지리학과의 기근도 교수, 그리고 원욱 스님에게 함께 가자고 하니 모두 기꺼이 동행하겠다고 했다. 그리하여 일행은 모두 39명이 되었고 2019년 1월 27일, 돈황을 향해 떠났다.

사막이 나를 부른다

돈황으로 떠나기 며칠 전, 여행사에서 황급히 연락이 왔다. 서안에서 돈황으로 가는 비행기 편이 갑자기 결항되었다는 통보를 받았다는 것이다. 서안에서 돈황까지는 2천 킬로미터, 기차와 버스로 가자면 사흘 낮밤을 달려야 한다. 그래서 여행 일정을 바꾸거나 취소해야 한다는 것이었다. 난감했다. 이럴 때 불교에선 관음보살에게 구해달라고 빌 것이고 그 결과는 아마도 제행무상(諸行無常)이니 순리대로 하라는 느긋한 답이 나왔을 것이다. 그러나 나는 문화유산 귀신에게 빌었고 절묘한 답을 얻었다. 가욕관(嘉峪關)으로 가는 비행기를 타고 돈황으로 가면 된다는 해법이다.

다행히 당일 가욕관 가는 비행기 편은 있단다. 당황하고 있던 여행사 측은 이 묘수에 안도의 가슴을 쓸어내리며 고마워했다. 그런데 가만히 생각해보니 오히려 이렇게 가는 것이 더 잘된 것 같다. 대부분 돈황이 초행길인데 그곳을 비행기로 훌쩍 다녀온다면 사막의 오아시스 도시라는 분위기를 못 느꼈을 것이다. 가욕관에서 돈황까지는 500킬로미터로 족히 5시간 버스를 타고 가도가도 끝이 없는 고비사막을 달리게 되었으니 그들로서는 진짜 돈황을 돈황답게 가는 셈이다.

일정상 큰 차이도 없었다. 원래 첫날 답사는 안서의 유림굴인바, 여기는 가욕관에서 돈황으로 가는 길목에 있으니 돈황-유림굴 2시간이 가욕관-유림굴 5시간으로 바뀌었을 뿐이다. 아침 출발을 새벽 출발로만 바꾸면 된다. 사실 실크로드 답사의 진국은 이 사막을 달리는 여정이다. 그 황량함이 주는 자연의 경이로움이 있기에 답사의 로망이 될 수 있는 것이다.

그리하여 우리는 가욕관으로 가서 하룻밤을 보내고 이튿날 오전

| 눈 덮인 고비사막 | 가욕관에서 돈황으로 가는 길에 우리는 고비사막을 끝없이 달렸다. 초행인 사람들은 모두 넋을 잃고 창밖을 하염없이 바라보았다.

6시에 일어나 조반을 먹고 이른 새벽에 돈황을 향해 떠났다. 가는 길에 가욕관을 멀리서 조망할 수 있는 갓길에 잠시 차를 세우고 만리장성을 바라보자니 지난번 답사 때 가욕관 성벽을 한 바퀴 돈 것보다 오히려 여기서 볼 때 가욕관이 변방의 성채임을 실감할 수 있었다.

그리고 우리는 고비사막을 끝없이 달렸다. 초행인 사람들은 모두 넋을 잃고 창밖을 하염없이 바라보고 있었다. 지난여름에 보았던 그 풍경이지만 드문드문 눈이 덮인 고비사막은 더욱 처연한 느낌을 자아내고 있었다. 그때 내 머릿속에는 황지우의 「나는 너다 503」이라는 시가 떠올랐다.

새벽은 밤을 꼬박 지샌 자에게만 온다.

낙타야,

모래 박힌 눈으로

동트는 地平線(지평선)을 보아라.

바람에 떠밀려 새날이 온다.

일어나 또 가자.

사막은 뱃속에서 또 꾸르륵거리는구나.

지금 나에게는 칼도 經(경)도 없다.

經이 길을 가르쳐주진 않는다.

길은,

가면 뒤에 있다.

단 한 걸음도 생략할 수 없는 걸음으로

그러나 너와 나는 九萬里(구만리) 靑天(청천)으로

걸어가고 있다.

나는 너니까.

우리는 自己(자기)야.

우리 마음의 地圖(지도) 속의 별자리가 여기까지

오게 한 거야.

　　　　　　　　　　　　　　　—「나는 너다 503」 전문

이 시를 읽고 보면 확실히 시인의 눈은 다르다는 생각을 하게 된다.

| **겨울의 고비사막을 지나가는 길** | 고비사막은 드문드문 눈이 덮여 더욱 처연한 느낌을 자아내고 있었다.

시인은 황량한 사막을 이렇게 노래했는데, 그러면 화가는 이 그릴 것 없어 보이는 사막을 어떻게 그렸을까. 임옥상이 차창 밖을 바라보며 아까부터 무언가를 열심히 스케치하기에 무얼 그렸는가 보았더니 이 귀신 같은 화가는 스케치북 양면을 활짝 펼치고는 그 한가운데에 점 점이 이어지는 지평선을 거친 듯 반듯한 선과 점으로 그리고는, 다음 장으로 넘겨 그리고, 또다시 넘겨 그리고, 또다시 넘겨 그리면서 스케치북 반을 점과 선으로 채웠다. 작가적 발상이 기발한 그림이었다. 요즘 점과 선으로만 그릴 수 있는 조형적 자유를 한껏 누리고 싶다더니 그걸 그린 것 같았다.

돈황보살 축법호

일정이 바뀌어 가욕관에서 돈황으로 들어가다보니 고비사막을 한
껏 경험할 수 있을 뿐 아니라 시간이 넉넉하여 함께한 전문가들에게
차중 강의를 듣는 것이 용이했다. 먼저 강사로 모신 분은 최연식 교수
였다. 최교수는 고려사가 전공이지만 네덜란드의 중국학자인 에릭 쥐
르허(Erik Zürcher)의 저서인 『불교의 중국 정복』(씨아이알 2010)을 번역
할 정도로 불교사에도 정통하다. 최교수는 앞으로 나와 마이크를 잡
고 중국에 대승불교가 들어오는 데 서역승들이 한 역할에 대해 말하
겠다며 강의를 시작했다.

"기원전 2세기 장건(張騫)의 서역 개척은 중국이 자신들 이외에
도 또 다른 문명이 있다는 것을 깨닫는 계기가 되었습니다. 그리고
실크로드를 통하여 대상(隊商)이라는 비즈니스맨들이 중국에 들어
오면서 불교도 함께 들여왔습니다. 이들이 가져온 불교는 그중에서
도 대승불교였습니다.

인도에서는 불교가 주류가 아니었을 뿐만 아니라 인도 불교에서
대승은 주류였던 적이 없었습니다. 그런데 구법승들이 구하고자 한
것은 대승경전이었습니다. 그러니까 중국에 대승불교가 들어온 것
은 소비자의 선택이었습니다. 그래서 생산지에서는 이 소비자를 겨
냥하고 대승불교 경전을 찬술했습니다. 의도적으로 중국에서 통용
될 수 있는 불교로 변형시킨 셈입니다. 그래서 대승불교의 정체는

애매하고 중국에 전해진 대승경전은 인도에서 온 것이 아니라 호탄에서 온 것이라는 설이 지배적입니다. 이때 대승경전을 처음으로 한역(漢譯)한 중요한 인물이 '돈황보살'이라는 별명을 갖고 있는 축법호(竺法護)입니다."

흔히 중국불교사에서 '4대 역경승'이라고 하여 5세기의 쿠마라지바(鳩摩羅什, 구마라집), 6세기의 진제(眞諦), 7세기의 현장(玄奘), 8세기의 불공(不空) 네 분을 꼽는다. 특히 쿠마라지바의 한역을 구역(舊譯), 현장의 한역을 신역(新譯)이라고 한다. 그러나 이들보다 훨씬 이전에 축법호라는 서역승이 있어 그의 한역을 고역(古譯)이라고 한다. 최교수는 이 축법호에 대해 다음과 같이 말했다.

"축법호의 선조는 월지(月支 또는 月氏)족으로 대대로 돈황에 살았습니다. 그렇기 때문에 성을 지(支)라 하여 지법호라 했습니다. 돈황은 본래 월지족이 살던 땅이었습니다. 흉노가 월지국을 멸하면서 월지는 중앙아시아로 쫓겨가 대월지를 세웁니다. 그 대월지에서 대승불교가 만들어진 것으로 생각되고 있습니다. 그리고 역사 기록에서 월지는 사라지게 되지만 '소그드(Sogd)인'을 월지족의 후예로 보기도 하고 일파가 인도로 가서 쿠샨제국을 건립했다고 보기도 합니다. 그리고 일부 월지족은 여전히 감숙성(甘肅省) 일대에 머물기도 했습니다. 중국의 회족(回族)은 족보가 확실치 않아 이슬람족이 한족화한 경우와 한족이 이슬람화한 경우를 통칭하는데 이 중에는 월지족이 흉노에게 서쪽으로 쫓겨갈 때 그대로 남아 있던 사람들이 많지 않았을까 생각되기도 합니다.

아무튼 축법호는 8세에 출가하여 축고좌(竺高座)라는 승려를 사사하면서 성을 축(竺)이라 했습니다. 그는 성품이 선량하고 배우기를 좋아하여 매일 경전 수만 자를 독송했으며, 불경뿐만 아니라 육경과 제자백가 등 중국 고전에도 통달했다고 합니다. 그는 대승경전이 서역에는 전해져 있지만 중국에는 전해지지 않은 것을 안타깝게 여겨, 이에 뜻을 세우고 서쪽으로 여행하여 서역 36국의 글과 말에 두루 통달한 뒤, 서역어로 된 『반야경(般若經)』『법화경(法華經)』『유마경(維摩經)』『무량수경(無量壽經)』 등 많은 대승경전을 가지고 돈황으로 돌아와 번역했습니다.

그가 번역한 『정(正)법화경』 10권은 쿠마라지바가 한역한 『법화경』보다 120년 앞서 중국에 처음으로 소개된 것으로 이로부터 중국에서 관음신앙이 시작되었습니다. 또 그가 번역한 『광찬(光讚)반야경』 10권은 쿠마라지바가 한역한 『대품(大品)반야경』의 고역으로 이 또한 처음으로 한역된 것입니다."

이때 내 뒤에서 부스럭거리는 소리가 들렸다. 뒤를 돌아보니 화가 박재동이 열심히 받아쓰다가 그만 조는 바람에 붓펜을 떨어뜨린 것이다. 그는 "이 중요한 순간에 잠이 오다니"라고 멋쩍어 하고는 바로 앉았다.

불도징과 담무참

최연식 교수는 또 다른 서역승 불도징(佛圖澄) 이야기로 이어갔다. 불도징은 구자국(龜玆國, 쿠차) 출신으로 오호십육국시대에 후조(後趙)에서 활약한 서역승이다. 그는 후조의 왕 석륵(石勒)의 절대적인 존경과 신임을 받아서 불교를 강력히 포교했다. 그가 117세로 죽을 때까지 창건한 사원은 893개이고 그의 가르침을 받은 승도는 1만 명에 달했다고 한다. 그의 뛰어난 제자 중 한 사람이 도안(道安)이고, 도안의 제자가 혜원(慧遠)이어서 중국 불교는 불도징-도안-혜원으로 이어진다고 이야기된다. 최교수는 이어 서역승 담무참(曇無讖)에 대해 말했다.

"담무참은 그의 성씨에서도 알 수 있듯이 중인도 출신으로 처음에는 소승불교와 인도의 일반 학문을 두루 섭렵했는데 특히 강설(講說)에 뛰어나 그와 논쟁을 하면 이기는 자가 없었다고 합니다. 그는 대승불교를 연찬한 후 수많은 대승경전을 가지고 서역의 구자국과 선선국(鄯善國, 누란)을 거쳐 돈황에서 수년간 머물렀는데, 이 시기 돈황을 지배하고 있던 북량의 왕 저거몽손(沮渠蒙遜)은 담무참을 통하여 불교에 귀의했습니다. 게다가 담무참은 주술적인 신통력도 갖고 있어서 왕은 절대적으로 그를 신임했습니다.

담무참은 『열반경(涅槃經)』을 번역하기 시작했습니다. 이때 번역한 것이 초분(初分) 10권인데 그는 번역한 후 품수(品數)가 모자라는 것을 알고 부족분을 구하러 인도로 가게 됩니다. 거기서 모친상을 당하여 1년 동안 머물게 되고 그 후 우전국(于闐國, 호탄)에서 중분(中分)을 얻어 양주로 돌아와 421년에 번역을 마칩니다.

　그런데 인도승인 담무발(曇無發)이 『열반경』을 보고 "이 경은 완본(完本)이 아니다"라고 하자 담무참은 또다시 나머지 부족한 품을 구하러 길을 떠나게 됩니다. 그런데 이때 북위가 강성해지면서 북위의 태무제는 군대를 파견하여 북량의 저거몽손에게 담무참을 북위로 보내라고 합니다. 저거몽손은 북위로 보내는 것을 단호히 거절했습니다. 담무참은 북위로 갈 것인가 『열반경』의 후분(後分)을 찾으러 인도로 갈 것인가 선택의 기로에 놓였습니다. 결국 그는 『열반경』을 구하겠다고 결심하고 길을 떠났습니다. 그런데 저거몽손은 그가 북위로 가는 것으로 오해하고 자객을 시켜 담무참을 살해해버렸습니다. 그때 스님의 나이 불과 49세였습니다. 이런 우여곡절 끝에 『열반경』은 나중에 세 종류로 번역됩니다."

대승불교의 공(空)

이처럼 대승불교 경전이 점점 더 많이 한역되어 나오게 된다. 최초로 인도를 순례한 기행문인 『불국기(佛國記)』를 쓴 법현(法顯) 스님은 율(律)을 구하기 위하여 인도로 떠나면서 돈황에 왔고 쿠차에 있던 쿠마라지바는 전진(前秦)의 왕 부견(苻堅)의 초대를 받아 중국으로 들어오는 길에 돈황에 왔다. 그러나 두 분은 만나지 못했다. 법현이 돈황에 온 것은 399년이었고, 쿠마라지바가 온 것은 400년이었다. 최연식 교수는 당시 왜 구법승들이 경전을 얻으러 인도로 갔고 번역본이 달리

| **쿠마라지바 동상** | 쿠차의 승려였던 쿠마라지바는 전진의 왕 부견의 초대를 받아 중국으로 들어가는 길에 돈황에 들렀다. 이 사진은 쿠차 키질석굴 앞에 있는 그의 동상이다.

나왔는가에 대해 이렇게 설명했다.

"그 당시 불경은 원본 없이 외우는 경우가 많았습니다. 법화경을 7년 공부했다는 것은 몇 만 자 되는 경전을 다 외웠다는 뜻입니다. 30만 단어를 외운 이도 있다고 합니다. 그래서 번역은 인도승의 암송을 받아 단어로 나열하고, 이를 한문 문장으로 다듬어 번역하는 것이었습니다.

이 번역에 탁월했던 이가 쿠마라지바였습니다. 쿠마라지바의 번역은 뜻도 좋고 리듬감도 있지만 현장법사는 원본에 보다 충실하게 번역하고자 인도로 갔던 것입니다. 그리고 마침내 엄청난 불경을 가져와 번역하게 됩니다. 국가적 차원에서 현장법사의 번역을 지원했습니다. 현장은 하루 한 권씩 번역했다고 합니다. 그래서 현장은 위대한 학자였지만 논저는 없고 번역만 남기게 됩니다. 쿠마라지바의 역을 구역, 현장법사의 역을 신역이라고 합니다."

그리고 최연식 교수는 이어서 질문을 받아 대승경전을 대표하는 경전인 『반야경』에 나오는 공(空)에 대하여 설명했다.

"대승불교의 근본 사상을 이루는 것은 공(空)입니다. 인도 불교에서 수냐타(Śūnyatā, Emptiness)라고 하는 것은 실체가 없다는 뜻으로 무(無)에 가깝습니다. 그러나 쿠마라지바는 이를 '공'이라고 번역했습니다. 이미 중국의 노장사상에 '무'라는 개념이 있는바, 이와는 의미가 다르기 때문이었습니다. 공은 유도 아니고 무도 아닙니다. 공은 작용이나 기능은 있지만 존재하지는 않는다는 뜻입니다.

기독교에는 선과 악이 있지만 불교에는 그런 것이 없습니다. 고(苦)와 낙(樂)이 있을 뿐입니다. 부처가 출가한 이유도 고를 없애기 위해서였고 불교에서는 다른 것과의 관계 속에서 고가 존재한다고 봅니다. 이것이 연기(緣起)사상입니다. 여기까지 하겠습니다."

최교수는 우례 같은 박수를 받고 자리로 돌아갔다. 그 박수 소리에 내 뒤에 있던 재동이는 잠에서 깨어 내게 노트를 보여달라고 한다. 나는 노트를 건네주고 차창 밖으로 끝없이 이어지는 고비사막을 바라보면서 최교수의 강의 내용을 되새김했다. 경전을 구하러 가던 구법승, 30만 자를 외운 서역승, 이를 모두가 알아들을 수 있는 언어로 옮긴 번역승… 돈황 막고굴의 배경에는 그분들의 종교적 열정과 수고로움이 있었다는 사실을 새삼 깨달았다. 그러는 사이 우리의 버스는 점심식사를 위하여 과주(瓜州) 시내로 들어왔다.

점심을 마치고 다시 돈황으로 가는 버스에 오르면서 나는 또 차중 강의를 이끌었다. 공부는 할 수 있을 때 세게 해야 한다. 이번에는 원욱 스님에게 막고굴 벽화에서 가장 많이 그려진 변상도(變相圖) 중 하나인 『관(觀)무량수경』에 대해 설법하듯 이야기해달라고 했다. 『관무량수경』은 『아미타경(阿彌陀經)』『무량수경』과 함께 '정토3부경'의 하나로 특히 이 경전이 나오게 된 사연을 말해주는 서품(序品, 서막)이 아주 드라마틱하여 불화의 인기 소재가 되었다. 막고굴에는 모두 84폭이나 나오며 우리 고려불화에도 여러 폭 전하고 그중엔 서품만 따로 그린 것도 두 폭 남아 있을 정도다.

왕사성의 비극

싯다르타가 출가하여 부처님이 될 때의 이야기다. 당시 마가다(摩揭陀) 왕국의 수도 왕사성(王舍城)에 살고 있던 빔비사라(頻婆娑羅) 왕이 왕자를 얻고자 예언가를 찾아가니 산속에 있는 한 선인(仙人)이 죽으면 그 인연으로 왕자가 태어날 것이라고 했다. 이에 왕은 그 선인이 죽을 때를 기다리지 않고 자객을 보내 죽였는데, 그날로 왕비 위제희(韋提希)에게 태기가 있어, 열 달 후 아사세(阿闍世) 왕자가 태어났

다. 그런데 왕자가 태어날 때 손을 움켜쥐고 있어 펴보니 '미생원(未生怨)'이란 글이 써 있었다. '나는 지난여름 네가 한 일을 알고 있다'라는 메시지였다. 점술가들은 이 아기에게는 죽은 선인의 한으로 반드시 불행한 사건이 생길 것이라고 했다. 이에 빔비사라왕은 왕자를 죽이려 갖은 방법을 썼다. 그러나 왕자는 번번이 누군가의 도움으로 살아났다. 마지막으로 요람을 누각에서 떨어뜨렸는데 마침 지나가던 시종이 온몸을 던져 받아내어 살았다. 이때 왕자의 새끼손가락이 부러졌다. 이후 왕은 운명이라 생각하고 아사세를 잘 보살펴 길렀다.

아사세는 왕자 교육을 받으며 훌륭하게 성장했다. 그런데 석가모니의 제자로 지목받지 못한 음흉한 데바닷다가 아사세에게 왕자의 새끼손가락에 있는 상처는 왕이 너를 죽이려다가 생긴 것이라고 알려주었다. 이에 아사세는 즉시 아버지를 감옥에 가두고 왕위 찬탈을 감행했다. 위제희 왕비는 비통한 마음으로 왕을 면회 갔다가 결국 자신도 감옥에 갇히고 말았다. 신하들이 아사세에게 역사에 아버지를 죽인 왕은 있었어도 어머니를 죽인 왕은 없었다고 애원했지만 아사세는 들으려 하지 않았다.

깊은 밤 빔비사라왕은 감옥의 창살을 잡고 하늘을 바라보며 눈물을 흘리다 멀리 부처님이 계신 영축산의 불빛을 보았다. 왕은 부처님께 지난날 지은 죄업을 참회하고 싶다고 나지막이 간청했다. 부처님은 목련존자(木連尊者)를 보내 빔비사라왕으로 하여금 계를 받게 하

| **고려시대「관경서품변상도」** | 「관무량수경」 서품의 내용을 그린 고려시대 변상도다. 마가다 왕국의 왕가에 얽힌 비극적이지만 감동적인 이야기를 전한다.

고, 부루나존자(富樓那尊者)를 보내 21일간 설법을 듣게 했다. 그리고 부처님은 아난과 가섭을 데리고 위제희 왕비를 찾아갔다. 왕비는 울면서 다음 생에는 이런 고통이 없는 곳에 태어나고 싶다고 했다. 이에 부처님은 극락세계로 가는 16가지 방법에 대해 말씀하셨다. 우리 주변에 있는 모든 사물과 자연 속에서 삶의 지혜를 관조해보라며 다음과 같이 말씀하셨다.

첫째는 일상관(日想觀)이니 서쪽 하늘에 걸려 있는 태양을 바라보라. 이글거리는 번뇌도 저 태양처럼 사라져가리니, 눈을 똑바로 뜨고 태양을 마음에 새기고 언제든지 일념으로 극락을 직관하도록 하여라. 둘째는 수상관(水想觀), 셋째는 보배의 땅〔地想觀〕, 넷째는 보배로운 나무〔寶樹觀〕, (…) 여덟째는 아미타불과 두 보살이 이 연화좌에 앉아 계신다 생각하며 일념에 드는 상관(像觀), 아홉째는 부처님의 형상을 두루 생각하며 극락세계를 직관하는 진신관(眞身觀), 열째는 관음관(觀音觀), (…) 열네 번째는 극락에 태어날 우리의 모습인 상배관(上輩觀), 열다섯 번째는 중배관(中輩觀), 열여섯 번째는 하배관(下輩觀)으로 상품상생부터 하품하생까지 9품의 사람들이 극락에 태어나는 모습을 생각하라고 하셨다.

위제희 왕비는 이 법문을 듣고 감동하여 가슴 깊이 새기며, 옆에 있는 시녀에게 부처님의 이 말씀을 훗날 아사세가 자기 부모를 죽인 것을 후회할 때 어미의 유언이라고 알려주고 모든 이들이 극락으로 갈 수 있는 방법을 널리 세상에 전하라고 했다.

이튿날 해 뜰 무렵, 감옥 문이 열리고 왕과 왕비는 형장으로 나아갈

준비를 마쳤다. 이때 왕은 사형 집행관에게 물었다.

"그대는 누구의 신하인가?"

"새 왕이 아직 즉위하지 않았으니 저는 아직 빔비사라왕의 신하입니다."

"그렇다면 그대는 내 명령을 따라야 할 것이다. 따르겠느냐?"

"예, 분부대로 하겠습니다."

"나는 내 아들을 아비와 어미를 죽인 살인마로 만들고 싶지 않다. 그러니 그대는 왕자의 명이 오기 전에 나와 왕비를 당장 처형하라."

이때 파발마가 멀리서 먼지를 일으키며 달려오고 있었다. 그러자 집행관은 아들을 아끼는 아버지의 심정을 헤아려 사형을 집행했다. 그리고 잠시 뒤 당도한 파발마에서 전령이 소리쳤다.

"어명이오! 당장 멈추시오!"

전령이 가져온 것은 아사세의 사형 중지 명령이었다. 그날 아사세의 첫아들이 태어났고, 아사세가 그 아이를 보듬어 안은 순간, 아버지도 내가 태어났을 때 이런 마음이었을 것이라는 생각이 들어 빠른 파발마를 보내 사형을 멈추게 했던 것이다. 그러나 때는 늦었고 모든 것이 끝났다.

아사세는 아버지가 마지막 순간까지 아들을 위한 결정을 내렸다는 소식을 듣고는 피눈물을 흘리며 통곡했다. 그리고 어머니의 유언대로 극락세계로 가는 16가지 방법을 그림으로 그려, 이야기꾼을 시켜 왕사성 곳곳에 전해지게 했다. 이것이 바로 『관무량수경』이다.

원욱 스님의 이야기가 끝났는데 사람들은 박수도 치지 않고 한동안 멍하니 있는 듯했다. 곁에 있는 화가 김정헌 형을 보니 코끝이 시큰하다는 표정이다. 내가 "형님, 울었소?"라고 물으니 "그 애비의 마음을 듣고 안 울 수 있겠냐"라며 다시 먼 데를 바라보았다.

| 고려시대 「관경서품변상도」 | 아사세 태자의 어머니가 부처님에게 극락세계로 가는 16가지 방법을 듣게 되는 과정을 그림으로 그렸다.

막고굴 벽화의 주제

내가 원욱 스님에게 『관무량수경』에 대해 이야기해달라고 한 것은 최선아 교수의 현장 설명을 도와주기 위해서였다. 돈황 막고굴의 진가는 사실상 조각보다도 벽화에 있는데, 그 도상들에 대한 이해 없이는 제대로 감상할 수 없다. 석굴 안에서는 일일이 설명할 시간이 없을 뿐 아니라 조명이 없어 플래시로 부분 부분을 비춰가며 보아야 하므로 대략을 알고 가지 않으면 그 참된 뜻을 살필 수 없다.

본래 불화에는 몇 가지 유형이 있다. 첫 번째로 모든 석굴에 공통되게 등장하는 것은 실내 장엄(莊嚴)을 위한 장식무늬와 그림들이다. 연꽃, 비천, 연주문(連珠文), 천불(千佛) 등이 갖가지 형태로 주로 천장에 그려져 있다. 두 번째는 불보살상을 크게 그린 존상 벽화다. 아미타여래, 약사여래, 미륵, 삼세불, 관음보살, 문수보살, 아난과 가섭, 유마거사 등을 크게 그려 부처님 세계를 장엄한 것이다. 여기까지는 설명 없이도 알 수 있다.

세 번째인 경변상도(經變相圖)가 중요하다. 변상도란 불경의 내용을 그림으로 표현한 것으로 어느 경전을 변상도로 그렸는가는 당시의 불교사상과 신앙의 형태를 직접적으로 말해주며 그려낸 기법은 그 시대 회화사의 구체적인 내용이 된다.

특히 불교가 널리 퍼져 국교가 되고, 모든 이가 불교에 귀의하는 시

| 제329굴 천장 벽화 | 제329굴의 복두형 천장에는 비천에 감싸인 연화문을 중심으로 천불이 사면을 둘러싸고 있다.

대가 되면 본격적으로 경전을 도해한 변상도가 나온다. 부처님이 영축산에서 설법하고 있는 것을 그린 「법화경변상도」, 석가모니가 열반할 때 모습을 그린 「열반경변상도」, 『묘법연화경』의 관세음보살 보문품을 풀이한 「관음32응신도(應身圖)」, 유마거사와 문수보살의 논쟁을 그린 「유마경변상도」 등 여러 가지가 있는데 그중 가장 인기 있는 경변상도는 「미륵경변상도」 「약사경변상도」 「아미타경변상도」이다.

「약사경변상도」는 약사여래가 일곱 가지 재난을 구제하는 내용으로 막고굴에 무려 97폭이 남아 있다. 「미륵경변상도」는 두 가지로, 미륵이 도솔천에서 설법하는 것을 그린 「미륵상생경변상도」와 미륵이 세상에 내려오면, 즉 하생(下生)하면 한 번 씨를 뿌려 일곱 번을 수확할 수 있는 새 세상이 된다는 「미륵하생경변상도」이다. 막고굴에는 둘을 합쳐서 87폭이 남아 있으며 우리 고려불화도 현재 3폭이 전해지고 있다.

아미타여래의 정토3부경 변상도는 막고굴에 154폭이 남아 있을 정도로 압도적으로 많다. 「아미타경변상도」가 38폭, 「무량수경변상도」가 32폭이고 「관무량수경변상도」가 84폭이다. 특히 극락세계로 가는 16관(觀)을 주제로 하는 「관무량수경변상도」 하단에는 연꽃 속에서 극락에 환생하는 사람과 함께 한바탕 벌어지는 환영의 춤판이 그려져 있다.

초기 석굴에서는 경변상도가 아니라 석가모니의 일대기를 그린 불

| 제61굴 「법화경변상도」 | 「법화경변상도」는 부처님이 영축산에서 설법하고 있는 모습을 그렸다.

전도(佛傳圖)와 부처님의 전생 이야기인 본생담이 많이 그려졌다. 불교의 핵심인 부처란 누구이고 어떻게 등장했는가에 대한 설명이다. 불전도란 우리에게 익숙한 팔상도(八相圖)다. 생로병사를 고민하다 설산에서 수도한 끝에 마침내 성불하여 열반에 드는 석가모니의 일생을 여덟 가지 장면으로 그린 것이다.

본생담의 내용은 전생에 공덕을 많이 쌓아 부처가 되었다는 이야기이다. 그 예로 나오는 것이 전생에 태자였던 석가모니가 굶주린 어미 호랑이와 새끼 7마리가 아사할 지경에 이른 것을 보고 자신의 몸을 던져 호랑이 먹이가 되어주었다는 '태자 사신 사아호(太子捨身飼餓虎)', 독수리에게 쫓기는 비둘기를 살리기 위해 자신의 살을 베어주려다 결국 몸까지 바쳤다는 '할육무합(割肉貿鴿)' 같은 이야기이다. 어찌 보면 끔찍스럽고 어린애 동화처럼 유치하기도 하지만 전란으로 죽음이 일상화된 당시의 시대 상황에서는 이런 극단적인 희생정신이 통했던 것이다. 덧없는 죽음에 대한 위안도 되었다. 초기 불교는 그렇게 대중을 파고들었다.

그중에서도 '구색(九色) 사슴' 이야기는 제257굴을 비롯하여 여러 석굴에 많이 그려졌다. 『구색록경』에 나오는 이야기는 다음과 같다. 구색 사슴이 강가에서 산책하던 중에 물에 빠져 살려달라고 소리치는 사람을 발견했다. 사슴은 바로 물속에 뛰어들어 사람을 구해냈다. 죽을 고비를 넘긴 사람은 사슴에게 고맙다며 은혜 갚을 기회를 달라고 말했다. 그러자 사슴은 고개를 저으며 다만 자신의 행적을 다른 곳에 알리지 말아달라고만 부탁했다. 사람은 몇 번이고 고마워하며 사슴의

| **제85굴 본생담 벽화** | 독수리에게 쫓기는 비둘기를 살리기 위해 자신의 살을 베어주려다 결국 몸까지 바쳤다는 '할육무합' 본생담이 그려져 있다.

행적을 알리지 않을 것을 다짐하고 떠났다. 그런데 그즈음 나라의 왕비가 구색 사슴이 궁궐 뜰을 거니는 것을 보며 그 가죽과 뿔을 탐내는 꿈을 꾸었다. 이튿날부터 왕비가 시름시름 앓자 왕이 왜 그러느냐고 물었다. 이에 왕비는 자신의 꿈 이야기를 왕에게 털어놨고, 이를 들은 왕은 즉시 '구색 사슴을 잡아오는 자에게 나라의 반을 주겠다'는 포고를 내렸다. 사슴에게 구조되었던 사람이 이 소문을 듣고 마음이 변해 은혜를 저버리고 왕에게 가 자신이 사슴의 행적을 안다고 고했다. 왕이 군대를 내어주자 그는 군대를 이끌고 구색 사슴이 있는 곳으로 향했다. 이를 본 사슴의 친구 까마귀는 사슴에게 달려가 자초지종을 알렸다. 그러나 사슴은 피하지 않고 군대가 있는 곳으로 가 대왕에게 머

| 제257굴 「**구색록본생도**」 | 부처님의 본생담 중 하나인 구색록 이야기는 초기 벽화에 자주 나온다.

리를 조아리며 말했다. "대왕님, 제가 살면서 사람에게 피해를 준 적이
없어 제가 있는 곳을 아는 사람은 없습니다. 제가 있는 곳을 알려준 사
람이 대체 누구입니까?" 그러자 왕이 그 사람을 가리켰다. 사슴이 배
신한 그를 꾸짖자 그 사람의 얼굴이 새까맣게 타들어갔다. 사슴은 곧
왕에게 자신이 이 사람을 구해준 이야기를 전했다. 전말을 알게 된 왕
은 그 사람을 옥에 가두고, 어떤 사슴도 사냥하지 말라는 영을 내렸다.
사슴은 이에 고마워하며 돌아갔다. 그 후 사슴의 은혜로 나라는 태평
성대를 누렸다. 부처님이 이 설화를 마치며 "이 사슴이 바로 나다"라고

말했다.

이와 아울러 막고굴 벽화에는 복희(伏羲)와 여와(女媧), 바람의 신과 벼락의 신 같은 중국 신화의 내용도 나오고, 장건의 서역 개척, 현장법사의 구법기, 장의조 절도사의 출전도 같은 실제 이야기를 곁들이기도 하고 또 공양인을 그린 공양상도 있다. 이런 그림에는 그 시대의 풍속화를 보는 듯한 재미가 있다. 그런가 하면 상상의 영축산, 실제 있는 오대산 등을 그린 장대한 산수화도 있어 막고굴 벽화는 불화를 넘어 일반 회화로 확대된다. 그것도 시대마다 필치를 달리하기 때문에 가히 사막의 대화랑이라고 불리는 것이다.

우리가 볼 석굴 개요

돈황에 도착한 이튿날 아침, 우리는 막고굴부터 관람하기로 했다. 회원들에게 막고굴은 이번 답사의 목표이지만 인솔자에겐 숙제이니, 숙제부터 하고 명사산과 양관·옥문관으로 놀러 가자는 생각이었다. 인솔자에겐 항상 그런 긴장이 있다. 그런데 막고굴 답사에서는 최선아 교수가 인솔자가 되고 나는 학생의 자유를 만끽하게 되었다. 그 후련한 해방감이란! 게다가 지난여름 다녀온 곳이기에 느긋이 복습하는 편안함도 있었다.

이에 반해 최선아 교수는 막고굴에 가면 인솔을 해야 한다는 부담을 한껏 짊어지고 있었다. 어제 돈황으로 오는 차 안에서 막고굴의 역사에 대해 개략적인 설명을 했는데도, 오늘 아침 막고굴 디지털 전시센터로 가는 짧은 15분 동안에 각 석굴마다 주의 깊게 봐야 하는 사항을 하나씩 짚어가며 설명했다.

"우리가 보게 될 석굴은 미리 신청한 특굴 4개를 포함하여 10개 정도 될 텐데, 시대순으로 보면 불화를 이해하기에 좋겠지만 아마도 석굴이 배치된 순서대로 보게 될 겁니다.

그래도 시대순으로 설명을 하자면 막고굴의 대표적인 초기 석굴은 북량시대에 개착된 제275굴입니다. 다리를 교차하고 있어서 '교각상'이라고 하는 미륵상의 얼굴은 턱이 둥글넓적한 이국적인 모습입니다. 좌우 벽면에는 부처님 본생담이 다소 거칠지만 힘찬 필치로 그려져 있습니다.

제249굴은 서위시대 석굴로 가운데 벽 감실에 부처님이 앉아 있고 양옆에 보살이 부처님을 향해 서 있는데 이 석굴은 복두형 천장에 아주 역동적인 그림으로 가득 차 있습니다. 그중 뒤를 돌아보면서 활을 쏘는 사냥꾼 그림은 고구려 벽화를 연상케 하는 것으로 아주 유명합니다.

제428굴은 북주시대 석굴로 지난번 유교수님이 보고 큰 감동을 받았다고 하고, 원욱 스님이 여기서 의상대사의 「법성게」로 예불을 올렸다고 하는데 우리도 볼 수 있으면 좋겠습니다.

제220굴은 초당시대 특굴로 642년에 조성되었다는 제기가 있고 이를 기진한 적(翟)씨 가문의 공양인들이 그려져 있어서 불교미술사에서 아주 유명합니다. 그리고 문수보살과 논쟁하는 유마거사상의 표정이 아주 리얼하게 표현되어 있습니다."

| 제249굴 활을 쏘는 사냥꾼 벽화 | 제249굴은 서위시대 석굴로, 뒤를 돌아보면서 활을 쏘는 이 사냥꾼 그림은 고구려 덕흥리 고분벽화와 춤무덤의 사냥 장면을 연상케 한다.

최교수는 버스 앞으로 나와 마이크를 잡고 뒤로 돌아서서 회원들 얼굴을 보면서 아무런 메모도 없이 마치 자기 집 소개하듯 석굴 구조와 조성 연대까지 줄줄 풀어갔다. 버스 창문 밖으로는 백양나무 가로수가 계속 우리를 스치고 지나갔다.

"제96굴은 막고굴에서 가장 큰 대불이 모셔져 있는 초당시대 석굴로, 막고굴의 상징 건물인 9층 누각 안에 대불이 모셔져 있습니다. 아마도 장대한 스케일이 감동적일 것입니다. 이 시기 측천무후는 자신의 권위를 드러내기 위해 대불을 조성하도록 했는데, 이 상을 통해 측천무후의 뜻이 돈황에도 전해졌음을 알 수 있습니다.

제328굴은 초당시대 석굴로 여기에는 1불, 2제자, 2보살, 4공양보살상이 있는데 그중 아름다운 공양보살상 한 분을 랭던 워너가 미국으로 가져갔습니다.

제45굴은 성당시대 특굴로 유교수님은 여기 모셔진 보살상을 동양의 비너스라고 극찬한 바 있습니다. 유교수님이 이 보살상을 못 보아서 이번 답사를 기획했다고 할 정도입니다. 여기에는 원욱 스님이 감동적인 이야기로 전해주신 「관무량수경변상도」가 그려져 있습니다.

제148굴은 성당시대 석굴로 열반상이 모셔져 있습니다. 비교적 큰 규모로 열반상 자체도 조각이 뛰어나지만 석가모니의 죽음을 애도하는 수십 명 제자들의 표정이 아주 리얼하고 다양합니다."

최교수는 짧은 시간에 많은 내용을 전달하기 위해 버스보다 빠른 속도로 막고굴 안내를 계속했다. 그새 우리의 버스는 시내를 벗어나 막고굴 디지털 전시 센터 주차장에 닿았다. 시계를 보니 입장시간까지는 아직 여유가 있기에 나는 아무도 내리지 못하게 하고 최교수에게 설명을 계속하라고 했다.

"제16굴은 만당시대 석굴로 규모가 아주 크고 입구에 감실이 있습니다. 이 감실을 제17굴이라고 하는데 여기가 바로 돈황문서가 들어 있던 곳입니다. 현재 제17굴 안에는 이 굴을 연 홍변 스님의 조각상이 모셔져 있습니다. 그 뒤에 두 분의 제자가 보리수에 가방을 걸어놓고 시립해 있는 벽화는 당나라 시대 회화의 대표작입니다.

마지막으로 제61굴은 오대시대 조씨 귀의군 전성기에 조원충이 만든 석굴로 규모도 클 뿐만 아니라 오대산을 그린 산수화가 아주 장대하고 공양인의 행렬도도 특이합니다.

이상 소략히 설명드릴 수밖에 없었는데 자세한 것은 각 석굴에서 설명하기로 하겠습니다."

벗들과 함께

최교수의 강의가 끝나자 회원들은 박수로 감사의 뜻을 표한 다음 주섬주섬 소지품을 챙기고 버스에서 내려와 막고굴 디지털 전시 센터로 향했다. 가이드가 표를 끊어 와야 하니 잠시 모여 기다리라고 하는 사이에 회원들은 둘러서서 한결같이 최교수의 친절하고 명쾌한 설명에 감동했다는 이야기를 나눴다.

내 젊은 시절 잠시 '큰집'(교도소)에서 같이 산 적이 있어서 호형호제하는 사이로 한때는 산에서 뱀을 사육하다가 지금은 건설회사를 하고 있는 박형선 회장은 "형님, 최교수는 여기서 살았는 게지라우. 살지 않고서 으떠케 저렇게 줄줄 꿴다야"라고 전라도 말로 감탄했다. 소리꾼 임진택은 "사설이 저렇게 멋있으니 창은 얼마나 잘할 것이야"라며 석굴에 대한 기대를 한껏 부풀려 말했다.

| 대천하의 겨울 | 주차장에 내려서 다리로 뛰어가보니 기대했던 대로 대천하가 얼어붙어 얼음장 위로 흰 눈이
수북이 쌓여 있었다. 아름다웠다.

　내가 조용히 있는 김정헌 화백에게 "형은 강의 필기도 안 하고 답사
안내책자만 덜렁 들고 있으면 어떻게 하자는 거야?"라고 시비조로 말
하니 김화백이 책자 한가운데를 펼쳐 보여주는데 강의하는 최선아 교
수의 얼굴을 그린 것이었다. 실로 명작이었다. 모두들 달려들어 최교
수 초상화에 감탄하는데 소리꾼은 "최교수 강의 소리가 들린다"라고
했고, 춤꾼 이애주는 "백양나무 가로수가 춤추듯 스쳐가는 배경 처리
가 기막히다"라고 했다.

　그러자 멀리 있던 임옥상이 참지 못하고 달려와 보고는 목에 힘을
주고서 "정헌이 형 그림 실력은 이 초상화가 증명한다"며 엄지손가락

을 세웠다. 내가 얼른 이를 빼앗아 최교수에게 선물로 주니 최교수는 부끄러워하며 받아가면서도 황송함에 만면에 웃음을 지었다. 나로서는 실로 오랜만에 인솔자의 부담을 벗고 벗들과 이렇게 수다와 너스레를 떤 것이 그렇게 즐거울 수 없었다. 실없이 히히덕거리는 것을 우리말로 '희영수하다'라고 한다. 지금도 막고굴을 생각하면 석굴보다도 벗들과 희영수한 것이 더 기억에 남는다.

막고굴 디지털 전시 센터는 한번 와본 곳이라고 낯설지 않았는데 지난여름 사람으로 가득할 때에 비해 너무도 한적해서 적이 놀라웠다. 기다릴 필요도 없이 곧장 영상관으로 안내되어 돈황과 막고굴에 관한 3D영상을 감상하고 셔틀버스에 올라 막고굴로 향했다. 사막을 가로질러 10여 분을 달리다 멀리 막고굴이 보이기 시작하여 나는 차창에 바짝 붙어 눈 덮인 명사산을 사진에 담았다. 주차장에 내려서 다리로 뛰어가보니 내가 원하던 대로 대천하가 얼어붙어 얼음장이 아침 햇살을 받아 윤기를 발하며 빛나고 있었다. 아름다웠다.

다리를 건너 막고굴 광장으로 발길을 옮기니 눈밭에 줄지어 선 백양나무 줄기가 더욱 희게 보였고 마른 나뭇가지 사이로 사리탑과 패방, 일주문이 훤히 들어왔다. 관광객도 관리인도 보이지 않는 막고굴 석벽에는 크고 작은 석굴 대문이 이마를 맞대고 있었다. 역시 막고굴은 겨울에 와야 제대로 보인다는 생각이 들었다.

그런데 어려운 문제가 하나 있었다. 석굴 관람 정원이 20명이어서 우리는 불가불 두 팀으로 나뉘어야 한다는 것이었다. 그래서 갑(甲)반은 최선아 교수가 인솔하는 팀으로 명지대 미술사학과 학생들을 우선

적으로 배치하고 강력한 희망자만 모아 20명을 채우니 을(乙)반 19명
은 별수 없이 내가 인솔해야 할 판이 되었다. 을반에 속한 사람들은 불
만스러워하는 것까지는 아니었지만 행복해 보이지는 않았다. 내 몸값
이 이렇게 떨어진 것은 어쩔 수 없지만 나도 최교수 팀으로 따라붙지
못하는 것이 아쉬웠다.

우리는 갑반 을반 두 줄로 초등학생 하듯이 '앞으로 나란히' 하여 줄
맞춰 서서 특굴 입장권을 끊으러 간 가이드를 기다렸다. 그런데 가이
드가 달려와 하는 말이 오늘은 막고굴에 한국인 가이드가 한 명밖에
나오지 않아 39명이 한 팀으로 관람하는 것을 허용한다는 것이었다.
이 또한 행운이었다.

성당시대 전의 제275굴·220굴 감상

먼저 제275굴로 가니 굴 안이 좁아서 두 팀으로 나누어 들어갔다.
갑반이 나오기를 기다리면서 바깥 잔도를 둘러보는데 굳게 닫힌 제
267굴에는 좌우로 감실이 2개씩 있어서 제267굴부터 제271굴까지 다
섯 굴의 일련번호가 문 앞에 쓰여 있었다. 바로 이것이 남은 석굴 중
현재로서는 가장 오래된 석굴이란다.

북량시대 특굴로 막고굴의 대표적인 초기 석굴인 제275굴은 규모
는 작지만 정면에 위치한 높이 3.3미터에 달하는 교각미륵상이 온화
하면서도 거룩해 보였다. 아닌 게 아니라 얼굴 인상이 둥글넓적한 것
이 이국적이어서 불교가 서역으로 막 들어오기 시작할 때의 분위기를
반영하고 있다. 좌우 벽 위로는 감실에 부처님들이 다소곳이 모셔져

있고 그 아래로는 부처님 본생 담과 불전 이야기가 그려져 있다. 갈색 톤이 주조를 이루면서 살결은 흰색, 옷은 검은색, 천의 자락은 청색으로 채색했는데 필치가 아주 빨라서 나는 듯 보였다. 당나라 벽화 같은 정교한 맛은 없지만 그 분방한 붓놀림이 오히려 싱싱하다는 인상을 준다. 밑그림 본(本)을 대고 그린 것이 아니라 직접 그렸기 때문에 '브러시웍' (brushwork)이 이렇게 힘차게 나타난 것이 틀림없었다.

| 제267굴 입구 | 제267굴에는 좌우로 감실이 두 개씩 있어서 제267굴부터 제271굴까지 다섯 굴의 일련번호가 문 앞에 쓰여 있다. 이것이 남은 석굴 중 현재로서는 가장 오래된 석굴이다.

서위시대 석굴인 제249굴은 꼭 보고 싶었는데 이번에도 건너뛰어 아쉬웠다. 복두형 천장에 그려진, 뒤를 돌아보면서 활을 쏘는 사냥꾼의 모습이 마치 고구려 덕흥리 고분벽화와 춤무덤의 장면과 비슷한 듯 달라서 한번 비교해보고 싶었는데.

이번에도 다시 보게 된 제428굴, 북주시대 석굴은 여전히 감동적이었다. 그 수골청상의 앳된 불상들이 보여주는 애잔한 아름다움이 여전하다.

제220굴은 과연 명굴이었다. 초당시대인 642년에 도홍법사가 조

성했다고 명확한 연대를 알려주는 제기
가 있을 뿐 아니라 이곳 토호인 적(翟)씨
가문에서 대대로 300년을 공양했다며 공
양인들이 그려져 있어서 그 유래가 분명
하다. 남벽에는 「서방정토변상도」, 북벽
에는 「약사정토경변상도」(최근 연구는 '약
사재'를 그린 것이라고도 한다), 동벽에는
「유마경변상도」가 그려져 있는데 이들은
1948년에 돈황연구원에서 위에 덮여 있던
귀의군 시대 벽화를 제거하면서 살려낸 것
이라고 한다. 따라서 펠리오도 스타인도 이
석굴 벽화의 아름다움은 보지 못하여 별로
주목할 벽화가 없는 굴이라고 했단다.

동벽의 「유마경변상도」를 보면 장막을
드리운 방에 구부정하게 앉은 유마거사가
부채를 들고 담론을 펴고 있는 것이 강조되어 있고 그 맞은편에는 문
수보살이 있다. 그 아래로는 이를 구경하는 청중들이 그려져 있고, 그
중에는 의관을 제대로 갖춘 제왕과 더불어 우리나라에서 온 조의관을
쓴 인물이 있어 더욱 반갑고 감동적이었다.

북벽의 「약사정토경변상도」 아래로는 기악이 연주되고 천의 자락
을 휘날리며 춤을 추는 장면이 아주 흥겹게 그려져 있다. 특히 기악을
연주하는 그림은 돈황벽화 중에서도 명장면으로 꼽히고 있다. 춤꾼

| **제275굴 교각미륵상** | 북량시대 특굴로 막고굴의 대표적인 초기 석굴인 제275굴에는 두 다리를 교차한 모습으로 앉아 있는 교각미륵상이 있다. 얼굴 인상이 둥글넓적한 것이 이국적이어서 불교가 서역으로 막 들어오기 시작할 때의 분위기를 반영하고 있다.

이애주는 이 장면을 뚫어져라 바라보며 몸동작을 흉내내보더니 나중에 돈황공항 서점에서 돈황벽화의 춤 그림을 모은 도록을 구해 갔다.

성당시대 이후의 제45굴·148굴·61굴 감상

드디어 대망의 제45굴 차례다. 제45굴은 과연 성당시대 조영된 막

고굴의 하이라이트였다. 1부처, 2나한, 2보살, 2천왕의 7존상으로 구성되어 있는데, 그중 보살상은 모든 중국미술사 책에 반드시 언급되는 조각이고, 많은 돈황벽화 도록의 표지를 장식한다. 내가 불교미술의 흐름을 강의할 때 당나라 불상의 대표적인 예로 보여주는 것도 이 제45굴의 보살상이다.

보살상뿐 아니라 제45굴의 조각상은 모두 한결같이 생동감이 넘친다. 부처님은 거룩하고, 아난과 가섭은 대단히 사실적이며, 두 천왕은 무서운 인상을 실감나게 보여준다. 도록에서 수없이 보아온 불상이었지만 직접 마주하니 사실감이 넘치고 또 넘친다.

그런 중 역시 고귀한 풍모의 두 보살상은 가벼운 트리방가(tribhaṅga, 삼굴)로 우아한 자태를 자랑한다. 아름다운 얼굴과 하얀 피부가 사람의 눈길을 사로잡는다. 복스럽게 살진 몸매를 한 보살상의 하반신에는 화려한 빛깔의 얇은 치마가 바지처럼 두 갈래로 드리워져 있고, 물에 젖은 옷주름이 다리에 밀착되어 몸매를 은근히 드러낸다. 붉은 천의 자락과 금목걸이만 걸쳐진 상반신은 배꼽까지 맨살이 드러나 있어 육감적이라고 말할 수밖에 없다. 이 보살상의 표정을 보고 누군가는 "웃는가 하면 웃지 않고, 기뻐하는가 하면 기뻐하지 않는 것이 인간의 다양한 심리가 응축되어 있다"고 했다. 이상적인 인체상으로서 보살상의 모습이다. 중국의 불상조각은 여기에서 클라이맥스를 이루었다는 느낌이다.

| **제220굴 「약사정토경변상도」**(부분) | 북벽의 「약사정토경변상도」 아래쪽에는 기악이 연주되고 천의 자락을 휘날리며 춤을 추는 장면이 아주 흥겹게 그려져 있다.

불상뿐만이 아니었다. 나의 눈을 휘둥그레지게 만드는 것은 전실과 후실의 모든 벽면에 가득 그려진 다양한 벽화 장식들이었다. 복두형 천장의 경사면에는 천불(千佛)이 무릎을 맞대고 빼곡히 앉아 있고 전실에는 「천수천안관음보살상」과 「여의륜보살상」, 후실의 「관무량수경변상도」와 관음경의 「32응신도」가 불국토를 재현한 듯 전개된다. 이를 도상학적으로 세밀히 관찰할 수 있다니 미술사학도로서 마냥 행복한 일이었다. 정말로 한겨울 막고굴에 다시 온 보람이 있었다.

제45굴을 나오면서 우리는 단체 기념사진을 찍었다. 여름철 같으면 사람이 많아 불가능할 일이지만 겨울 막고굴에는 이런 여유가 있었다. 이어 우리는 제148굴과 제61굴을 관람했다.

제148굴은 성당시대 석굴로 폭 8미터, 깊이 17미터에 달하는 규모이며 부처님이 길게 누워 있는 열반상이 모셔져 있다. 열반상 자체도 조각적으로 뛰어나지만 석가모니의 죽음을 애도하는 보살, 스님, 천인 등 모두 73분이 저마다 다양한 표정으로 표현되어 있다. 그리고 궁륭형(穹窿形) 천장을 가득 메운 천불은 반복적인 문양의 아름다움과 조형적 힘이 무엇인지를 웅변한다. 열반상 주위의 남·서·북 세 벽면에는 「열반경변상도」가 두루마리식으로 펼쳐져 66장면이 10개 조로 나뉘어 그려져 있다. 참으로 장엄한 열반의 세계이다. 이 석굴은 776년에 돈황의 호족 이태빈(李太賓)이 조성했다는 절대 연대가 적혀 있고 또 농서(隴西, 현 천수)에 사는 이씨들이 수리했다는 수리공덕비도 있어

| 제45굴 보살상(가운데) | 이 고귀한 풍모의 보살상은 가벼운 트리방가로 우아한 자태를 자랑하고, 아름다운 얼굴과 하얀 피부가 눈길을 사로잡는다. 중국의 불상조각은 여기에서 클라이맥스를 이루었다는 느낌이다.

미술사가들의 주목을 받고 있다.

열반굴이라고도 불리는 이 제148굴에서 우리는 비교적 긴 시간을 보냈다. 그동안 작은 석굴에 들어가 플래시를 비추며 도상들을 살피던 것에 비하면 굴 안이 넓고 문을 활짝 열어놓으니 광선도 환하게 들어 진짜 석굴 맛을 본 것 같았다. 조각과 벽화를 두루 감상하고 밖으로 나오니 소리꾼 임진택이 싱글싱글 웃고 있어서 뭐가 재미있어 웃느냐고 물었더니 길게 누운 열반상의 자세가 꼭 엊그제 위내시경 찍을 때 자기 모습 같아서 그렇다고 했다. 그러자 일행 중 의사인 홍승의 원장은 위내시경은 저와는 반대 방향으로 누워야 한다고 해 박장대소했다.

제61굴은 막고굴 답사에서 또 한번 만나는 클라이맥스였다. 폭 14미터, 깊이 14미터의 대형 석굴로 천장이 높을 뿐 아니라 복두형으로 깊게 올라가 그 공간감이 어느 석굴보다도 장쾌하다. 제61굴은 조씨 귀의군 시대를 연 조의금(曹議金)의 아들 조원충(曹元忠)의 부인 적씨 부인이 947년에서 955년 사이에 봉헌한 것으로 그의 손자 조연록(曹延祿)이 980년 무렵에 중수(重修)한 것이라고 한다. 문수보살의 신앙을 받든 석굴이어서 문수전(文殊殿)이라고 불리는데 원래는 중앙의 2층 제단에 사자에 올라앉은 문수보살상이 있었겠지만 누군가가 들고 가는 바람에 불단이 비어 있고 배병(背屛)에는 그때 떼어가지 못한 사자 꼬리만 그대로 붙어 있다.

제단 뒤 서쪽 벽 윗면 전체에 문수보살의 성지인 산서성(山西省)의 오대산(五臺山)을 장쾌한 실경산수로 그려넣었다. 최선아 교수는 일찍이 「돈황 막고굴 제61굴과 오대산 문수진용」(『민족문화연구』 64권,

| **제148굴 내부** | 부처님이 길게 누워 있는 열반상이 모셔져 있다. 열반상 자체도 조각적으로 뛰어나지만 석가모니의 죽음을 애도하는 보살, 스님, 천인 등 모두 73분이 저마다 다양한 표정으로 표현되어 있다.

2014)이라는 논문을 발표한 바 있어 우리에게 한 대목 한 대목을 상세하게 설명해주어 참으로 의미있게 감상할 수 있었다.

　동벽에는 「유마경변상도」가, 남벽에는 「미륵경변상도」 「아미타경변상도」 등 여러 변상도가 그려져 있는데 칸칸이 구획을 지어 마치 경변상도 전시장을 보는 것 같다. 그리고 동벽 아랫단에는 조원충의 부인, 딸, 며느리, 손녀 등 조씨 여자 수십 명이 공양인상으로 줄지어 그려져 있어 장관이다.

　그리고 공간 전체에 감도는 차분한 초록빛 색감과 천장을 가득 메

| 제61굴 내부 | 천장이 높을 뿐 아니라 복두형으로 깊게 올라가 그 공간감이 어느 석굴보다 장쾌하다.

운 천불상이 이 석굴을 더욱 밝고 거룩한 분위기로 이끌어간다. 그리고 「오대산도」에는 신라사신과 고려사신이 동시에 그려져 있다고 알려져 이를 찾아보느라고 우리는 더욱 세심히 관찰했다.

막고굴 답사를 마치며

이날 우리는 이외에도 제96굴의 대불, 제17굴의 장경동을 포함하여 모두 12개의 석굴을 보았다. 막고굴 가이드는 해설을 도맡아준 최선아 교수에 대한 감사의 뜻이었는지, 아니면 연구자도 아니면서 이렇게 열심히 공부하는 관광객을 처음 본 감동이었는지, 또는 사람이

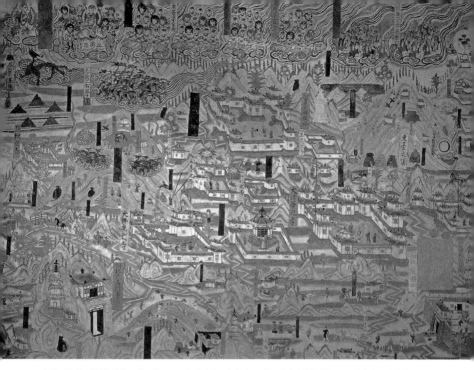

| 막고굴 제61굴 「오대산도」 | 제61굴 주실 서벽에 그려진 이 그림은 산서성의 유명한 불교 성지인 오대산의 모습을 묘사한 초대형 산수화다.

찾아오지 않는 한겨울에 방문해준 것에 대한 고마움이었는지, 아니면 그 모두였는지 예정 시간보다 1시간을 더 허락해주어 지난여름 왔을 때보다 4개의 굴을 더 보았다. 진짜 막고굴을 막고굴답게 답사한 기분 이다. 감사하고 감격할 따름이다.

이제 버스로 돌아가기 위해 막고굴 솟을대문을 나와서 일행들은 3시간에 걸쳐 사막의 대회랑을 본 감상을 나누며 끼리끼리 눈 덮인 광장을 걸었다. 나는 막고굴의 불가사의한 대역사(大役事)를 속으로 생각했다. 각 석굴은 봉헌하는 사람의 정성과 재력과 참여한 화가의 솜씨를 최대로 구현해 조영했을 것이다. 이렇게 아름다운 석굴 하나를

| 제61굴 조씨 여인들 공양인상 | 동벽 아랫단에는 조원충의 부인, 딸, 며느리, 손녀 등 조씨 여자 수십 명이 공양인상으로 줄지어 그려져 있어 장관이다.

만들었을 때 그 성취감은 어떠한 것이었을까. 하나의 아름다운 석굴은 다음 석굴의 기준이 되었을 것이며, 재력이 모자라면 형식을 달리하여 자기 석굴만의 특색을 살린 것이 이 천불동 막고굴의 신화를 낳은 것이리라. 중국 강남의 소주(蘇州)에는 무려 60여 개의 정원이 남아 있어서 이를 보면 누가 누가 잘하나 경쟁한 듯한 인상을 주는데, 이와 마찬가지다. 경쟁은 문화를 더 높이 고양시킨다.

나는 일행 중 미술 감상 9단이라는 별칭을 가진 일암관 신성수 회장에게 말을 건넸다.

"춥다고 해서 망설였는데, 오니까 어떻습니까?"

"아, 정말 감사합니다. 내 평생에 이런 큰 안복(眼福)을 누린 것에 감사할 뿐입니다."

"어느 굴이 제일 좋던가요?"

"역시 제45굴이네요. 불상과 벽화 모두 그저 부처님 세계의 아름다움으로 가득하다는 감탄을 말할 수 있을 따름입니다. 왜 교수님이 제45굴을 그렇게 말했는지 알 만합니다."

"석굴 안에 감도는 거룩한 분위기는 현세를 떠나 극락세계로 안내해 들어온 것만 같지 않아요?"

"석굴 하나하나가 모두 특색 있고 아름다웠지만 그렇게까지는 못 느꼈습니다. 나는 솔직히 말해서 불교 신도가 아니지만 그런 종교적 황홀경은 경주 석굴암에서 느꼈을 뿐 여기서는 그런 감동을 주는 석굴은 없었어요. 우리 석굴암의 구조와 불보살상 배치와 조각이 얼마나 완벽한 것이었나 새삼 절실히 다가옵니다. 게다가 석굴암의 구조는 견고하기로 유명한 화강암으로 인공 돔을 만들고 그 위에 흙을 덮어 인도·중국에 있는 석굴사원의 전통을 우리 자연에 맞게 한국적으로 구현해낸 것 아니겠어요."

역시 미술 감상 9단다웠다. 중국에 돈황 막고굴이 있다면 우리나라엔 토함산 석굴암이 있다. 이것이 막고굴에 와서 새삼 느끼는 우리 문화유산의 자부심과 자랑이다.

제2부
돈황의 도보자와 수호자

돈황문서는 그렇게 발견되고 그렇게 유출되었다

돈황문서의 발견과 수수께끼 / 돈황문서 피난설 /
러시아의 오브루체프 / 독일의 르코크 / 영국의 오렐 스타인

세기의 대발견, 돈황문서

이제 바야흐로 100여 년 전, 세기의 대발견이었던 돈황문서 3만 점
이 여러 나라로 뿔뿔이 흩어지게 되는 돈황 문물 유산기(流散記)를 이
야기하자니 이를 어디까지 쓸 것인가 하는 문제를 고민하지 않을 수
없다. 내가 따로 공부한 것이 있을 리 만무한 이 과정에 대해서는 이미
저명한 저자들에 의한 공신력 있는 저서들이 여러 권 나와 있다. 그래
서 나는 성실한 독서인으로서 나의 독자들을 위해 이 긴 사연의 이야
기들을 요약하는 것으로 대신하기로 했다. 내가 읽은, 그리고 가장 잘
알려진 책은 다음과 같다.

유진보(劉進寶) 편저『장경동의 수수께끼: 돈황문물 유산기(藏經洞
之謎: 敦煌文物流散記)』(甘肅人民出版社 2000)

번금시(樊錦詩)『막고굴 사화(莫高窟史話)』(江蘇美術出版社 2009)

피터 홉커크(Peter Hopkirk)『실크로드의 악마들』(김영종 옮김, 사계절
2000)

유진보(劉進寶)『돈황학이란 무엇인가』(전인초 옮김, 아카넷 2003)

마쓰오카 유즈루(松岡讓)『돈황 이야기』(박세욱·조경숙 옮김, 연암서가
2008)

나가사와 가즈토시(長澤和俊)『돈황의 역사와 문화』(민병훈 옮김, 사계
절 2010)

로더릭 횟필드·수전 횟필드(Susan Whitfield)·네빌 에그뉴(Neville
Agnew)『돈황 막고굴의 석굴들』(*Cave Temples of Mogao at Dunhuang*,
Getty Conservation Institute 2015)

권영필『실크로드의 에토스』(학연문화사 2017)

돈황 문물이 전세계로 흩어지고 벽화와 불상이 파괴되고 유실되는
이 세계사적 사건의 팩트를 놓치지 않고 소개하기 위해 나는 전 과정
을 연표로 작성해두었다. 독자들을 위해 이를 먼저 제시해둔다.

1900년 왕원록, 막고굴 제17굴 장경동에서 약 3만 점의 고문헌
발견(혹은 1899년이라고도 함).

1905년 러시아의 블라디미르 오브루체프, 돈황에 다녀감.

1907년 영국의 오렐 스타인, 돈황문서 약 1만 점을 가져감.

1908년 프랑스의 폴 펠리오, 돈황문서 약 5천 점을 가져감.

1910년 청나라 정부, 잔존 돈황문서 약 1만 점을 북경으로 옮기
게 함(이 과정에서 약 2천 점이 산실되었음).

1912년 일본의 오타니 탐험대, 돈황에 와서 유물 일부를 가져감.

1914년 영국의 오렐 스타인, 다시 막고굴에 와서 약 500점의 문
서를 가져감.

1914년 러시아의 세르게이 올덴부르크, 돈황에 와서 유물을 수
집해감.

1920년 러시아 10월혁명으로 망명 온 러시아 백군 약 900명이
11월부터 이듬해 8월까지 10개월간 막고굴에 주둔함. 이
때 많은 벽화가 손상됨.

1924년 미국의 랭던 워너가 벽화 12점과 공양보살상을 가져감.

1925년 랭던 워너가 벽화를 떼어가기 위해 다시 돈황에 왔다가
주민들의 제지로 돌아감.

1942년 국민당 정부, 서북 사지 고찰단을 편성해 석굴을 조사하
게 함.

1944년 국립돈황예술연구소 개설. 벽화의 모사·수리·보존을 개시.

1950년 중화인민해방군, 돈황을 접수.

1951년 중국 정부, 돈황예술연구소를 돈황문물연구소로 확대개
편하고 상서홍을 원장에 임명함.

1984년 돈황문물연구소를 돈황연구원으로 확대개편함.

1987년 유네스코 세계유산에 등재됨.

현재 돈황문서는 영국의 영국박물관, 프랑스의 기메 박물관, 러시아의 예르미타시 박물관 등 13개국의 43개 기관과 중국의 국가박물관을 비롯한 27개 기구, 대만 대북(臺北)의 국가도서관, 홍콩 중문대학 문물관 등에 소장되어 있으며 우리나라 국립중앙박물관에도 오타니 탐험대가 가져온 유물 다수가 소장되어 있다.

돈황문서의 발견과 수수께끼

'돈황문서'가 발견된 장경동은 막고굴 제16굴 안에 있는 감실로 지금은 제17굴로 불린다. 이 제17굴 안에 가득 든 3만 점의 고문서를 발견한 것은 도사(道士)임을 자처한 왕원록(王圓籙)이었다. 그는 호북성(湖北省) 사람으로 병졸이었으나 군대를 그만두고 떠돌다 막고굴로 와 현재의 제344굴에 정착해 살았다. 당시 돈황은 실크로드로 가는 관문으로 번창했던 것은 옛이야기였고 단지 서역으로 가는 오지의 낙후된 마을에 불과했으며 막고굴에는 티베트불교 승려 몇 사람만 있을 뿐이었다.

이후 왕도사는 보다 크고 안락한 제16굴로 거처를 옮기고 탁발을 하면서 생활했다. 그가 벽으로 막혀 있던 제17굴 장경동을 발견하게 된 데에는 두 가지 이야기가 전한다. 하나는 1900년 5월 26일 왕도사가 인부들을 불러 오랫동안 쌓인 토사를 제거하는 작업을 하던 중, 갑

| 제16굴에서 바라본 제17굴 입구 | 제16굴의 감실인 제17굴은 안에 약 3만 점의 돈황문서가 밀봉되어 있었기 때문에 장경동이라고도 불린다.

작스러운 꽝음과 함께 벽면에 금이 갔고, 두드려보니 속이 비어 있는 것 같아 벽을 무너뜨리자 작은 문이 나오고 그 안에 문서가 가득 들어 있었다는 것이다.

또 하나의 이야기는 왕도사가 사경(寫經)을 내다팔기 위해 양(楊) 씨 성을 가진 사경생(寫經生)을 고용했는데, 이 사경생이 벽을 등지고 책상에서 사경을 필사하면서 담배를 벽 틈에 비벼 끄곤 하다가 1899년 여름 어느 날 담배 연기가 벽 속으로 빨려들어가는 것이 이상하다며 왕도사에게 알렸다는 것이다. 이에 왕도사가 한밤중에 벽을 부수고 들여다보니 폭 3미터의 감실 안에 고문서가 가득 채워져 있더라는 것이다. 이것이 돈황문서라 일컬어지는 보물이 모습을 드러낸 세기의 대발견이다.

장경동에서 나온 문서 중 기년이 쓰여 있는 것을 보면 가장 오래된 문서는 오호십육국시대인 353년의 필사본이고, 가장 늦은 시기에 작성된 것은 북송 때인 1030년에 작성된 필사본이다. 앞의 것은 러시아에 있고, 뒤의 것은 프랑스에 있다.

이 장경동이 폐쇄된 시기와 이유를 처음으로 논한 사람은 폴 펠리오였다. 당시 그는 여기에서 발견된 가장 늦은 시기의 경전은 송나라 지도(至道, 995~997) 연간까지의 것이고 서하문자로 쓰인 것이 없으니 이를 하한 연대로 보면 필시 1036년 서하의 침공을 받으면서 급히 피난시켜둔 것으로 추정할 수 있다고 했다. 나진옥(羅振玉)을 비롯한 중국학자들도 이 설을 지지했다. 이것이 '서하 피난설'이다.

돈황문서 피난설과 폐기설

피난설은 한동안 학계의 지지를 받아왔으나 두 가지 문제점이 있었다. 하한 연대를 11세기로 보는 것은 맞지만 서하는 불교국가였기 때문에 서하의 침공 때문에 피난시켰다고 보기는 어렵다는 점이다. 더욱이 위장한 벽화가 서하시대 양식임을 감안하면 앞뒤가 맞지 않는다. 그래서 나온 것이 '카라한 피난설'이다. 10세기 말 카슈가르(Kashgar, 疏勒)에서 일어난 이슬람계의 카라한(Karakhan) 왕조는 서역남로에 있는 호탄(Khotan, 和田)을 점령한 후 불교유적을 모조리 파괴하고 당시 돈황을 지배하고 있던 서하까지 공격할 태세였다. 이에

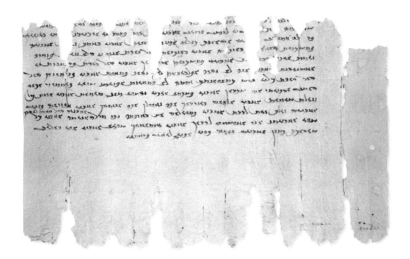

| **돈황문서 중 소그드어로 쓰인 편지** | 돈황문서는 한자 외에도 티베트어, 위구르어, 투르크어, 시리아어, 몇몇 인도 방언, 히브리어, 서하어, 몽골어 등 10여 종의 문자로 적혀 있어 그 가치를 더한다.

불교를 신봉하고 있던 서하가 불경을 비롯한 고문헌을 장경동에 넣고 봉했다는 주장이다.

　그러나 이들 '피난설'은 어느 경우도 밀봉하여 은닉한 것을 왜 다시 꺼내지 못하고 그대로 두었는가를 설명하지 못했다. 이에 나온 것이 '신성한 폐기설'이다. 여기서 나온 불경들은 오늘날 입장에서 볼 때 귀한 것이지 당시로서는 폐기 처분할 만한 것이 많다. 대부분이 잔권(殘卷) 단편들이고 가짜 경전으로 의심되는 위경(僞經)도 적지 않다. 심지어는 잘못 베껴 버려진 두루마리와 먹을 덕지덕지 칠한 잡다한 글씨의 문서들이 대부분이다. 그리고 응당 있어야 할 『대장경』에 수록된 주요 경전이나 『대반야경』 등 고급 불경이 없다. 이로 보아 사경을 하다가 실수로 잘못 쓴 경전이나 닳아서 더 이상 보기가 어려운 경전, 그리고 사원에서 소장하고 있는 문서 중 비교적 수준이 낮은 것이나 필요 없는 것을 폐기 처분하면서 마구 버릴 수 없어 '숭성존경(崇聖尊經)'하는 자세로 석굴 한쪽 감실에 넣은 다음 막아버린 것이라는 주장이다.

'폐기설'에 이어 그때 왜 옛 경전을 폐기하게 되었는가를 설명한 '서고(書庫) 개조설'이 등장했다. 장경동에서 나온 불경들을 보면 대개 두루마리 필사본이고 같은 내용의 경전이 많아 오렐 스타인이 가져간 돈황문서 중 『묘법연화경』만 해도 온전한 것, 잔편으로 남은 것을 합쳐 1천 점에 달한다. 생각건대 1000년 무렵이면 목판 인쇄본이 간행되고 또 아코디언식으로 접었다 폈다 하는 절첩식(折帖式) 간행본이 유행함으로써 더 이상 사용이 불편해진 두루마리식 필사본 사경들이 많았을 것이다. 이들을 넣어두는 서고였는데 이 공간이 꽉 차면서 많은 양의 잡다한 물건들을 한꺼번에 집어넣고 봉했다는 주장이다.

이처럼 여러 학설이 계속 제기되고 있지만 아직 진정한 원인은 모르는 상태이다. 그러나 설령 '폐기설'이 맞다 하더라도 이 돈황문서의 역사적 가치는 변함이 없다.

돈황문서는 불교뿐 아니라 여러 종교·역사·문학·민속 등을 내용으로 하는 거대한 대백과사전 같은 사료라고 할 수 있다. 한자 외에도 티베트어, 위구르어, 투르크어, 시리아어, 몇몇 인도 방언, 히브리어, 서하어, 몽골어 등 10여 종의 문자로 적혀 있다. 또한 이들 자료는 한족에게만 해당되는 것이 아니라 흉노, 오손, 강, 누란, 쿠차, 돌궐, 토번, 위구르, 서하, 몽골과 인도, 파키스탄, 아프가니스탄, 키르기스스탄, 카자흐스탄, 페르시아, 그리고 혜초의 『왕오천축국전』이 말해주듯 한국과도 연계된다. 이는 실로 은허 갑골문의 발견에 버금가는 귀중한 문화유산이다.

| 도사 왕원록 | 왕원록은 학문과는 거리가 멀고 사람 됨됨이가 어수룩했다고 한다.

왕도사의 고민

도사 왕원록은 학문과는 거리가 멀고 나중에 돈황문서를 처리하는 과정에서 보이듯이 사람 됨됨이가 우매무지했다고 한다. 왕도사는 자신이 발견한 이 문서들이 얼마나 귀중한 것인 줄은 몰랐고 다만 예사 물건이 아니라는 직감만 있었다. 그래서 돈황 지방에 글 좀 안다는 사람에게 이 고문헌의 샘플을 보여주었는데 그는 예부터 내려오는 불경일 뿐이라며 관심을 갖지 않았고, 다만 당시 돈황현의 현장(縣長)인 왕종한(汪宗瀚)이 고문헌에 관심이 있어 왕도사에게 고사경과 불화 몇 점을 가져오게 하여 보았다고 한다.

그리고 2년이 지난 1902년 감숙성에서 학태(學台)라는 벼슬을 지내던 섭창치(葉昌熾)가 이 소문을 듣고 왕종한에게 정확히 보고하도록 했다. 이에 석실 문서의 개략과 사경, 불화 두루마리 등을 샘플로 몇 점 보냈더니 섭창치는 크게 흥분해서 상급기관인 번태아문(藩台衙門)

을 찾아가 이 고문헌은 질과 양 모두 훌륭한 것이니 반드시 감숙성으로 옮겨 보관하는 것이 좋겠다고 건의했다. 이에 당국도 건의의 필요성은 인정했으나 포장비와 운임을 계산해보니 은 오륙천 냥은 들 것 같은데 그 정도의 경비는 지원해줄 수 없다며 왕종한에게 '경권과 그림을 점검해 봉해둘 것'을 명했다. 그리하여 왕도사는 벽돌을 쌓아 감실 입구를 막았다. 이것이 1904년 3월의 일이다.

그래도 왕도사는 이 문서들이 무언가 가치가 있을 것 같아 이번에는 큰 도시인 주천(酒泉)으로 가서 안숙도(安肅道) 도태(道台)를 지내고 있는 정동(廷棟)이라는 이에게 사경 일부를 보여주었는데, 그 역시 큰 관심을 보이지 않아 낙담한 채 돈황으로 돌아왔다. 참으로 한심한 청나라 말기의 정부 상황이었다. 이런 상태에서 소문을 들은 제국주의 탐험가들이 이 희대의 먹잇감을 노리고 하나둘씩 몰려들기 시작했다.

제국주의 탐험가와 학자들

19세기에 서투르키스탄이라 불렸던 중앙아시아와 동투르키스탄이라고 불렸던 중국 신강성(新疆省) 지역은 제국주의자들의 각축장이었다. 당시 이 광활한 지역은 러시아 제국주의자 입장에서는 남쪽으로 진출하는 무대였고, 인도를 식민지로 차지하고 있던 영국 제국주의자들에게는 북쪽으로 나아갈 수 있는 경로였다. 베트남을 식민지로 갖고 있는 프랑스도 중국에 많은 관심이 있었다. 그리고 뒤늦게 제국주의 반열에 끼어든 독일은 식민지 개척을 위해 이곳에 눈독을 들이고 있었다. 한편 청나라 정부는 영화 「북경의 55일」(1963)에서 보듯 종이 호랑이에 지나지 않아 제국주의 학자들은 아무런 통제를 받지 않고 이 변경의 오지로 들어올 수 있었다. 이것이 제국주의 학자들을 실크로드 탐험으로 불러들인 것이다.

우리는 제국주의를 펼친 역사적 경험이 없기 때문에 그 생리와 오묘한 행태에 대해 잘 모른다. 영화 「잉글리시 페이션트」(1996)에서 그 분위기가 잘 보이듯 지리학과 지질학은 물론이고 고고학·민속학·인류학·미술사는 제국주의의 팽창과 함께 비약적으로 발전했다. 제국주의자들은 식민지 침탈을 위해 총칼을 들이대기 전에 상인을 앞장세웠고, 다음에 종교를 퍼뜨렸고, 그다음엔 학자들이 들어가 그 땅의 역사와 지리와 민속을 연구하면서 정보와 지식을 넓혔다. 이는 식민지 지배를 위해서도 전쟁을 하기 위해서도 절대적으로 필요한 그 나름의 기초조사이기도 했다.

사마랑호의 제주해역 조사

추사 김정희가 제주도에 유배 살 때인 1845년, 영국의 에드워드 벨처 함장이 이끈 사마랑호가 우리나라 해심을 측정하기 위하여 제주도 우도에 정박한 일이 있었다. 이양선(異樣船)의 등장에 주민들이 혼비백산해서 도망가는 것을 보고 추사는 서양 사정에 몽매한 당시의 현실을 개탄하는 글을 영의정 권돈인에게 보냈다. 그때 추사가 놀란 것은 오히려 제국주의자들이 황급히 떠나다 두고 간 지도였다고 한다. 추사는 이를 보고 얼마나 많이 왔으면 이렇게 정확한 지도를 그릴 수 있었겠느냐고 했다. 그들은 이렇게 측량한 결과물로 상세한 지도를

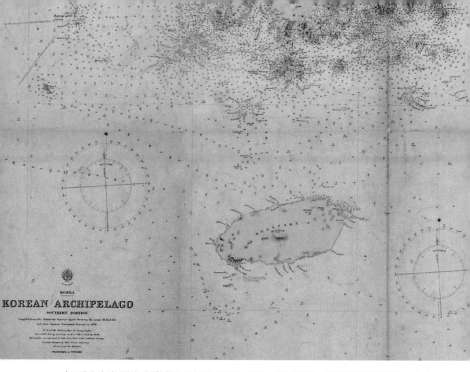

| 19세기 말 영국에서 제작한 한반도 남해안과 제주도 지도 | 추사 김정희는 영국 제국주의자들이 놓고 간 지도를 보고 크게 놀랐다고 한다. 제국주의의 무서운 행태를 엿볼 수 있다.

제작했다. 나는 인사동의 호고당이라는 고서점에서 1896년에 영국에서 제작한 제주도와 남해안 지도를 보고 아연실색했다. 거기엔 우리 바닷가의 해심이 주근깨처럼 적혀 있었다. 나는 많은 이들이 제국주의의 무서운 행태를 이해하기 바라며 이 지도를 구입하여 국립제주박물관에 기증했다.

예일피바디 자연사박물관의 한국 민속품

또 하나의 예로 미국 예일피바디 자연사박물관에 있는 우리나라 민속품의 내력을 들 수 있다. 1946년에 열린 미소공동위원회의 미국

측 대표단 중에는 문정관으로 참여한 코닐리어스 오스굿(Cornelius Osgood)이라는 민속학자가 있었다. 한반도 문제를 해결하기 위한 군사협정단에 민속학자가 포함되어 있었다는 사실 자체도 무서운 얘기지만 그는 이때 강화도에 있는 어느 중류층 가정집의 모든 가구와 집기 전체를 구입하여 예일피바디 자연사박물관으로 가져갔다. 밥상, 부지깽이, 멍석부터 요강까지 말이다. 그들은 이미 이를 모두 유리 원판 사진으로 찍어 보관하고 있는데 마치 75년 전 우리 농가의 생활상을 말해주는 타임머신 같다. 학자들은 학문적 성과와 편의를 위해 제국주의자들이 베푸는 지원을 기꺼이 받았고, 또 요청했다. 그런 물적 지원 아래 자신의 학문에 전념하며 열정을 바칠 수 있었다. 한반도는 물론 만주와 시베리아 일대의 민속과 무속을 조사한 일본 고고학자 도리이 류조(鳥居龍藏)의 뛰어난 업적 역시 일본 제국주의의 산물이었다.

제국주의자들의 탐사 지원

제국주의자들은 학자들의 탐사를 적극 지원했다. 탐사에 들어가는 경비는 막대한 것이었다. 탐사는 적어도 1년, 길게는 3년을 잡고 출발했다. 혼자 가는 것도 아니었다. 오렐 스타인이 돈황에 들어가기 바로 직전에 누란(樓蘭)을 탐사할 때의 대원은 지역 안내인이 2명, 인부가 50명, 짐을 싣고 온 낙타가 7마리였고 현지에서 낙타 18마리를 추가로 빌려 1마리당 얼음을 225킬로그램씩 실었다고 한다. 가져온 식수가 떨어지자 이틀을 더 갈 수 있는 얼음을 추가로 싣기 위하여 당나귀 30마리를 더 빌렸다고 한다. 이 많은 경비를 누가 지원했겠는가.

헝가리 출신 영국의 탐험가 오렐 스타인(Marc Aurel Stein)은 영국박물관의 지원을 받았다. 프랑스의 에두아르 샤반(Émmanuel-Édouard Chavannes, 1865~1918), 폴 펠리오는 프랑스 극동연구원과 기메 박물관의 지원을 받았다. 러시아의 표트르 코즐로프(Pyotr K. Kozlov, 1863~1935), 블라디미르 오브루체프는 러시아 정부가 지원하는 러시아 지리협회의 지원을 받았고, 스웨덴의 스벤 헤딘(Sven Hedin, 1865~1952)은 노벨상을 만든 알프레드 노벨이 경비를 지원했다.

'그레이트 게임' 혹은 '인문 침략'

당시 탐사를 주도한 것은 러시아, 영국, 독일이었다. 러시아 제국주의자 입장에서 이곳은 남쪽으로 진출하는 무대였고, 인도를 식민지로 차지하고 있는 영국 제국주의자들에게는 북쪽으로 나아갈 수 있는 루트였으며, 뒤늦게 제국주의에 나선 독일로서는 신 개척지였다. 처음에는 지리적으로 가까운 러시아가 앞장섰다. 러시아의 지리학자 니콜라이 프르제발스키(Nikolai M. Przhevalsky)가 일찍이 여기에 들어와 로프노르 호수를 측량하고 돌아갔다. 그러자 독일에서는 실크로드를 명명한 리히트호펜이 이곳의 지형적 특징을 밝히고 그의 제자인 스웨덴의 스벤 헤딘을 여기에 투입시켰다. 영국에는 오렐 스타인이 있었다.

이들은 경쟁적으로 탐험에 나서 사막 속의 비밀을 밝혀내는 첫 번째 학자가 되고 싶어했다. 그들로서는 학문적 의욕이었다고 말할 수 있으나 결과적으로 그리고 현실적으로 제국주의가 낳은 산물의 하나였다. 문필가 러디어드 키플링(Joseph Rudyard Kipling, 1865~1936)은 이를 거대한 경쟁이라는 뜻의 '그레이트 게임'(The Great Game)이라고 했다(프랜시스 우드 『문명의 중심 실크로드』, 박세욱 옮김, 연암서가 2013).

그러나 이 표현 또한 제국주의적 시각이다. 그들로서는 게임이었는지 모른다. 그러나 나는 이것을 '인문 침략'이라고 생각한다. 제국주의 침략의 피해를 입은 우리의 입장에서 보면 더더욱 그렇다. 그 점에서 지리학과 고고학은 제국주의의 팽창과 함께 발전한 학문이라고 해도 과언이 아니다. 나중에는 민족학·미술사학, 심지어는 종자 확보를 위해 식물학까지 여기에 가담했다.

여기에 투입된 학자들은 자신이 이 '거대한 음모'에 동원되었다는 의식이 거의 없었던 것 같다. 그들로서는 오직 학문적 실천이었을 뿐이었다고 말할 수 있을지도 모른다. 그러나 이들이 탐사를 마치고 발굴한 유물을 당연히 자기 것으로 생각하고 몽땅 가져간 것을 보면 그들은 어쩔 수 없는 제국주의의 자식들이었다.

혹한과 혹서로 이름난 타클라마칸사막에서 이들이 몇 달, 몇 해에 걸쳐 탐사한 이야기는 거의 무용담에 가깝다. 탐사 자체에는 영웅적인 인내와 용기가 필요했다. 이들과 동행한 수많은 인부와 낙타가 추위와 갈증으로 사막에서 죽었다. 그들 자신도 동상에 걸려 발가락이 잘리는 중상을 입기도 했다. 그리고 귀국해서는 영웅 대접을 받았다. 스벤 헤딘과 오렐 스타인이 대학에서 받은 훈장과 명예박사학위는 이루 열거하기 힘들 정도로 많다.

언론인 출신 작가 피터 홉커크는 『실크로드의 악마들』(김영종 옮김, 사계절 2000)에서 이들의 활약을 흥미진진한 다큐멘터리로 펴내어 영국 도서상(1981)까지 받았다. 그는 제목에서 '악마들'이라는 표현을 쓸 정도로 객관적 시각을 갖고자 노력했지만 거기에도 은연중 백인 우월주의, 혹은 영국인 우월의식이라는 무의식이 들어 있다. 경희대 강인욱 교수는 '그레이트 게임'에는 제국주의자들의 어두운 그림자가 서려 있다고 말했다.

러시아의 오브루체프

각국의 학자와 탐험가들이 타클라마칸사막의 오아시스 도시 곳곳에서 탐사 작업을 벌이고 있는 상태에서 막고굴에서 돈황문서가 무더기로 발견되었고, 이 소문이 퍼져나가기 시작했다. 이후 돈황문서가 흩어지게 되는 과정은 피터 홉커크의 『실크로드의 악마들』에 아주 흥미롭고 실감나게 소개되었다.

돈황 막고굴에서 고문서가 무더기로 발견되었다는 소식을 가장 먼저 접한 제국주의 탐험가는 러시아의 블라디미르 오브루체프(Vladimir A. Obruchev, 1863~1956)였다. 그는 지질·지리학자로 모스크바 광산대학 교수를 역임한 소비에트 과학 아카데미 정회원이었다. 그뿐 아니라 아카데미의 지질학·지리학 부문 서기와 연구소장도 맡았던 거물이다. 카라쿰사막, 몽골, 바이칼호 등의 학술조사에 참가하고 시베리아의 지질 등에 대한 다수의 저서를 펴낸 학자였으며, 코즐로프가 이끈 서하왕조의 카라호토(Kara Khoto, 흑성) 발굴에 참가하여 혁혁한 업적을 세운 대단한 탐험가이기도 했다.

그가 회고록 형식으로 쓴 『중앙아시아의 광야에서』(In the Wilds

| 블라디미르 오브루체프 |

of Central Asia, 1951)에 의하면 그는 천산산맥 위쪽에 있는 준가르(准噶爾) 지방을 탐사하던 중 중국 상인과 잡담을 하다가 돈황문서에 대한 소문을 듣고 1905년 10월 투르판(Turfan, 吐魯番)을 거쳐 고비사막을 가로질러 돈황으로 왔다고 한다. 돈황문서를 발견하고 이러지도 저러지도 못하고 있던 왕도사는 오브루체프에게 문서 일부를 넘겨주었다고 한다.

피터 홉커크는 『실크로드의 악마들』에서 이때 오브루체프가 왕도사에게 미리 준비해간 승려 의복용 직물, 향, 등잔용 기름, 구리 주발 등이 든 6꾸러미를 고사본 2상자와 맞바꾸었다고 했다. 그는 지리학자였기 때문에 이 고문서들을 보고 불성실하게 쓴 경전으로 인쇄본만 못하다고 말할 정도로 이 분야와는 거리가 멀어 이 바꿔먹기가 오히려 수지가 맞지 않았다고 불만을 말할 정도로 이 고사본이 갖고 있던 가치를 몰랐다는 것이다.

그러나 오브루체프의 회고록에는 물물교환했다는 내용이 없고 오히려 왕원록이 그가 준 러시아의 촛대가 마음에 들어 그에게 보상으로 문서 일부를 준 것으로 되어 있다. 아무튼 그가 가져간 2상자의 문서는 9년 뒤 1914년에 세르게이 올덴부르크(Sergei F. Oldenburg, 1863~1934)가 돈황을 탐사하면서 가져간 유물들과 함께 오늘날 예르미타시 박물관에 굴지의 돈황 문물 소장품으로 보관되어 있다.

| 알베르트 폰 르코크 |

독일의 르코크

한편 돈황문서의 발견 소식은 투르판에 머물고 있던 독일의 동양학자인 알베르트 폰 르코크(Albert von Lecoq, 1860~1930) 귀에도 들어갔다. 그는 투르판의 베제클리크석굴의 벽화와 쿠차의 키질석굴을 조사하고 뜯어간 고고미술사학자였다. 르코크는 1904년 투르판에 도착하여 벽화를 조사하다가 1905년 8월에 하미(哈密) 지역을 탐사하던 중 타슈켄트의 한 상인으로부터 돈황문서가 대량으로 발견되었다는 이야기를 들었다.

그런데 그때 공교롭게도 베를린으로부터 전보가 날아왔다. 그의 상사이자 선배인 독일의 인류학자 알베르트 그륀베델(Albert

Grünwedel)이 투르키스탄으로 떠났으니 10월 15일 전에 카슈가르에 가서 그를 맞이하라는 전갈이었다. 하미에서 카슈가르까지는 타클라마칸사막 서쪽 끝에서 동쪽 끝으로 2천 킬로미터는 떨어져 있어 족히 한 달 반이 넘게 걸리는 거리였다. 그리고 하미에서 돈황은 반대 방향으로 500킬로미터 떨어져 있어 돈황을 다녀오자면 왕복 한 달이 걸린다. 돈황을 다녀와서 카슈가르에 가기에는 시간이 보름가량 모자랐다. 그래도 당시엔 길이 나쁘고 멀기 때문에 며칠 늦는 것은 양해될 수 있었다. 즉 카슈가르에 좀 늦게 도착할 요량이면 갈 수도 있었다.

르코크는 하늘에 운명을 맡겨보기로 하고 중국 동전을 던져 앞면이 나오면 돈황으로 가고 뒷면이 나오면 카슈가르로 가기로 했다. 그런데 뒷면이 나왔다. 그는 돈황을 포기하고 카슈가르로 떠나면서 속으로 '이런 소문은 헛소문인 경우가 많으니까'라고 합리화하고 10월 15일 전에 카슈가르에 도착했다. 그런데 만나기로 한 그륀베델은 도중에 수하물을 잃어버려 10월 15일은커녕 그달 말일이 되어도 도착하지 않았다. 훗날 르코크는 아무리 생각해도 분했지만 하늘의 명에 따라 더 좋은 곳(쿠차의 키질석굴)으로 갔다고 생각하며 스스로를 위로했다고 한다.

세상을 살다보면 운수라는 것이 있듯이 유물에도 팔자소관의 운명이 있는 것 같을 때가 있다. 르코크가 소문을 듣고도 돈황에 가지 못한 것이 운명이라면, 뒤이어 오렐 스타인이 고대 오아시스 도시인 누란 유적지 탐사를 마치고 급수를 위해 돈황에 들렀다가 이 소식을 접한 것도 운명이라면 운명이었다.

| **탐사 중인 오렐 스타인** | 오렐 스타인은 군대시절 측량 장교로 근무하여 실크로드 탐사에서 지형 측량에 많은 도움이 되었다고 했다.

오렐 스타인

왕도사가 돈황문서를 발견한 지 7년, 러시아의 오브루체프가 돈황문서 두 보따리를 가져간 지 2년이 지난 1907년 초여름, 영국의 오렐 스타인이 돈황에 왔다. 이때 스타인은 무려 1만 점에 달하는 방대한 양의 돈황문서를 영국으로 가져감으로써 서구사회에서는 일약 스타가 되었다. 하지만 그로 인해 '악마'라는 비난을 면할 수 없었고, 투르키스탄 지역의 고대 오아시스 도시들을 발굴하여 동서교류의 역사적 실체를 규명해낸 위대한 탐험가이자 학자로서의 명예가 가려지게 된 것은 그 자신에게는 불행이었다. 미국의 중국·몽골 전문가로 리영희 선생의 『8억인과의 대화』를 통해 우리에게도 소개된 오언 래티모어

(Owen Lattimore)는 스타인을 "동시대인 중에서 동양학자, 탐험가, 고고학자, 지리학자를 겸한 가장 경이적인 학자였다"고 말할 정도였다.

오렐 스타인은 1862년에 헝가리 부다페스트의 유대인 가정에서 태어났고, 부모님은 기독교로 개종했다. 헝가리에서 중등교육을 마친 후 부모님이 연이어 세상을 떠나자 헝가리를 떠나 빈대학과 라이프치히 대학에서 공부하다 1883년 독일 튀빙겐대학에서 박사학위를 받았고 1884년 영국으로 건너가 옥스퍼드대학에서 동양 언어와 고고학을 연구하며 알렉산더 대왕의 동방원정길을 탐험하겠다는 꿈을 키웠다. 그는 언어에 재능이 있어 모국어인 헝가리어 말고도 영어, 독어, 불어는 물론이고 고대 그리스어, 라틴어, 산스크리트어, 페르시아어, 투르크어까지 배워 능숙히 구사했다. 다만 중국어는 약간만 공부했는데 돈황에 왔을 때 이를 크게 후회했다고 한다.

1885년 스타인은 귀국하여 1년간 군 복무를 하게 되었는데 이때 측량학교에서 지형측정과 지도제작을 배운 것이 평생 유적탐사의 큰 자산이 되었다. 다시 영국으로 건너가 영국박물관에 근무하며 고대 화폐를 연구하던 스타인은 1888년 당시 영국의 식민지였던 인도로 건너가 26세의 나이로 간다라 지방(현 파키스탄 일부)의 라호르 동양학교(Lahore Oriental College) 교장이 되었다. 이때 그는 스웨덴의 스벤 헤딘이 '신비의 누란 유적지'를 발굴하고 쓴 저서를 읽고 자극을 받아 실크로드 오지 탐사를 결심했고 마침내 이를 실천에 옮겼다. 1900년 그는 영국의 인도총독부인 '인도 정청(政廳)'의 고고학 조사부 파견으로 제1차 탐사에 나섰다. 그는 곤륜산맥 북쪽, 옥의 산지로 유명한 호탄의 유적지를 발굴해 이슬람 지배 이전 인도와 중앙아시아를 연결하는 유물을 찾아냈고, 이를 『고대 호탄』(*Ancient Khotan*, 전2권, 1907)이라는 대작으로 펴내어 큰 명성을 얻었다.

오렐 스타인은 평생 투르키스탄 지역 탐사에 몸을 바쳤다. 30년간 4차에 걸친 장기간의 탐사 끝에 타클라마칸사막에 묻혀 있던 단단월릭(Dandan Oilik, 丹丹烏里克), 미란(Miran, 米蘭), 호탄, 누란 등의 유적지를 발굴했다. 그는 직접 유적을 측량하고 사진을 촬영하고 틈틈이 친구들에게 편지를 써서 근황을 적어 보냈으며, 학계의 여러 동료들과도 꾸준히 정보를 교환했다. 그리고 아무리 힘들어도 매일 일지를 작성하여 기록으로 남겼고, 귀국하여서는 『고대 호탄』 『세린디아』(*Serindia*, 전5권, 1921) 『아시아의 가장 안쪽』(*Innermost Asia*, 전4권, 1928) 등 오늘날까지도 유례가 없는 방대한 사진집과 저서를 펴냈다.

그뿐 아니라 그는 인도 고고학 탐사를 지휘·감독하며 그리스의 영향을 받은 불교 유적지와 알렉산더 대왕이 동방원정 때 이동한 경로를 추적했고, 메소포타미아와 인더스 문명의 관계를 밝히기 위해 이란의 고분들을 조사했으며, 항공사진을 이용하여 이라크 지역에서 과거 로마 진출지를 알아내기도 했다. 그는 평생 독신으로 살았고, 81세 생일이 임박했을 때 자신의 오랜 염원이었던 아프가니스탄 탐험이 가능하게 되자 이를 위해 제5차 탐사에 나서 아프가니스탄의 수도 카불로 갔다. 그러나 현지에 도착하여 병에 걸려 이기지 못하고 카불에서 세상을 떠나 그곳에 묻혔다.

| **폐허가 된 니야 유적지** | 고고학자로서 오렐 스타인의 가장 큰 업적은 단단윌릭, 니야, 누란 유적지를 발굴한 것이었다. (오렐 스타인 기록사진)

돈황에 온 스타인

1904년 영국 시민권을 획득한 스타인은 인도 정부와 영국박물관의 지원으로 1906년 4월부터 1908년 10월까지 2년 반에 걸친 제2차 탐사에 나서게 되었다. 이번 탐사는 타클라마칸사막 남쪽과 곤륜산맥 사이로 난 실크로드 서역남로를 따라 호탄, 니야(Niya, 尼雅), 누란 지역을 조사하고 돈황을 거쳐 감숙성의 하서주랑과 내몽골의 서하시대 유적지인 흑성(黑城)까지 가는 대장정이었다.

제2차 탐사를 위해 인도를 떠나 탐사를 계속하면서 동쪽으로 이동하던 스타인은 동상에 걸려 발가락 2개를 잘라내는 수술을 받아야 했

| 오렐 스타인 탐사대 일원 | 가운데 '대쉬'라는 이름의 개를 데리고 있는 이가 오렐 스타인이고 그의 오른쪽에 털모자를 쓰고 있는 이가 스타인의 중국인 조수인 장효완이다. (오렐 스타인 기록사진)

다. 그러나 1년간의 악전고투 끝에 누란 유적지에서 수많은 유물을 발굴해내는 빛나는 성과를 거두었다. 그러고 나서 이제 급식을 하고 휴식도 취하기 위해 돈황으로 향했다.

스타인이 돈황에 도착한 것은 1907년 3월 12일 새벽이었다. 그로선 돈황이 처음이었고 단지 헝가리 지리학회 회장 러요시 롯지(Lajos Lóczy)가 1879년에 중국 서북부에서 지질조사를 하는 동안 우연히 방대하면서도 아름다운 석굴을 보고 경탄을 금치 못했다고 말한 것만 알고 있었다. 그의 원래 계획은 돈황에서 열흘 정도 머무른 뒤 다시 사막으로 들어가 '움직이는 호수'라고 불리는 로프노르로 가서 고고학 발굴을 진행하는 것이었다. 돈황에 올 때까지는 막고굴에서 고문서가 무더기로 발견된 것에 대해서 전혀 모르고 있었다.

돈황에 도착한 뒤 스타인은 이곳 관리를 만나 탐사 협조를 구하고 지역에 살고 있는 상인들에게 옥문관, 양관, 한나라 때 장성 등에 대한 지리 정보를 수집하던 중 한 이슬람 상인으로부터 몇 년 전 막고굴에서 다량의 고문서가 발견되었다는 소문을 듣게 되었다. 이에 스타인은 통역 겸 조수로 고용한 장효완(蔣孝琬)이라는 중국인을 앞세우고 25킬로미터 떨어진 막고굴로 갔다. 이때부터 장효완의 맹활약이 펼쳐진다.

막고굴에 당도하니 어린 승려만 있었다고 한다. 스타인이 석굴 이곳 저곳의 벽화와 불상을 구경하고 있는데 장효완이 알아보니 왕도사는 탁발하러 멀리 갔고, 입구가 자물쇠로 채워져 있어서 고문서는 볼 수 없었지만 장경동을 보고는 소문이 사실임을 확인했다. 그러나 멀리 간 왕도사를 마냥 기다릴 수는 없는 일이어서 다시 돈황으로 돌아와서 새롭게 얻은 정보를 바탕으로 돈황 주변의 고고학적 조사에 나섰다.

스타인은 12명의 인부를 구하여 이들을 거느리고 옥문관 근처에 있는 한나라 때 장성 유적지와 봉수대 터에 대한 조사를 실시하여 한나라 때 목간(木簡)을 다량 발견하는 성과를 올렸다. 그리고 1907년 4월 1일 돈황으로 다시 돌아와서는 하루를 쉬고는 또 남쪽 60킬로미터 떨어진 양관을 조사하러 떠났다. 거기에서도 적지 않은 고고학적 성과를 이루고 5월 15일에 다시 돈황으로 돌아왔다. 이처럼 오렐 스타인은 열정적이고 성실한 고고학자였다.

모든 학자는 어느 정도 자료에 대한 욕심이 있다. 그러나 스타인은 이것이 지나쳐 일종의 물욕(物慾)에 가까웠다. 그를 이해하려는 입장

| **돈황 시내 남쪽 문** | 1907년 오렐 스타인이 돈황에 왔을 때 찍은 돈황성의 모습이다. (오렐 스타인 기록사진)

에서 보자면 미지의 세계에 도전하는 고고학적 탐험에선 물증으로 제시할 유물이 필요했다. 특히 문자 기록이 있는 유물은 절대적이다. 그런데 막고굴에 고문서가 무더기로 나왔다는 것이다. 그로서는 결코 그냥 지나칠 수 없는 일이었다.

스타인이 다시 돈황으로 돌아왔을 때는 마침 석가탄신일 행사라 1천 명 가까운 참배객들로 도시가 붐볐다. 그가 보기에 석굴은 쇠락했어도 불교는 사람들의 마음속에 살아 있어 막고굴은 여전히 예불을 드리는 장소 역할을 하고 있는 것 같았다. 스타인은 남의 이목을 끌지 않도록 며칠 동안 돈황에서 기다렸다. 그리고 5월 21일, 마침내 막고굴에서 왕도사를 만났다.

130파운드로 고문서 1만 점을 가져가다

스타인은 왕도사의 첫인상이 '다소 괴상한 사람으로 매우 수줍어 보이는가 하면 신경질적이며 지극히 교활한 사람'으로 보여, 서고 내부를 살펴보기가 결코 만만하지 않겠다는 느낌이 들었다고 했다. 그러나 스타인은 기민했고 통역사 장효완은 교활했다. 스타인은 뒤로 빠지고 장효완은 스타인이 천불동 벽화의 사진 촬영을 위해 왔다며 고문서에 대해서는 일언반구도 언급하지 않고 왕도사의 동정을 살폈다.

장효완은 왕도사가 석굴의 보수를 위해 돈을 모으고 있다는 말을 듣고 약간의 시주로 그의 환심을 사 경서의 일부분을 보여주게 하는 데 성공했다. 하지만 "스타인이 사실 경서의 일부를 사고자 한다"고 말하자 왕도사가 즉각 불안한 빛을 보여 얼른 말을 돌렸다고 한다.

이에 스타인은 돈으로는 서고의 문을 열 수 없다는 생각에 우선 왕도사에게 석굴 보수공사를 참관하기를 청했다. 왕도사는 자신이 사원을 복원한다고 특별히 제작한 번쩍거리는 불상을 의기양양해하며 보여주고 자기가 깊이 숭배하는 현장법사가 그려진 벽화 앞으로 스타인을 안내했다. 이에 스타인은 자신도 현장법사의 족적을 따라 인도에서 중국으로 온 것이며, 이 기회에 옛날 현장이 인도에서 중국으로 불경을 가져왔듯 서양으로 불경을 가져갈 작정이라고 말했다. 이 말이 즉각 효력을 발휘하여 바로 그날 저녁 왕도사는 두루마리 하나를 옷 속에 넣고 나타나 장효완에게 주었다. 밤새워 보았는데 그것이 공교롭게도 옛날에 인도에서 현장이 가져온 불교 경전의 중국어 번역본이었다.

이튿날 왕도사를 만나 어제 준 경전이 바로 현장법사가 가져온 것의 번역이었다고 말하자 그는 짐짓 놀라워하며 이는 필시 현장법사의 계시일지도 모른다며 마침내 스타인에게 등잔불을 비춰가며 제17굴을 보여주었다. 스타인이 보기에 이 작은 방은 약 2.5평(9제곱미터)에 불과해 두 사람이 서서 들어가면 꽉 들어찰 정도로 보였다고 한다. 왕도사는 스타인이 두루마리 몇 개를 제16굴 입구의 전실(前室)로 옮기는 것을 허락해주고는 참배하러 오는 사람들이 보지 못하도록 창문을 종이로 발라버렸다.

왕도사는 두루마리를 하나씩 전실로 옮겨 스타인과 장효완으로 하여금 조사하도록 했다. 스타인은 이때 중국어를 공부하지 않은 것을 깊이 후회했다고 한다. 두루마리 중에는 불경 외에도 비단에 그린 그림들도 있었다. 스타인은 그날 꺼내놓은 문서를 밤에 더 조사하기 위해 자신의 처소로 옮기기를 원했다. 장효완은 온갖 수완을 다하여 왕도사에게 스타인이 앞으로 사원에 매우 굉장한 시주를 할 것이라고 다시 한번 강조했다. 결국 왕도사는 이 제안을 승낙했다.

이후 며칠간 이 문서들을 처소로 옮기면서 조사를 계속했는데 점점 그 양이 많아져 나중에는 마차로 운반할 수밖에 없을 정도였다고 한다. 이렇게 되자 왕도사는 자신의 행동이 점점 후회스럽고 무서워져 스타인에게 경전이 모자라는 것을 반드시 시주들이 알게 될 것이니 그들과 의논해보아야 한다며 이 경전들을 스타인에게 건네주는 것은 절대 불가능하다고 하고는 돌연 석굴 문을 잠가놓고 일언반구 없이 어디론가 떠나버렸다.

｜ 장경동에서 꺼내놓은 돈황문서 ｜ 왕도사는 오렐 스타인에게 제공할 돈황문서를 이처럼 제17굴 밖으로 내어 쌓아놓았다. (오렐 스타인 기록사진)

　스타인은 그간의 노력이 모두 허사가 될지도 모른다는 우려에 며칠 잠겨 있었다. 꼭 일주일 뒤 왕도사가 돌아왔다. 그동안 왕도사는 돈황에 가서 이 비밀이 아직 밖으로 새어나가지 않은 것을 확인하고 돌아온 것이었다. 이후 작업은 아주 순조롭게 진행되었다. 스타인은 "왕도사가 돌아와서는 만일 방치해두면 지역민들의 무관심 속에 조만간 흩어지게 될 것이 뻔한 이 문서와 예술품들을 서양학자들이 연구하도록 제공하는 것을 매우 경건하고 정성스러운 행동으로 이해하는 것 같았다"라고 회고했다. 그리고 사원 건물 수리에 필요한 경비를 시주하는 형식으로 돈 한 꾸러미를 왕도사에게 주었고 이 사실은 중국을 떠날

| 오렐 스타인 탐사대가 돈황문서를 반출하는 모습 | 오렐 스타인은 고문서 상자 24개, 그림과 수예 등 미술품 상자 5개를 낙타와 말, 그리고 5대의 마차에 싣고 돈황을 떠났다. (오렐 스타인 기록사진)

때까지 비밀로 한다고 약속했다. 이 유물을 구입하는 데 지불한 은화는 영국 돈으로 약 130파운드였다.

스타인은 이 유물들을 런던으로 보내기 위해 안전하게 포장했다. 고문서 상자가 24개, 그림과 수예 등 미술품 상자가 5개였다. 1907년 6월 13일, 스타인은 이 29개 상자를 낙타와 말, 그리고 새로 마련한 5대의 마차에 싣고 개선장군이라도 된 양 장대한 행렬로 돈황을 떠나 안서(安西, 현 과주)로 향했다. 이들이 육로와 해로를 통하여 런던의 영국박물관에 도착한 것은 1년 4개월 뒤인 1908년 10월이었다. 스타인은 유물이 무사히 도착했다는 소식을 듣고 나서야 비로소 무거운 짐을 내려놓은 것 같았다고 했다.

| 반출 물품을 싣고 사막을 지나는 오렐 스타인 탐사대 | 오렐 스타인이 가져간 돈황문서 약 1만 점은 전체의 약 3분의 1에 해당하는 것이었다. (오렐 스타인 기록사진)

　돈황문서를 영국으로 가져간 스타인에게 국왕은 기사 작위를 내렸고 왕립지리학회에서는 그에게 금상을 수여했으며, 옥스퍼드대학과 케임브리지대학에서는 그에게 명예박사학위를 수여했다. 그리고 그동안 시민권 소유자였던 스타인은 마침내 영국 국적을 취득하게 되었다. 한편 중국어 통역을 맡았던 장효완 역시 영국 정부의 표창을 받고 카슈가르에 있는 영국 영사관의 한문비서(漢文秘書)가 되었다.

　오렐 스타인이 가져간 돈황문서 약 1만 점은 전체 양의 3분의 1에 해당하는 것이었다. 아직도 2만 점이 장경동 안에 있었다. 오렐 스타인이 돈황을 떠난 이듬해인 1908년 동양학 서지학자이자 중국어를 능숙하게 구사할 수 있었던 프랑스의 폴 펠리오가 돈황에 나타났다.

돈황문서는 뿔뿔이 흩어지고 말았다

불세출의 서지학자 펠리오 / 기메 박물관과 동양학자 샤반 /
펠리오 탐사단의 출발 / 돈황에 온 펠리오 /
혜초의 『왕오천축국전』

펠리오가 엄선해간 5천 점

19세기 서세동점 시절 서양에서 온 이상하게 생긴 사람을 조선에서는 서양 오랑캐라고 해서 양이(洋夷)라고 불렀는데, 중국에서는 이를 서양 귀신이라고 해서 '양귀자(洋鬼子)'라고 했다. 오렐 스타인이 돈황문서 1만 점을 갖고 떠난 지 1년 뒤인 1908년에 온 양귀자는 프랑스의 28세 청년 폴 펠리오였다.

펠리오는 당시 프랑스에서 한창 일어나고 있던 동양학 열풍에 등장한 천재였다. 자연과학이나 예술에서 볼 수 있는 천재라는 개념이 인문학에는 통할 수 없다고 한다면, 그리고 그 이유가 계량적 산출이 불가능하기 때문이라면 펠리오는 적어도 어학의 천재였다. 그는 20대에 이미 13개 언어를 읽을 수 있었다. 중국어는 중국 사람처럼 구사했고 상당한 한문 실력도 갖추고 있어 한문 고전도 독파했다. 인도어, 산스크리트어는 물론이고 위구르어, 투르크어도 구사했다. 한마디로 그는 불세출의 동양학 서지학자였다. 열정이 넘쳤고 부지런한 데다 사교술이 능란해 『실크로드의 악마들』의 저자 피터 홉커크는 그를 두고 "품위 있게 적을 만드는 기술"이 있다고 묘사했다.

이런 펠리오였기 때문에 돈황문서를 가져가는 방식이 남들과 달랐다. 러시아의 오브루체프는 장경동이 어디 있는지도 모르고 가져갔고, 오렐 스타인은 한문을 해독할 수 없었을 뿐 아니라 장경동 안에는 들어가보지도 못하고 왕도사가 꺼내준 것만을 가져왔지만 펠리오는 특유의 사교술로 장경동 안으로 들어가 남아 있던 돈황문서를 일일이 펼쳐보고 그중에서 중요하다고 생각되는 5천 점을 따로 골라서 가져갔다.

그래서 돈황문서의 엑기스는 다 프랑스에 있다고 말하곤 한다. 펠리오가 가져간 돈황문서는 파리의 프랑스 국립도서관에 소장되어 있고 비단 그림과 견직물은 기메 박물관에 소장되어 있다. 이 기메 박물관은 19세기 말부터 20세기 초 프랑스가 동양에 관심을 갖고 수집해온 유물들이 총집합되어 있는 세계적인 동양미술관이다.

기메 박물관과 동양학자 샤반

기메 박물관은 리옹의 사업가인 에밀 기메(Émile É. Guimet,

| **기메 박물관** | 1879년 리옹의 사업가 에밀 기메가 설립한 기메 박물관은 1884년 파리로 옮겨와 지금에 이르고 있다.

1836~1918)가 1879년에 고향 리옹에 설립한 뒤 1884년 파리로 옮겼다. 페시네(Pechiney) 그룹 회장을 지낸 에밀 기메는 동양박물관을 설립하면서 이렇게 말했다.

"내가 설립한 취지대로라면 기메 박물관은 철학의 공장이며, 예술품은 동양문화에 대한 이해를 확장시키기 위한 유물로 이루어진 도서관이다."

동양학자이기도 했던 기메는 이런 생각에서 동양 유물 수집에 열성을 다하여 1878년에는 직접 일본을 방문하기도 했다. 기메 박물관에는 뛰어난 한국 미술품도 약 1천 점 소장되어 있다. 김옥균을 살해한 홍종우가 한때 이 박물관의 한국 유물 담당 큐레이터로 근무하며 『춘향전』을 불어로 번역하기도 했다(유홍준 『국보순례』, 눌와 2011).

에밀 기메가 사망한 후 1927년에는 모든 유물이 정부에 기증되었고, 1945년 프랑스 정부는 국가 박물관 재배치 계획을 세워 기메 박물관의 이집트 유물들을 루브르 박물관으로 넘겨주고, 루브르 박물관 아시아예술부의 소장품을 기메 박물관으로 옮겨왔다. 그 결과 오늘날 파리를 대표하는 세계 굴지의 네 박물관 중에서 루브르 박물관은 고대 이집트부터 17세기 유럽의 바로크 미술까지, 오르세 미술관은 18~19세기 유럽미술, 퐁피두센터는 20세기 현대미술, 기메 박물관은 동양미술 박물관으로 특화되었다. 기메 박물관에는 중앙아시아, 인도, 중국, 일본, 한국, 베트남, 그리고 캄보디아의 앙코르와트 유물을 비롯한 동남아제국의 미술품 약 4만 5천 점이 소장되어 있다.

프랑스는 19세기 초부터 동양에 관심을 갖기 시작하여, 아카데미프랑세즈에서는 1814년에 이미 중국어 강좌가 개설됐다. 19세기 말에는 펠리오의 스승이기도 한 에두아르 샤반 같은 대학자가 탄생했다. 그는 사마천의 『사기』를 불어로 번역한 중국통이어서 중국에서는 사완(沙畹), 사성박사(獅城博士)로 불리었다.

리옹 출신의 에두아르 샤반은 1885년 고등사범학교 문학과 3학년 때 선생님이 서구에서 아직 깊이 연구되지 않은 동양학을 공부하라고 권하여 중국학을 전공하게 되었다고 했다. 그는 중국을 다녀오고 한문과 현대 중국어를 모두 공부하여 5년 만에 중국어에 통달했으

| 폴 펠리오 | | 에두아르 샤반 |

며, 관련 학술 활동에 참가하여 아카데미프랑세즈의 회원이 되었다. 1889년, 34세의 샤반은 중국 북부지방을 4년간 조사했고, 1907년 2차 탐사단의 단장으로 다시 중국에 왔을 때는 동북3성 만주 일대의 유적을 조사하면서 길림성 집안(集安)에서 고구려 산연화총(散蓮花塚)을 발견하여 고구려 고분벽화의 존재를 세상에 처음으로 알렸다. 이 과정은 서길수의 『한말 유럽 학자의 고구려 연구: 모리스 꾸랑, 에두아르 샤반느』(여유당 2007)에 잘 나타나 있다.

프랑스 초대 공사 플랑시와 바라 탐사단

프랑스의 한국 유물 수집에 앞장선 이는 프랑스 초대 공사로 조선에 온 빅토르 콜랭 드 플랑시(Victor Collin de Plancy, 한국 이름 갈림덕葛林德, 1853~1924)였다. 세계에서 가장 오래된 금속활자 인쇄물로 현재 프랑스 국립도서관에 소장된 『백운화상 초록 불조 직지심체 요절(白雲

| 빅토르 콜랭 드 플랑시 |　　　　　　　　　　| 샤를 바라 |

和尙抄錄佛祖直指心體要節)』(1377), 일명 『직지(直指)』를 수집해간 것
도 그였다.

　그는 조선에 대한 애정이 각별했다. 조선에 4년간(1888~1891) 머물
며 궁중무희 리진(李眞, 또는 리심李心)과 결혼했다. 플랑시는 5년 후에
다시 공사 겸 총영사로 조선에 부임하여 10년이 넘게(1896~1906) 근무
하면서 유물 수집에 열을 올렸다. 한편 리진은 다시 관기의 신분이 되
었고 결국 금 조각을 삼키고 자살함으로써 생을 마감했다. 신경숙의
『리진』(문학동네 2007), 김탁환의 『리심: 파리의 조선 궁녀』(민음사 2006)
가 그녀의 이야기이다.

　1888년 민속학자인 샤를 바라(Charles Varat)가 이끄는 문화탐사단
이 한국에 왔다. 바라 탐사단은 한 부유한 파리 시민의 제안으로 동양
의 문화재를 수집하러 온 것이었다. 바라 탐사단이 서울에 도착했을
때 플랑시 공사는 다음과 같은 광고를 하며 그의 유물 수집을 도와주

| **철조천수관음보살좌상** | 기메 박물관이 소장하고 있는 이 고려시대 철불은 유례를 볼 수 없는 독특한 도상을 갖추고 있다.

었다고 한다.

"한 프랑스 여행자가 희귀한 물건을 구입하려고 공사관에서 기다립니다."

돈황문서가 유출되는 과정에서 청나라 말기의 한심한 모습을 생생하게 보았지만 조선왕조도 나을 것 하나 없었다. 바라 탐사단의 수집품은 매우 다양했으며 그중 고려시대 철조천수관음보살좌상과 임진왜란 직전에 제작된 철제압출여래좌상은 국내에는 없는 희귀한 유물이다. 바라의 수집품은 기메 박물관 큐레이터로 있던 홍종우가 분류

| **누에트가 찍은 중국인들과 펠리오** | 28세의 펠리오는 아카데미프랑세즈의 중국령 투르키스탄 탐사대 단장을 맡아 1906년 원정을 떠났다.

하고 정리했다. 당시 프랑스에서는 동양학에의 열망이 그렇게 일어나고 있었다.

폴 펠리오 탐사단의 출발

프랑스의 이런 분위기 속에서 폴 펠리오는 에두아르 샤반의 제자로 공부하고 프랑스의 식민지인 베트남의 하노이에 있는 유명한 프랑스 극동학원에서 일을 하게 되었다. 1900년 22세에 불과한 펠리오는 프랑스 극동학원의 도서 수집을 위해 북경으로 파견되었다. 마침 그때는 의화단운동이 발생하여 영화 「북경의 55일」에서 보듯 외국 대사관들이 포위되어 긴박한 대치 상황이었다.

여기서 펠리오는 두 차례 무공(武功)을 세워 레지옹 도뇌르 훈장을 받았다. 한번은 적군의 의화단 단기(團旗)를 빼앗아 돌아온 일이었고 또 한번은 의화단과 일시 정전(停戰) 중일 때 과일을 얻어와야겠다며 홀로 바리케이드를 넘어 적진으로 들어가 적과 무어라 인사를 나누고는 과일을 한 바구니 얻어 돌아온 일이었다.

이처럼 그에게는 남이 따라올 수 없는 기발함과 폭발적인 열정, 유능함과 부지런함이 있었다. 그는 일반인들은 상상할 수 없는 예측불허의 돌발행동을 곧잘 벌여 질투와 반목을 샀다. 동료 학자 중에는 그가 돈황문서 1만 5천 점을 3주 만에 조사하고 선별해왔다는 것을 허풍이라고 생각하는 이가 많았다.

의화단 사건이 끝나고 북경에서 다시 하노이로 돌아온 펠리오는 프랑스 극동학원의 교수가 되었다. 당시 제국주의 다른 나라들은 중앙아시아 탐사에 열을 올려 이미 러시아, 영국, 스웨덴, 독일, 일본의 탐사대가 한 차례 이상 다녀갔고 오렐 스타인은 벌써 두 번째 탐사를 마쳤지만 프랑스는 실크로드에 발을 들이지 않았다. 그 이유는 캄보디아의 앙코르와트 발굴에 전념하고 있어 그럴 여력이 없었기 때문이라 한다. 그러다 1906년에야 아카데미프랑세즈가 현재의 신강위구르자치구인 중국령 투르키스탄에 탐사대를 보내기로 결정했고, 28세의 펠리오가 단장으로 선출되었다. 함께한 대원은 군의관 출신의 측량기사 루이 바양(Louis Vaillant) 박사와 촬영기사인 사진작가 샤를 누에트 (Charles Nouette)였다.

펠리오 탐사단은 1906년 6월 17일 파리를 떠났다. 이들은 기차로 모스크바와 오늘날 우즈베키스탄의 수도인 타슈켄트를 경유하여 한 달 반 뒤인 8월 말에 카슈가르에 도착했다. 당시 카슈가르는 중앙아시아 탐사의 거점도시였다. 그러나 짐이 도착하지 않아 두 달을 기다려야 했는데 펠리오는 그 기간 동안 투르크어를 배워 곧바로 투르크어로 대화하여 사람들을 놀라게 했다고 한다. 그에게는 이처럼 믿을 수 없는 기억력과 언어 능력이 있었다.

쿠차에서 들은 돈황문서 소식

카슈가르를 떠난 펠리오 탐사단은 천산남로를 따라 쿠차로 향했다. 가는 도중 톰슈크(图木舒克)에서 지팡이로 땅을 헤치다가 우연히 채색 소조 불상을 발견하여 한겨울에 6주간 발굴작업을 하여 적지 않은 유물을 수습하고 쿠차로 갔다. 쿠마라지바의 고향으로 역사적으로 유명한 오아시스 도시인 쿠차는 이미 독일인, 러시아인, 일본인까지 앞서 한 차례씩 다녀갔지만 펠리오 탐사단은 그들이 지나쳐버린 폐사지에서 다량의 불교문헌과 이미 폐어가 된 쿠차어로 쓰인 많은 문서를 획득하는 성과를 올렸다.

쿠차에 반년 넘게 머물면서 많은 유물을 수습한 펠리오 탐사단은 이번에는 천산산맥을 넘어 우루무치로 갔다. 우루무치에 도착한 것은 파리를 떠난 지 1년 반 가까이 된 1907년 10월 9일이었다. 펠리오는 여기에서 생활필수품도 보충하고 환전도 하고 잠시 휴식을 취한 다음 준가르 지방을 조사하고 돈황으로 갈 요량이었다.

펠리오는 그곳에서도 유창한 언어능력과 특유의 사교술로 우루무

| 막고굴에서 바라다본 바깥 풍경 | 펠리오와 함께 간 사진작가 누에트가 막고굴 제130굴에서 바라본 바깥 풍경을 찍은 것이다. 멀리 삼위산과 사리탑들이 보인다.

치의 명사들과 교유하며 지냈는데 돈황에서 고서가 무더기로 발견되었다는 소식이 들려왔다. 그리고 어느 날 뜻밖에도 의화단운동에 깊이 관여했던 청나라 종실의 보국공(輔國公) 재란(載瀾)을 만나면서 이 소문이 사실이라는 확신을 얻었다. 재란공은 의화단사건 후 결국 종신 유배형을 받아 여기에서 귀양살이를 하고 있었다. 펠리오는 재란공을 만나 샴페인을 마시며 저녁식사를 했는데, 재란공이 헤어질 때 『법화경』 두루마리 한 권을 선물로 주었다. 이것을 받아본 펠리오는 깜짝 놀라고 말았다고 한다. 종이로 보나 글씨체로 보나 이것이 분명 당나라 때의 유물임을 확신할 수 있었다.

돈황에서 고문서가 나왔다는 것이 헛소문이 아니라는 생각이 들자

| 누에트가 찍은 막고굴 | 고적 탐사단답게 펠리오는 석굴마다 번호를 매겨가며 벽화, 조각, 천장구조까지 기록했다. 이것이 오늘날까지 연구자들이 사용하는 '펠리오 넘버'이다.

펠리오는 부랴사랴 돈황으로 향했다. 우루무치에서 돈황까지는 1천 킬로미터이다. 도중에는 서역 역사에서 가장 중요한 오아시스 도시인 투르판을 거치게 되는데 펠리오는 투르판에서 조금도 지체하지 않고 곧장 돈황을 향해 달렸다. 그리하여 돈황에 도착한 것은 1908년 2월 12일(또는 14일)이었다.

돈황에 온 펠리오

돈황에 온 펠리오 일행은 잠시 휴식을 취하며 봉수대와 옥문관 등을 조사하고는 1908년 2월 25일 막고굴에 도착했다. 그가 왔을 때 막고굴의 지킴이 노릇을 하는 왕도사는 자리에 없었고 장경동은 굳게 닫혀 있었다. 고적 탐사단답게 펠리오는 석굴마다 번호를 매겨가며 벽화, 조각, 천장구조까지 기록했다. 이것이 오늘날까지 연구자들이 사용하는 '펠리오 넘버'이다. 그는 뛰어난 어학 실력을 발휘하여 막고굴에 남아 있는 각종 언어의 비문과 명문을 철저히 조사했다. 함께 온 사진작가 샤를 누에트는 막고굴의 모습을 훌륭한 솜씨로 카메라에 담았다.

펠리오가 조사한 것은 누에트가 촬영한 막고굴 사진 총 376컷과 함께 『돈황의 동굴』(Les grottes de Touen-Houang)이란 제목의 6권짜리 도록으로 1920년 출판되었다. 이 책은 최초의 막고굴 도록으로 훗날 막고굴 복원에 크게 기여했다. 특히 이들이 떠나고 10년이 조금 지난 1920년 11월, 소련의 볼셰비키 혁명을 피해 국경선을 넘어 신강성으로 망명해온 러시아 백군 약 900명이 이듬해 8월까지 약 10개월간 막고굴에 주둔하면서 석굴 벽화가 많이 손상되었기 때문에 이 도록은 막고굴 복원의 기준이 되었다. 펠리오가 기록한 각 석굴에 남아 있던 여러 언어의 문자 기록도 오랜 세월이 지나며 인위적·자연적 훼손을 입었다. 아카데미프랑세즈에서 발행한 『펠리오 돈황석굴 문자 기록』역시 막고굴 연구의 절대적 자료가 되었다. 여기에서도 남들이 따라오기 힘든 성실한 연구자로서 펠리오의 모습을 보게 된다.

펠리오와 누에트는 몇 날 며칠 동안 막고굴 조사에 열중하면서 그때까지도 돈황문서가 그렇게 엄청난 양이라는 것도 몰랐고 스타인이 이미 1만 점의 문서를 가져갔다는 사실도 몰랐다. 그런지 며칠 뒤 대략 조사를 마친 펠리오는 왕도사를 찾으러 돈황으로 갔다. 가서는 단숨에 그를 찾아 막고굴로 돌아왔다. 그의 유창한 중국어 실력과 사람 다루는 능숙한 솜씨에 질렸는지 아니면 스타인에게 받은 돈을 다 써버린 뒤인지라 새로운 물주가 나타나기를 기다리고 있었던 것인지 왕도사는 선선히 장경동의 문을 열어주고 펠리오가 문서들을 조사할 수 있게 했다. 스타인이 천신만고 끝에 왕도사가 꺼내다주는 문서만을 본 것과는 천양지차였다.

펠리오가 장경동 안에서 촛불 하나에 의지해 문서를 조사하는 모습은 사진작가 누에트가 찍은 사진으로 실감나게 전해진다. 펠리오는 장경동 문을 열고 들어간 소감을 이렇게 적었다.

"1908년 3월 3일 전통명절(삼짇날) 새벽 무렵에 1천 년간 은밀하게 숨겨져온 보고(寶庫)로 들어갔다. 발견된 후 지금에 이르기까지 벌써 8년의 세월이 흐르는 동안 실로 많은 무리들이 왕래하며 수색했기 때문에 문서들은 크게 줄었을 것이다. 그러나 석굴 안으로 들어가보고 나는 완전히 넋을 잃었다. 석굴의 세 모퉁이에 쌓여 있는 문서와 유물은 깊이가 2미터에 이르렀고, 또 50권씩 쌓인 높이가 사람 키보다 컸다. 두루마리는 두세 개의 큰 무더기를 이루고 있었고, 거대한 티베트어 필사본은 경관과 함께 그것들을 감싸고 동굴

| **돈황문서를 검토하는 펠리오** | 펠리오는 하루 10시간, 약 1천 개의 두루마리를 3주간 검토한 끝에 장경동의 수많은 문서를 빠르게 검토하고 분류했다. 펠리오는 어떤 대가를 치르더라도 반드시 가져가야 할 문서로 분류한 약 5천 점을 백은 500냥에 구입해 프랑스로 향했다.

의 모퉁이에 쌓여 있었다."

펠리오가 보기에 장경동의 문서는 1만 5천 점에서 2만 점은 되어 보였고 하나하나 펼치면서 조사하려면 최소한 6개월은 걸릴 것 같았다고 했다. 그래도 펠리오는 일단 그 모두를 다 펼쳐보기로 마음먹고 3주간 하루 10시간씩 장경동 안에서 문서를 조사했다고 한다.

펠리오는 하루에 1천 개의 두루마리를 펼쳐보는 초인적인 속도로 이 문서들을 살펴보았다. 두루마리 문서를 1분에 2개꼴로 펼쳐보았다는 계산이 나온다. 펠리오는 친구에게 보낸 편지에서 자신은 '경주용 차와 같은 속도로 달리는 서지학자'라고 했다.

펠리오는 갈고닦은 언어 실력을 발휘하여 문서를 두 분류로 나누었다. 하나는 반드시 가져가야 할 것, 또 하나는 필수적이지는 않은 것이었다. 중요한 불경은 물론이고 티베트, 인도, 투르크, 위구르 등 유목 민족의 생활상을 말해주는 문서를 골라내었다. 그리하여 스타인이 가져간 문서들은 겹치는 것이 많고 불경이 90퍼센트가 넘지만 펠리오가 가져간 문서에는 불경이 65퍼센트밖에 안 된다.

펠리오가 골라놓은 5천 점을 사고자 하자 왕도사는 사원 보전에 자금이 필요했고 스타인에게 문서들을 팔아먹은 다음에도 아무 탈이 없어 적이 안심이 되었는지 선선히 응했다. 왕도사는 이를 중국의 구식 은화인 백은(白銀) 500냥(약 90파운드)을 받고 팔았다. 그때까지 남아 있던 유물의 3분의 1에 해당되는 양으로 총 5천 점이었다. 그중에는 혜초의 『왕오천축국전』이 들어 있었고 비단 그림도 다수 포함되어 있었다. 짐을 꾸리니 경전류가 24상자, 회화 직물류가 5상자였다.

1908년 5월 30일 펠리오 일행은 북경으로 가기 위해 돈황을 떠났다. 며칠 후 돈황에서 200킬로미터 떨어진 안서에 도착한 펠리오는 그곳에서 고문서와 고고 유물을 구입했다. 그리고 북경에 도착한 것은 약 4개월 뒤인 10월 5일이었다.

펠리오는 이 유물들을 동료인 루이 바양이 먼저 증기선 편으로 프랑스로 가져가게 해놓고 자신은 12월 12일 그의 근무처인 베트남의 하노이로 돌아왔다.

북경으로 옮겨온 돈황문서들

하노이로 돌아온 지 6개월이 지난 1909년 5월 21일 펠리오는 프랑스 극동학원을 위한 한문 고서도 구입하고 시베리아 철도를 이용하여 본국으로 돌아가기 위해 북경에 왔다. 북경에 오면서 그는 샘플로 가져온 돈황문서 몇 십 점을 이곳 학자들에게 보여주었다. 당시 제일가는 고증학자인 나진옥(羅振玉)은 이를 보고 경악을 금치 못했다. 송나라 고서도 드문 판에 당나라 때 사본·사경 등이 이렇게 많이 발굴되었다는 사실에 놀랐다. 학자들이 줄지어 그의 숙소로 몰려들었고 펠리오는 이들에게 사진촬영과 등사를 기꺼이 허락하여 나진옥은 그가 등사한 것을 책으로 펴냈다.

어떤 학자는 문서들을 되팔 것을 요구하기도 했다. 이에 펠리오가 나진옥에게 아직도 돈황에는 약 1만 점의 문서가 남아 있고 그중엔 불경이 많이 있다고 하자 그는 크게 놀라고 기뻐하며 정부의 학부(學部)

에서 돈황을 관할하는 호섬감(護陝甘,
섬서성 감숙성 관할기관) 총독에게 전보를
쳐서 외부인이 사가지 못하게 하고 일
체를 구입하도록 조치했다. 나진옥은
이렇게 조치해놓고도 미덥지 않아 감
숙성에 예산이 없으면 경사대학당(현
북경대학)의 농과대학 감독으로 있는
자신의 월급을 전부 댈 수 있다고 독
려하여 8천 점을 3천 위안에 구입 완
료했다는 보고를 받았다.

| **나진옥 초상** | 당시 제일가는 고증학자
인 나진옥은 펠리오가 북경으로 가져온 돈
황문서를 보고 경악을 금치 못했다.

그러나 이렇게 확보된 돈황문서들은 온전히 북경에 도착하지 못했
다. 정부로부터 명령을 받은 왕원록은 남은 문서들을 제367굴로 옮기
면서 많은 양을 은닉했다. 그가 새로 모신 불상 속에 감추어두었다고
한다. 또 북경으로 호송하는 도중에도 일부는 중간에서 빼돌렸다. 심
지어는 숫자를 맞추기 위해 멀쩡한 두루마리를 두세 조각, 심지어는
대여섯 조각 내기도 했다고 한다.

이렇게 유출된 돈황문서는 훗날 스타인이 재차 돈황에 왔을 때
500점을 사갔고 일본과 러시아 탐사대도 사갔으며 신강성 일대에서
는 외국인에게 이를 파는 사람도 있었다고 한다. 그중 이성탁이라는
관리가 빼돌린 500점은 모두 일본인에게 팔았다고 한다. 훗날 나진옥
은『명사 석실 유서(鳴沙石室遺書)』서문에서 이를 통탄해 마지않았다
고 한다(유진보『돈황학이란 무엇인가』전인초 옮김, 아카넷 2003).

제대로 된 정부라면 이를 마땅히 수사했어야 했다. 그러나 조만간 멸망할 위기에 처한 청나라 정부였다. 때는 얼마 뒤 신해혁명(1911)이 일어나 중화민국이 들어서는 와중이어서 이를 추궁하고 수습할 능력이 없었다. 이 점 때문에 돈황문서를 약탈해간 제국주의 학자들이 자신들이 '구입'해옴으로써 오히려 돈황문서가 보존되었다고 말하는 빌미를 주었다.

그 후의 펠리오

한편 펠리오는 북경에서 중추절을 보내고 그곳 학자들에게 성대한 환송을 받으며 고국으로 떠나 1909년 10월 24일 파리에 도착했다. 만 3년 만의 귀국이었다. 이제 갓 서른을 넘긴 이 청년 학자는 학계에서 영웅 대우를 받았지만 뜻하지 않은 구설수에 휘말리게 되었다. 평소 샤반과 펠리오의 프랑스 극동학원이 보여주는 맹활약을 시기해온 일군의 사람들은 불과 27세의 청년이 탐사단 단장으로 이처럼 엄청난 성과를 얻어냈다는 것을 좀처럼 믿을 수가 없었다. 그들은 펠리오가 1분에 2개꼴로 1만 5천 점을 다 펼쳐보았다는 것을 허풍으로 생각했고 나아가서 오렐 스타인이 이미 돈황문서 1만 점을 무더기로 가져온 마당에 펠리오는 가짜나 잔뜩 사와서 개봉도 못하고 떨고 있다고 생각하며 공금횡령과 문서위조로 고소까지 했다.

그러나 오렐 스타인이 1912년 『중국 사막의 유적들』(*Ruins of Desert Cathay*)이라는 저서를 펴내면서 자신이 가져온 것보다 훨씬 많은 문서가 돈황에 그대로 남아 있었다고 증언하고, 나아가서 펠리오의 고고학적 탐사 태도를 칭찬까지 하여 모든 오해가 풀렸다.

펠리오는 자신이 가져온 돈황문서의 정리에 열중했다. 그리고 얼마 안 된 1914년, 제1차 세계대전이 일어나자 펠리오는 북경 주재 프랑스 공사관의 무관으로 임명되어 북경에서 복무했고 종전 후에는 다시 파리로 돌아와 아카데미프랑세즈에서 중국학 교수로 근무하며 돈황에 대한 각종 보고서와 논문, 이를 토대로 한 저서를 발표하면서 사실상 돈황학을 창시했다. 1932년부터는 동양관계 중요 간행물인 『통보(通報)』의 주간을 맡았고, 1935년엔 프랑스 아시아학회 회장으로 취임했다. 그리고 1945년 67세에 암으로 세상을 떠났다. 기메 박물관에는 그가 수집해온 유물을 전시한 펠리오 갤러리가 있어 그의 삶을 기리고 있다.

혜초의 일생과 밀교

펠리오가 돈황문서를 조사한 첫 번째 성과는 혜초(慧超)의 『왕오천축국전』 발견이었다. 혜초의 생애에 대해서는 정수일 선생의 『혜초의 왕오천축국전』(학고재 2004) 해제에 자세히 밝혀져 있는데 이를 요약하면 다음과 같다.

혜초는 우리가 대충 생각하는 것보다 중국불교사에서 매우 중요한 위치를 차지하는 구법승이자 번역승이고 큰스님이었다. 8세기 중국에서 일어난 밀교(密敎)의 시조는 금강지(金剛智)이고 2대조는 불공(不空), 그 뒤를 이은 6명의 스님 중 두 번째가 혜초였다. 이 사실은 불공이 입적하면서 남긴 다음과 같은 유서에 밝혀져 있다.

"내가 지금까지 30여 년 동안 밀교의 비법을 전해 제자가 제법 많다고 할 수 있다. 오부(五部, 밀교의 다섯 경전)의 율법을 닦아서 일가를 이룬 제자만도 여덟 명이 되었는데 차례로 입적해서 이제 여섯 명이 남아 있다. 그들이 누구냐 하면 금각사의 함광, 신라의 혜초, 청룡사의 혜과, 숭복사의 혜랑, 보수사의 원교와 각초이다. 후학들 가운데 의문에 부딪히는 자가 생기면 너희들은 가르침을 주어 법등이 끊이지 않도록 할 것이요. 그로써 나에게 받은 법은(法恩)을 갚을지어다."

혜초의 출생과 유년시절, 그리고 당나라로 가게 되는 과정에 대해서는 알려진 바가 없고 15세인 719년(성덕왕 18년) 중국의 광주(廣州)로 가서 인도 승려인 금강지를 만나 그에게 밀교를 배웠다는 것만 알려져 있다. 그리고 만 19세가 되는 723년 무렵 스승의 권유로 인도로 구법 여행을 떠났다.

혜초는 뱃길을 이용하여 인도로 가서 만 4년 동안 인도를 여행했다. 그는 다섯 천축국, 오늘날 카슈미르·아프가니스탄·중앙아시아 일대를 거쳐 727년 11월 상순에 당시 당나라 안서도호부가 있던 쿠차에 도착했다. 이 다섯 천축국을 기행한 기록이 『왕오천축국전』이다.

당나라로 돌아온 후 혜초는 733년 정월부터 약 8년간 장안의 천복사(薦福寺) 금강지 밑에서 밀교의 경전인 『대교왕경(大教王經)』을 연구했고, 740년 정월부터는 금강지의 경전 한역 작업에 필수(筆受)를 맡았다. 필수란 번역문을 최종적으로 옮겨 쓰는 사람이다. 그런데 이듬해 금강지가 입적하여 번역 작업은 중단되었고 이 산스크리트어 원문은 금강지의 유언에 따라 인도로 보내졌다.

그리고 세월이 흘러 70세가 된 혜초는 773년 10월 금강지의 제자인 불공에게 가서 『대교왕경』의 가르침을 받았는데, 이듬해인 774년 불공이 입적하면서 그의 여섯 제자 중 두 번째 제자로 지목받았다. 이때 혜초는 동료 제자들과 함께 황제에게 표문을 올려 스승의 장례에 황제가 베풀어준 하사품과 부조에 감사드리며 스승이 세웠던 사원을 존속시켜줄 것을 청원했다. 이 표문은 혜초가 쓴 것으로 알려져 있다.

이후 혜초는 동료인 혜랑과 밀교를 전파하며 지내면서 가뭄이 심하자 『하옥녀담 기우 표(賀玉女潭祈雨表)』를 지어올리기도 했다. 밀교라고 하면 흔히는 티베트 밀교를 생각하여 토착민의 샤머니즘과 결합한 신비주의적인 불교신앙으로 이해하는 경향이 있다. 그러나 금강지-불공-혜초로 이어지는 밀교는 그런 것이 아니고 현교(顯敎)에 대립되는 사상이다. 현교가 석가모니가 인간의 몸으로 나타나서[顯] 가르친 것을 충실히 따르는 것에 비해 밀교는 부처의 내면에만 존재하고 드러나지 않은 것[密], 즉 불성(佛性)을 찾아가겠다는 것이다. 그래서 밀교에서 모시는 부처는 석가모니가 아니라 불법 그 자체를 의미하는 비로자나불(대일여래)이다. 그리고 불법 세계를 형상화한 것을 밀교의 만다라(曼陀羅)라고 한다.

그러다가 77세가 된 혜초는 780년 4월 15일 오대산 건원보리사(乾元菩提寺)로 들어갔다. 여기서 5월 5일까지 약 20일 동안 『대교왕경』의 번역과 한자음사(漢字音寫)의 필수를 맡았는데 그만 바로 그해에 세상을 떠났다. 혜초의 일대기는 이처럼 간략하게만 알려져 있을 뿐이고 결국 신라로 귀국하지는 않은 것으로 보인다.

일본에서는 밀교가 크게 유행하여 9세기 교토의 동사(東寺)를 중심으로 하여 헤이안(平安)시대 불교의 주류를 이루게 된다. 이는 일본 진언밀교의 개창조인 공해(空海, 구카이)가 804년 견당사를 따라 당나라에 와서 혜초의 동료이자 불공의 3대제자인 청룡사의 혜과(惠果)를 만나 밀교를 전수받아 갔기 때문이다.

우리나라에는 밀교가 갖고 있는 불교 교리의 개방성과 추상성이 9세기 도의선사가 선종(禪宗)을 들여옴으로써 본격적으로 전수되었고, 선종은 기존의 교종(敎宗)에 맞서게 된다. 그리하여 9세기 이후 우리나라는 선종, 일본은 밀교가 주류를 이루게 된다.

혜초의 『왕오천축국전』

돈황에서 발견된 『왕오천축국전』은 표제도 저자도 쓰여 있지 않고 앞뒤가 잘려나가 누가 쓴 무슨 책인지 알 수 없는 두루마리로 한 줄에 약 30자, 총 230줄에 약 6천여 자가 쓰여 있을 뿐이었다. 그런데 펠리오는 귀신같이 이 두루마리가 혜초의 『왕오천축국전』이라는 사실을 밝혀냈다. 펠리오는 이를 읽어보고는 인도의 다섯 천축국을 여행한 어느 구도승의 기행문인바 이는 당나라 혜림(慧琳)의 『일체경음의(一切經音義)』에 이름만 나오는 바로 그 책임을 알아낸 것이다. 확실히 펠리오는 불세출의 서지학자였다.

혜초의 『왕오천축국전』은 동천축국에서 불교성지들을 참배하고 중

| **『왕오천축국전』** | 혜초는 『왕오천축국전』에 다섯 천축국을 여행하면서 그때그때 보고 들은 것을 요약해 여정 정보와 머무른 성의 정치, 문화, 종교 정보를 기술해놓았다. 특히 그 지역에서 불교가 행해지는지, 대승인지 소 승인지를 꼭 기술했다.

천축국에서 남천축국으로, 그리고 서천축국, 북천축국 순서로 다섯 천 축국을 순례한 다음 서역으로 가 대식국(大食國, 아랍)의 페르시아까지 갔다가 중앙아시아의 몇몇 호국(胡國)을 둘러보고 파미르고원을 넘어 쿠차를 경유하여 중국으로 들어온 것으로 되어 있다. 이 기간은 723년 에서 727년까지 4년이다. 혜초 나이 19세에서 23세까지다. 혜초는 이 기간 동안에 40여 개 국을 순방하면서 보고 들은 것을 기록해둔 것이 었다. 하나의 예로 남천축국 기사를 보면 다음과 같다(정수일『혜초의 왕 오천축국전』, 학고재 2004).

중천축국에서 곧바로 남쪽으로 석 달 남짓 가면 남천축국 왕이 사는 곳에 이른다. 왕은 코끼리 800마리를 소유하고 있다. 영토가 매우 넓어서 남쪽으로는 남해에, 동쪽으로는 동해에, 서쪽으로는 서해에 이르며, 북쪽으로는 중천축국과 서천축국, 동천축국 등의 나라들과 경계가 맞닿아 있다. 의복과 음식, 풍속은 중천축국과 비슷하다. 다만 언어는 좀 다르고 기후는 중천축국보다 덥다. 그곳 산물로는 무명, 천, 코끼리, 물소, 황소가 있다. 양도 조금 있으나 낙타나 노새, 당나귀 따위는 없다. 논은 있으나 기장이나 조 등은 없다. 풀솜이나 비단 같은 것은 오천축국 어디에도 없다. 왕과 수령, 백성들은 삼보를 지극히 공경하여 절도 많고 승려도 많으며, 대승과 소승이 더불어 행해진다.

혜초는 여행길의 심사를 시로 읊기도 했는데, 여기에 남천축국 여행길에서 남긴 오언시를 옮겨본다.

달 밝은 밤에 고향길 바라보니	月夜瞻鄕路
뜬구름만 둥실둥실 떠돌아가네	浮雲颯颯歸
그 편에 편지 한 장 부쳐보려 하지만	緘書忝去便
바람이 급하여 회답이 들리지 않는구나	風急不聽廻
나의 나라는 하늘가 북쪽에 있고	我國天岸北
남의 나라는 땅끝 서쪽에 있네	他邦地角西
날이 따뜻한 남쪽에는 기러기마저 없으니	日南無有鴈
누가 계림(경주)으로 날아가 소식 전하리	誰爲向林飛

이처럼 『왕오천축국전』은 여행 일정 속에서 그때그때 보고 들은 것을 간명하게 요약해 출발지에서 다음 도착지에 이르는 방향과 소요 시간을 밝히고 그곳의 성(城) 이름과 규모, 왕이 거주하는 처소와 통치 스타일, 그리고 기후와 지형, 특산물과 음식, 그리고 복장과 풍습, 언어와 종교 등을 이야기하고 마지막에는 불교가 행해지는지 여부와 소승인지 대승인지를 꼭 기술하고 있다.

그리고 중간중간에 고향을 그리면서 쓴 오언시가 모두 5편 실려 있는데 그중 호밀국(胡蜜國, 와칸)에서 티베트로 가는 중국 사신을 만났을 때 쓴 시에는 외롭고 힘겨운 구법승의 마음이 절절이 들어 있다.

그대는 티베트가 멀다고 한탄하나	君恨西蕃遠
나는 동쪽으로 가는 길이 멀어 탄식하노라	余嗟東路長
길은 험하고 눈 덮인 산마루는 아득히 높고	道荒宏雪嶺
골짜기엔 도적도 많은데	險澗賊途倡
나는 새도 놀라는 가파른 절벽	鳥飛驚峭嶷
아슬아슬한 외나무다리는 건너기 힘들다네	人去難偏樑
평생에 울어본 기억이 없건만	平生不捫淚
오늘따라 하염없이 눈물이 흐르네	今日灑千行

혜초의 『왕오천축국전』은 법현의 『불국기』, 현장의 『대당서역기(大唐西域記)』처럼 정밀한 서술은 없지만 8세기 중앙아시아의 천축국 사정을 있는 그대로 기술했다는 점에서 가히 3대 서역기행문으로 꼽히

고 있다. 원래 이 책의 원본은 3권이었다고 하나 이 필사본이 전체 내용인지 요약본인지는 아직 알 수 없다.

펠리오가 북경에 갈 때 『왕오천축국전』도 가져와 학자들의 연구가 시작되었다. 당대 석학이었던 나진옥은 그 가치를 높이 평가하며 그의 『돈황 석실 유서(敦煌石室遺書)』(1909)에 교감기록(校勘記錄)과 함께 실었고, 1911년 일본의 후지타 도요하치(藤田豊八)는 나진옥의 영인본을 바탕으로 『왕오천축국전』 주석서를 내었다. 그리고 1915년 일본의 다카쿠스 준지로(高楠順次郞)가 비로소 혜초가 신라인이라는 사실을 밝혀내었으며 1939년에는 독일의 동양학자 발터 푹스(Walter Fuchs)가 독일어로 번역본을 펴냈다. 최근엔 영역본도 출간되었다 (Donald S. Lopez, *Hyecho's Journey: The World of Buddhism*, The University of Chicago Press 2017).

우리나라에서는 1934년 육당 최남선이 『신정삼국유사(新訂三國遺事)』 부록으로 『왕오천축국전』 원문을 싣고 해제를 붙여 처음으로 소개했고, 1961년 통문관에서 번역본을 펴낸 이후 여러 학자들에 의해 여러 종류의 번역본이 나왔으며 2004년에는 문명교류사의 대가인 정수일 선생이 상세한 해설과 함께 『혜초의 왕오천축국전』을 펴냈다.

혜초의 『왕오천축국전』 원본은 프랑스 국립도서관에 소장되어 있고 1953년 백낙준 박사가 유네스코 총회를 마치고 돌아오는 길에 그 사본을 한 부 구해와 국내에 처음 선보인 바 있다. 그리고 2010년 국립중앙박물관의 '실크로드와 둔황' 기획전에서 처음으로 우리에게 공개되었다.

여전히 새어나오는 돈황문서와 벽화의 파괴

오타니 탐험대의 제1·2·3차 탐사 / 오타니 컬렉션의 분산 /
돈황에 다시 온 스타인 / 올덴부르크와 러시아 백군 피난병 /
랭던 워너 / 돈황문서 약탈, 그 후

오타니 고즈이

1910년 청나라 정부가 남겨진 돈황문서 8천 점을 북경의 경사도서관(京師圖書館, 현 중국국가도서관)으로 옮기게 한 그 이듬해, 돈황에 나타난 이방인은 양귀자가 아닌 일본인이었다. 오타니 고즈이(大谷光瑞, 1876~1948)를 대장으로 한 '오타니 탐험대'의 제3차 대원인 다치바나 즈이초(橘瑞超)와 요시카와 고이치로(吉川小一郎)였다. 이때 이들은 약 600종의 돈황문서와 약간의 미술품을 가져갔다. 잔존 돈황문서를 북경으로 옮길 때 왕원록이 빼돌려두었던 것들이었다.

'오타니 탐험대'는 1902년부터 1914년까지 12년간 3차에 걸쳐서 실크로드 여러 곳을 탐사하며 약 6천 점에 달하는 유물을 수집해갔다. 이 '오타니 컬렉션'은 훗날 여러 곳으로 흩어지면서 그중 약 1,700점이 조선총독부박물관에 소장되었고, 해방 후 그대로 우리 국립중앙박물관이 인수하게 되었다. 이렇게 국립중앙박물관이 뜻밖에 돈황과 실크로드 유물을 소장하게 된 내력은 아주 길고 복잡한 이야기이다.

오타니 탐험대의 활동에 대해서는 여러 글이 있는데 다른 두 시각이 있다. 마쓰오카 유즈루의 『돈황 이야기』에서는 서구 제국주의 탐험대에 뒤지지 않으려는 오타니 탐험대의 열정적이고 영웅적인 활동을 드라마틱하게 소개하고 있다. 그런가 하면 피터 홉커크의 『실크로드의 악마들』에서는 영국 정보부에서 이들의 탐험을 고고학 탐사로 위장한 일본의 스파이 활동으로 의심하고 행적을 감시했던 것에 초점을 맞추고 있다. 일본인 나가사와 가즈토시의 『돈황의 역사와 문화』에는 이 점에 대해서는 전혀 언급이 없다. 이에 반해 주경미는 「오타니 고즈이와 오타니 탐험대의 수집품」(임영애 외 공저 『유라시아로의 시간 여행』, 사계절 2018)이라는 글에서 객관적인 팩트로 전 과정을 소개하고 있어 여기에 의지해 나의 이야기를 시작해보겠다.

오타니 고즈이는 1876년 교토의 유명한 불교 사찰인 서본원사(西本願寺)의 21대 문주(門主)인 오타니 고손(大谷光尊)의 장남으로 태어났다. 지금도 교토 남쪽에는 거대한 규모의 동본원사와 서본원사가 있는데 서본원사는 일본 불교 종파 중에서 큰 세력을 갖고 있는 정토진종 본원사파의 본산(本山)이다. 아버지 고손이 세운 불교대학이 현재의 류코쿠(龍谷)대학이다. 오타니 고즈이는 마에다 에운(前田慧雲)이

| 오타니 고즈이(왼쪽)와 다치
바나 즈이초(오른쪽) | 오타니
탐험대는 12년간 3차에 걸쳐 실
크로드 여러 곳을 탐사하며 유
물을 수집했다. 다치바나 즈이
초는 2차 탐험대에 합류했던 서
본원사 소속 승려로, 3차 탐험
은 단독으로 추진했다.

라는 교토의 석학에게 개인 교습을 받으면서 자랐다.

오타니 고즈이는 22세에 당시 권세가인 구조 미치타카(九条道孝)
공작의 딸 가즈코(籌子)와 결혼해 백작이 됐다. 그런데 가즈코의 여동
생이 다이쇼(大正) 천황과 결혼하여 데이메이(貞明) 황후가 되면서 자
연히 천황과 동서지간으로 천황가의 일원이 되었다. 이 사실이 영국
정보부로 하여금 그의 중앙아시아 탐사를 스파이 활동이라 더욱 의심
케 했던 것이다.

결혼한 이듬해인 1899년 오타니는 중국, 싱가포르, 인도를 여행하
고 1900년 영국 런던에서 2년여간의 유학 생활을 시작했다. 유학 중
그는 영국왕립지리학회 회원이 되었고 스벤 헤딘, 르코크 등을 파티
에 초청하기도 하면서 중앙아시아를 다녀온 탐험가들과 친분을 쌓았
다고 한다.

오타니 탐험대의 제1차 탐사

마침내 오타니는 직접 중앙아시아를 탐사할 계획을 세웠다. 오타니가 왜 중앙아시아 탐사를 계획했는지는 아직 명확히 밝혀지지 않았다. 그는 이 탐사의 목적은 인도에서 일본에 이르는 이른바 '불교동점(佛敎東漸)'의 길을 답사하면서 옛 구법승들의 행적을 밝히는 것에 있으며 아울러 한문 경전을 중심으로 연구되어온 일본의 불교계에 산스크리트어 원전 자료를 수집하여 제공하기 위한 것이라고 했다. 하지만 당시 영국 정보부는 혹시 일본의 제국주의 침략을 위한 스파이 활동일지도 모른다고 이들의 탐사 활동을 계속 감시했다.

1902년 8월, 오타니 탐험대가 첫 번째 탐사를 떠났다. 제1차 탐험대는 오타니를 포함한 5명으로 구성되었다. 8월 16일 런던을 출발한 탐험대는 러시아의 페테르부르크를 경유해 사마르칸트를 지나 파미르고원을 넘어서 한 달여가 지난 9월 21일에 신강성 카슈가르에 도착했다. 당시 카슈가르는 대부분의 중앙아시아 탐험대의 베이스캠프 격이었다. 당시 이곳에 있던 영국 총영사 조지 매카트니(George Macartney)는 중앙아시아로 오는 모든 나라의 탐험대와 친교를 맺어 편의를 제공하며, 한편으로는 그들에 대한 정보를 수집하고 있었다.

카슈가르에서 조사를 마친 오타니 탐험대는 10월 14일, 인도와 중앙아시아 2개 조로 나뉘어 출발했다. 중앙아시아조 2명은 야르칸드를 지나 호탄을 조사한 후, 쿠차로 올라가서 키질석굴과 쿰투라석굴을 탐사했다. 그러나 지진이 일어나 황급히 일본으로 귀국했다. 그 바람에

| 쿠차의 쿰투라석굴 | 제1차 오타니 탐험대는 카슈가르 조사를 마친 후 둘로 나뉘었다. 이 중 중앙아시아조 2인은 쿠차로 올라가 키질석굴과 쿰투라석굴을 조사했다.

키질석굴은 2년 뒤에 온 독일의 르코크와 그륀베델의 차지가 되었다.

2개 조 중 오타니 고즈이를 포함한 인도조는 석가가 설법했다는 영축산(靈鷲山) 탐사를 시작했다. 그런데 1903년 3월, 오타니의 부친이 세상을 떠났고 그는 일본으로 귀국했다.

제2차 탐사

1908년 아버지의 뒤를 이어 서본원사의 22대 문주가 된 오타니는 제2차 서역 탐험대를 파견했다. 제2차 탐험대는 28세의 노무라 에이자부로(野村榮三郞)와 18세의 다치바나 즈이초 2명이었다. 이들은 고고학자가 아니라 서본원사 소속 승려였다. 이로 인해 탐험 과정이 녹록지 않았음은 물론, 발굴 태도에도 문제가 많았다. 1908년 6월 16일 북경을 출발한 이들은 고비사막을 건너 울란바토르 서쪽에 있는 몽골의 옛 수도 카라코룸으로 들어갔다. 카라코룸은 몽골어로 '검은 숲길'이라는 뜻으로 중국에선 화림(和林)이라 부르며 20년 전에 러시아 탐험대가 처음 폐허를 찾아낸 곳이다. 그들은 여기서 많은 비문들을 조사했다.

이후 이들은 우루무치로 건너갔다. 그곳에서 다치바나는 쿠얼러(庫爾勒)로 곧장 내려가고, 노무라는 투르판의 베제클리크석굴을 조사한 후 쿠얼러에서 다치바나와 합류했다. 쿠얼러에서 두 사람은 또 갈라졌다. 노무라는 천산남로를 따라 쿠차의 키질석굴, 쿰투라석굴에서 불상과 벽화를 수집하고 카슈가르로 갔다.

한편 다치바나는 오렐 스타인이 답사했다는 신비의 고대도시 누란을 찾아서 남쪽으로 떠났으나 정확한 위치를 찾지 못해서 헤매고 있었다. 이때 일본에 있던 오타니는 직접 스벤 헤딘에게 물어 누란의 위치를 알아내 전보로 다치바나에게 누란의 위도와 경도를 알려주었다. 이 정보로 누란을 찾은 다치바나는 4세기 고문자학 연구에 큰 기여를 한 이백문서(李柏文書)를 발굴했다. 이후 다치바나는 호탄을 탐사한 뒤 1909년 7월 7일 카슈가르에서 먼저 와 있던 노무라와 재회하고 인도로 건너왔다.

한편 오타니는 여러 명의 대원과 함께 인도 각지의 불교 유적을 답사한 후, 콜카타에서 한동안 머물고 있었다고 한다. 여기에서 오타니와

| **이락장** | 제2차 탐사를 마친 오타니는 건축가 이토 주타에게 근대식 양식의 별장 설계를 맡겼고, 이렇게 만들어진 이락장에 수집품을 보관했다. 고베에 있었던 이 이락장 건물은 화재로 소실되어 지금은 모습을 찾을 수 없다.

다치바나는 위구르어를 처음으로 배워 중앙아시아에서 수집한 문서들의 판독 연구를 시작했다. 이때 오타니는 당시 일부 탐험대원을 티베트로 파견하고자 했으나 영국 정부에서 불허하여 진행하지 못했다.

일본으로 돌아온 오타니는 유명한 건축가인 이토 주타(伊東忠太)에게 근대식 양식의 별장으로 이락장(二樂莊)의 설계를 맡겼고 오타니 탐험대의 수집품들을 1916년까지 여기에 보관하고 전시했다(이 건물은 1932년 화재로 소실되었다).

『실크로드의 악마들』의 저자 피터 홉커크에 의하면 당시 영국 정보부와 러시아 정보부는 이들이 고고학 탐사를 가장한 스파이가 아닌가 의심하고 계속 감시했다고 한다. 특히 4년 전 러일전쟁에서 러시아가

| **다치바나 즈이초와 현지 사람들** | 다치바나 즈이초는 제3차 탐험에서 많은 어려움을 겪었다. 하지만 요시카와의 편지를 받아 소식이 닿게 되어 조사를 마무리하고 유물을 가져올 수 있었다.

패배한 뒤였기 때문에 더욱 의심을 샀다는 것이다. 영국 정보부의 입장에서는 오타니 탐험대를 순수한 고고학 탐사단으로 보기에 수상한 점이 많았다. 특히 영국 당국에서 이미 일본인 스파이라고 파악하고 있는 '미스터 아마'라는 자와 모종의 관계가 있는 것으로 보여 곳곳에 심어놓은 정보원인 악사칼('흰 수염', 장로라는 뜻)을 통해 정보를 계속 수집하고 미행하기도 했다고 한다. 이는 현재 런던의 영국도서관에 소장된 인도사무국의 '정치 기밀 파일'에 들어 있다고 한다. 그러나 영국 정보부도 러시아 정보부도 이들이 스파이였다는 명확한 단서는 잡지 못했다고 한다.

제3차 탐사

오타니 탐험대의 제3차 탐험은 1910년 오타니의 제자로 20세의 젊은 승려인 다치바나 즈이초가 홀로 떠나게 되었다. 다치바나는 런던으로 가서 18세의 영국 소년 홉스(중국에선 그를 휘부스(霍布斯)라 했다)를 조수로 고용하고 러시아로 가서 시베리아 철도를 타고 우루무치로 간 다음 투르판의 베제클리크석굴을 조사하며 유물을 수집했다.

투르판 탐사를 마친 다치바나는 홉스에게 유물을 가지고 쿠차에 가서 대기하도록 명하고 자신은 홀로 오렐 스타인이 처음 발굴한 3, 4세기경의 초기 불교 벽화가 있는 누란으로 갔다. 고고학적 지식이 미약했던 다치바나는 여기서도 벽화들을 마구 떼내어 유적지를 크게 훼손해버렸다. 이때 그가 수집한 누란, 소하 유물의 일부가 우리 국립중앙박물관에 소장되어 있다. 누란에서 미란을 거쳐 체르첸에 도착한 다치바나는 여기서 옛 실크로드를 따라 에둘러가는 길을 버리고 과감하게 타클라마칸사막을 남북으로 종단하는 모험을 감행했다.

그리하여 22일 만에 구사일생으로 쿠차에 도착했는데 뜻밖에도 유물과 함께 그를 기다리던 홉스가 그사이 천연두에 걸려 사경을 헤매다 결국 사망했고, 유해는 이미 카슈가르로 보내졌다는 소식을 접했다. 다치바나는 지체하지 않고 카슈카르로 달려가 1911년 3월 21일 영국 총영사 매카트니와 함께 홉스를 매장하고 작은 비석을 세웠다.

홉스를 안장한 뒤 다치바나는 호탄으로 가서 발굴을 하고 이번에는 티베트로 들어가기 위해 곤륜산맥을 넘던 중 유물을 운반하던 동물들이 죽고 고용인들도 도망쳐버리는 바람에 포기하고 곤륜산맥을 내려와 동쪽으로 이동했다. 그때 다치바나는 중국에 신해혁명이 일어났다는 소식을 들었다고 하며 약강(若羌)에 도착했을 때 뜻밖에도 요시카와 고이치로가 지금 돈황에서 그를 기다린다는 소식을 접했다.

사연인즉 1911년 5월, 다치바나가 몇 달째 소식이 없고 죽었다는 소문까지 돌자 오타니가 요시카와를 파견하여 찾아보도록 했던 것이다. 돈황에 도착한 요시카와가 다치바나의 행방을 수소문하며 약강의 관리에게 쓴 편지를 다치바나가 천우신조로 받아본 것이었다. 다치바나는 지옥에서 부처님을 만난 기분으로 돈황으로 달려갔다. 그리하여 다치바나와 요시카와가 돈황에서 만난 것은 이듬해인 1912년 1월이었다.

이후 두 사람은 돈황을 조사하고 왕도사로부터 돈황문서 600점과 약간의 미술품을 수습한 다음 투르판을 조사했다. 이때 두 사람은 처음으로 투르판의 베제클리크석굴과 아스타나 고분군을 발굴하면서 많은 유물을 수습했다. 지금 우리 국립중앙박물관이 소장하고 있는 아름다운 불두 소조상과 「복희여와도(伏羲女媧圖)」 같은 그림은 이때 가져온 것이다. 그러나 다치바나는 승려였을 뿐 고고학이나 미술사에는 문외한이었기 때문에 유적이나 유물을 심하게 파괴하여 두고두고 비난을 면치 못하고 있다.

투르판에서 조사를 마친 다치바나는 일본으로 귀국했다. 그러나 요시카와는 서역에 남아서 돈황과 서역남로의 유적을 1914년까지 조사했다. 이들이 수집한 유물들은 무려 낙타 145마리로 이송해야 할 만큼 많은 양이었다. 그때 고비사막을 넘어가는 사진을 보면 전리품을

| 유물을 가득 싣고 고비사막을 넘어가는 오타니 탐사단 | 오타니 탐사단이 낙타 145마리에 유물을 싣고 고비사막을 넘어가는 모습을 보면 마치 전리품이라도 가져가는 듯 행렬이 장대하다. 오타니 탐사단이 중앙아시아에서 가져온 유물은 약 5천 점이 되는 것으로 알려져 있다.

실은 행렬이 실로 장대하다. 오타니 탐험대가 3차에 걸쳐 중앙아시아에서 가져온 유물은 약 5천 점에 이르는 것으로 알려졌다. 그중 약 1,700점을 우리 국립중앙박물관이 소장하게 된 내력은 다음과 같다.

오타니 컬렉션의 분산

오타니 탐험대가 가져온 유물들은 그가 고베(神戶) 교외에 세운 별장인 이락장에 보관되어 한동안 일반에게 공개 전시되기도 했으며 1915년『서역고고도보(西域考古圖譜)』(전2권)로 간행되었다. 그런데 1914년 서본원사에서 재정 횡령 문제가 거론되면서 그 책임을 지고 오타니 고즈이는 5월에 문주에서 사임했다. 그의 퇴진과 함께 오타니 탐험대의 탐사는 끝났다.

문주직에서 물러난 오타니 고즈이는 아예 승직을 반납하고 환속했다. 그는 1914년 11월 일본을 떠나 중국의 여순(旅順)으로 거처를 옮겼다. 이듬해인 1915년 그는 중국과 동남아시아 그리고 인도를 두루 다시 답사하고 대련(大連)으로 돌아왔다. 그리고 그해 9월 이락장에 있던 오타니 컬렉션 중 중요한 문서와 책 일부를 대련만철도서관(大連滿鐵圖書館)에 기증했다.

다만 이 도서관은 당시 남만주로 진출한 일본의 남만주철도주식회사 소속으로, 일본의 만주에 대한 제국주의 경영과 직접적으로 관련된 기관이었다. 이 유물들은 이후 여순박물관, 대련만철도서관, 그리고 북경의 중국국가도서관으로 나뉘어져 보관되었다.

1916년 11월, 오타니 고즈이는 이락장에 소장된 나머지 유물을 일본의 유명한 재벌인 구하라 후사노스케(久原房之助)에게 매각했다. 이락장 건물도 함께 팔았다. 이는 서본원사의 재정 악화 때문이었던 것으로 추정되고 있다.

1916년 5월 구하라는 오타니로부터 구입한 중앙아시아 유물들을 초대 조선총독 데라우치 마사타케(寺內正毅)에게 기증했다. 구하라가 데라우치에게 이 유물을 기증한 이유는 자신이 운영하는 구하라광업회사의 한반도 진출을 위해서였다고 추정된다. 이 유물을 기증한 바로 다음 해인 1917년 구하라광업회사는 평안북도 후창의 광산을 인수하여 황동광을 채굴하기 시작했는데, 제2차 세계대전으로 구리 가격이 폭등하면서 막대한 이윤을 남겼다. 이후 만주국으로 진출하여 만주중공업개발에 착수하여 회사 이름을 닛산(日産)콘체른으로 바꾸었다. 이 기업이 현재 일본 재벌의 하나인 닛산 그룹의 전신이다.

데라우치는 기증받은 유물들을 조선총독부박물관에 소장케 했고 그것이 해방 후 이 유물들을 국립중앙박물관에서 소장하게 된 내력이다. 서본원사에 남아 있던 오타니 컬렉션은 현재 류코쿠대학 박물관, 교토국립박물관, 도쿄국립박물관, 그리고 일부는 개인 소장으로 분산되어 있다. 이리하여 오타니 컬렉션은 일본, 중국, 한국으로 뿔뿔이 흩어지게 되었다.

한편 오타니 고즈이는 1920년 인도네시아, 필리핀 등 동남아 지역의 여러 곳에 농장을 구입하고 일본인들을 이주시켜 고무와 커피 농장을 경영하고 그곳에 별장을 짓고 관리했다. 태평양 전쟁 기간에는 내각고문을 담당했고 여러 차례에 걸쳐 행했던 자신의 인도 불교 유적 탐험 성과를 1942년 『인도지지(印度地誌)』라는 서적으로 간행하기도 했다.

제2차 세계대전이 끝나고 오타니는 1947년 일본으로 귀국하여 규슈 벳푸(別府) 온천에 자리잡고 이곳을 국제적 관광지로 개발하는 데 적극적으로 힘쓰다가 1948년 72세의 나이로 세상을 떠났다. 현재 벳푸에는 그의 기념비가 세워져 있는 오타니 공원이 있다. 오타니 고즈이가 왜 그렇게 중앙아시아 탐사에 열정을 바쳤는지 그 진정한 이유에 대해서는 아직도 정확히 밝혀지지 않았다. 어쩌면 영원히 수수께끼로 남을지 모른다.

국립중앙박물관은 오타니 컬렉션을 한국전쟁 중 부산으로 피난시키며 잘 보관해왔다. 제2차 세계대전 중 독일의 중앙아시아 유물 상당수가 망실된 것과 비교되기도 한다. 국립중앙박물관은 이 유물들의 현황과 이들에 대한 과학적 조사 결과를 『국립중앙박물관 소장 중앙아시아 종교 회화』(2013), 『국립중앙박물관 소장 중앙아시아 종교 조각』(2013)등

| 천부(天部)상 두부 | 국립중앙박물관이 소장하고 있는 이 천부상 두부는 불교의 수호신상 중 하나로 오타니 탐험대의 제3차 탐험에서 수습한 것으로 알려져 있다.

으로 발간했고, 2002년 '실크로드 전'을 비롯한 특별전을 통하여 이를 일반에게 공개하고 있으며 3층에 있는 중앙아시아실에 주요 유물을 상설 전시하고 있다. 대부분은 투르판에서 떼어온 벽화들인데 그중엔 돈황 출토 승려상, 투르판 출토 불두, 누란의 풀바구니, 아스타나 고분의 나무인형 등이 전시되어 있어 이 긴 이야기를 증언하고 있다.

돈황에 다시 온 스타인

1907년 오렐 스타인이 1만 점, 1908년 폴 펠리오가 5천 점을 가져가고, 1910년 청나라 정부가 잔존 8천여 점을 북경의 경사도서관으로

| **국립중앙박물관 중앙아시아실에 전시된 돈황 유물** | 뿔뿔이 흩어진 오타니 컬렉션 중 약 1,700여 점의 유물을 우리 국립중앙박물관이 소장하고 있으며 3층 중앙아시아실에 주요 유물이 상설 전시되고 있다.

옮기고, 1912년 일본의 오타니 탐험대가 또 500점을 구해갔으니 이제는 막고굴에 남은 돈황문서가 없을 것 같았는데 1914년 3월, 다시 막고굴을 찾은 오렐 스타인은 왕도사에게 또 500점을 구입해갔다. 요술같이 기막힌 이야기가 아닐 수 없다.

이때 스타인은 세 번째 중국령 투르키스탄을 탐사 중이었다. 그는 1913년 8월 1일 유언장을 쓰고 제3차 탐사에 나섰다. 제2차 탐사 때 동상에 걸려 발가락을 잘라내는 사고를 당했으면서도 사막의 발굴은 겨울철이어야 한다는 신념에서 나온 각오였다. 9월 11일 중앙아시아 탐사의 거점 도시인 카슈가르에 도착한 스타인은 이듬해(1914) 1월엔 미란, 3월엔 누란에서 많은 성과를 올렸다. 특히 미란에서는 그리스풍

이 역력한 '날개 달린 천인상'을 발견했다. 그리고 3월 24일, 돈황에 도착해 막고굴에 와서 왕도사를 다시 만났다.

왕도사는 스타인을 마치 오래된 시주자를 만난 것처럼 환영해주었다고 한다. 왕도사가 그의 장부를 보여주었는데 맨 위쪽에 스타인이 유물의 대가로 사원에 시주한 은전의 총액이 적혀 있었다고 한다. 그리고 석굴 앞의 새 사원과 참배객이 머무는 숙소를 가리키며 그것들이 모두 스타인이 준 돈으로 지은 것이라고 했다.

이때 스타인은 또 왕도사에게 "큰 상자로 다섯 상자는 너끈히 될 만큼인 500여 점의 불경을 상당한 액수를 희사하고 구입해 왔다"고 했다. 청나라 정부에서 잔존 돈황문서를 북경으로 옮겨갈 때 빼돌린 양이 얼마나 되는지 오타니 탐험대에게 500점을 팔았는데 또 그만큼을 팔아먹은 것이다.

스타인은 돈황을 떠나 다음 탐사지를 향해 주천(酒泉), 장액(張掖)을 거쳐 10월 투르판에 닿았는데 제3차 탐사 결과보고서로 펴낸 『아시아의 가장 안쪽』에서 이렇게 말했다.

불경 두루마리 한꾸러미는 1914년에 어떤 이가 나에게 가지고 와 판 것이었고 장액에 가는 길과 신강성으로 가는 길에서도 돈황 석실에서 흩어져나온 두루마리를 적지 않게 얻을 수 있었다.

당시 돈황문서가 북경으로 옮겨지는 과정에서 얼마나 많은 양이 흩어지게 되었는지를 잘 말해주는 대목이다. 그러나 이게 여기에 그친 것이 아니었다.

올덴부르크와 러시아 백군 피난병

스타인이 막고굴을 떠나고 5개월 뒤인 1914년 8월, 돈황에 온 러시아의 미술사학자이자 인도학자인 세르게이 올덴부르크가 또 얼마간의 돈황문서를 가져갔다. 그 양이 얼마만큼인지는 확실치 않다.

올덴부르크 탐험대는 보고서나 여행기를 발표하지 않아 자세한 내역은 알 수 없으나 예르미타시 박물관에 소장된 돈황문서의 일련번호는 무려 1만 1,375번까지 있어 의아함을 불러일으킨다. 유진보의 『돈황학이란 무엇인가』를 보면 이 중엔 흑룡강에서 수집한 375점이 포함되어 있어 1만 800점이라고 보아야 하는데, 대개 파편이어서 약 3천 점은 손바닥만 한 크기이고 62센티미터가 넘는 것은 259점밖에 안 된다고 한다. 또 이 중에는 이미 1905년에 오브루체프가 가져간 것도 포함되어 있을 것으로 보았다. 종합해보면 러시아의 문헌학자 레프 멘시코프(Lev N. Menshikov)가 "올덴부르크는 그 지역 거주민들에게 수많은 사본을 수집하는 데 성공했다"고 한 말이 가장 신빙성 있다. 사본 외에는 청나라 정부가 잔존 문헌을 옮겨갈 때 티베트어에는 관심을 두지 않아, 러시아에는 비록 파편이지만 티베트어로 된 문서가 많이 소장되어 있다고 한다.

아무튼 이제 막고굴에는 남아 있는 것이 없고, 민간에 흘러간 파편마저 빗자루로 쓸듯이 다 긁어모아갔으니 돈황에 남은 돈황문서는 없다고 볼 수밖에 없다. 그에 더해 1914년이 되면 제1차 세계대전의 발

| 세르게이 올덴부르크 |

발로 어느 나라도 중앙아시아의 실크로드에 탐사대를 파견하지 않아 돈황에는 적막함만이 감돌 뿐이었다.

그러나 1917년 11월, 레닌의 소비에트 정권 수립 후 고요했던 돈황 막고굴은 뜻하지 않은 불청객을 맞이하게 된다. 볼셰비키 정권의 곡물 징수에 반발하여 "권력은 당신들 것일지 모르지만, 감자는 우리들 것이다"라는 농민들의 불만을 등에 업고, 러시아 곳곳에서 반(反)볼셰비키 백군이 일어나면서 내전이 발발한다. 미하일 숄로호프의 『고요한 돈강』에 묘사되듯이 적군과 백군은 피비린내 나는 전투를 벌였다. 1920년, 결국 승리는 적군에게 돌아갔고 그해 11월 러시아 백군 약 900명이 국경선을 넘어 중국 신강성으로 망명해 돈황 막고굴을 주둔지로 삼았다.

수용 시설로만 보자면 492개의 막고굴만 한 곳이 없다고 생각했던 것이다. 수용한 자나 수용당한 자나 막고굴이 귀중한 문화유산이라는 의식이 없었다. 러시아 백군이 이듬해 8월까지 무려 10개월간 막고굴에 머물면서 수많은 벽화가 손상되었다. 취사 연기로 그을린 곳도 있고 아름다운 벽화에 '고향에 가고 싶다'라고 칼로 낙서를 한 것도 있고 보살상의 얼굴 위에 자기 이름을 새긴 것도 있다. 이런 것이 한둘이 아니다.

| 올덴부르크 제2차 탐험대 | 러시아의 미술사학자이자 인도학자인 올덴부르크 역시 돈황문서를 러시아로 가져갔다. 이후 돈황에 남은 돈황문서는 거의 없었던 것으로 보인다.

1921년 8월, 백군이 철수하면서 돈황 막고굴은 다시 평온을 찾는 듯했지만 이내 막강한 양귀자를 맞이하게 된다. 그로부터 3년 뒤인 1924년 돈황에 온 미국의 랭던 워너(Langdon Warner)는 이제까지 온 도보자들과 성격이 달랐다. 그의 관심은 돈황문서가 아니라 막고굴의 벽화 자체였다. 결국 그는 대담하게 막고굴의 벽화 12점을 뜯어 미국으로 가져갔고 또 아름다운 공양보살상도 번쩍 들고 갔다. 1,500년간 보존되어온 막고굴 벽화에 치명상을 입힌 것이다.

대담한 양귀자, 랭던 워너

랭던 워너는 미국 최초의 동양미술사가 중 한 사람으로 스티븐 스필버그 감독의 영화 「인디아나 존스」의 실존 모델이라 말해지기도 한다. 1903년에 하버드대학을 졸업한 그는 지질학과 고고학 탐사대 일원으로 중앙아시아의 사마르칸트와 부하라를 다녀오기도 했다. 귀국 후 24세의 워너는 첫 직장으로 보스턴 미술관의 큐레이터로 일하면서 하버드대학에서 동양미술사를 강의했다. 미국의 모든 대학을 통틀어 유일한 동양미술사 강좌였다고 한다. 그는 1908년 보스턴 미술관 파견으로 일본에 가서 당시 일본에서 활동하던 미국인 동양미술사가인 어니스트 페놀로사(Ernest F. Fenollosa), 일본인 미학자 오카쿠라 덴신(岡倉天心)과 교류하며 일본 고대 불교미술을 연구하여 1923년 『스이코(推古) 천황 시대의 조각』(Japanese sculpture of the Suiko period)이라는 저서를 펴내기도 했다.

1913년 랭던 워너는 베트남 하노이에 있는 프랑스극동학원을 벤치마킹하여 중국인과 미국인 학자를 양성하는 고고학 학원을 개설하기 위해 북경에 갔다. 이는 디트로이트의 백만장자로 동양미술품 수집가인 찰스 랭 프리어(Charles Lang Freer)가 제안한 것이라고 한다. 워싱턴 D. C.에는 그의 컬렉션으로 이루어진 프리어 갤러리(Freer Gallery of Art)가 있다.

랭던 워너는 북경으로 가기 전에 런던, 파리, 베를린, 상트페테르부르크를 방문해 실크로드에서 탐험가들이 수집해온 동양미술 수집품을 살펴보았다. 이때 워너는 당시 북경의 프랑스대사관에서 임시 무관으로 근무하는 펠리오를 만나 전쟁이 끝나면 중앙아시아를 공동발굴하자고 제안하기도 했다. 그러나 이 프로젝트는 미국의 전쟁 참여로 무산되었다.

1917년 미국이 독일에 대해 선전 포고하자 랭던 워너는 군에 지원하여 참전했다. 1918년 2월 워너는 시베리아 출병 도중에 일본에 들러 도쿄제실박물관(東京帝室博物館, 현 도쿄국립박물관)을 방문하기도 했다. 군에서 제대한 뒤 1923년 워너는 포그 박물관의 동양부장으로 재직하게 되었고 박물관 사업의 일환으로 필라델피아 박물관의 큐레이터 호러스 제인(Horace Jayne)과 함께 돈황 탐사를 위해 중국으로 건너갔다.

애시당초 워너의 탐사 목적과 관심은 다른 양귀자와 달랐다. 스타인은 기본적으로 고고학자이고 펠

| 랭던 워너 | 영화 인디아나 존스의 실존 모델이기도 한 랭던 워너는 미국 최초의 동양미술사가 중 한 사람이다. 그 때문에 그의 관심은 다른 양귀자와 달리 문서보다는 벽화와 조각에 있었다.

리오는 서지학자였지만 워너는 미술사가였기 때문에 관심의 대상이 벽화와 조각에 있었다. 그는 서양의 탐사대들이 다녀간 곳을 답사하여 그들이 무엇을 조사했나 알아보고 돈황에 가서는 벽화를 연구하고 채색 안료 샘플이라도 얻어 하버드대학 실험실에 성분 분석을 의뢰하려고 했다고 한다. 이후 랭던 워너의 행적은 자신이 쓴 탐험기『중국의 멀고 오래된 길』(The Long Old Road in China, 1926)에 자세히 나와 있다고 하는데 그 내용은『실크로드의 악마들』에 아주 드라마틱하

게 소개되어 있다.

벽화 조사에서 절취로 마음을 바꾸다

북경에 도착한 워너와 제인은 중국인 왕씨를 비서 겸 통역으로 데리고 이륜 수레 4대에 성조기를 높이 꽂고 중국 군대 10명의 호위를 받으며 1923년 9월 4일 서안에 도착했다. 먼저 그들이 간 곳은 러시아의 코즐로프가 처음 발굴하고 나중에 오렐 스타인이 탐사한 고비사막 한가운데 있는 카라호토였다. 여기는 마르코 폴로(Marco Polo)가 '에치나'라고 부른 곳으로, 모래 속에 파묻힌 서하시대의 성채인 흑성(黑城)이 있다. 그는 장액에서 나귀를 낙타로 갈아타고 모진 추위 속에 갔다가 앞서 온 탐사대가 싹 쓸고 간 폐허에서 겨우 이삭밖에 거두지 못하고 돌아가게 되어 '질투가 나서 견딜 수 없었다'고 했다. 게다가 함께 간 제인이 동상에 걸려 사경을 헤매다 간신히 살아나자 그에게 보잘것없는 유물을 싣고 먼저 북경으로 돌아가게 하고는 홀로 돈황으로 떠났다.

막고굴에 당도하니 왕도사는 없었다. 그는 곧장 석굴 안으로 들어가 벽화를 보고는 거의 넋을 잃었다고 한다. 그는 이제까지 돈황을 방문한 양귀자 중에서 유일한 미술사가였다. 그는 『중국의 멀고 오래된 길』에서 이렇게 술회했다.

아무것도 할 수 없었다. 숨도 제대로 쉴 수 없었다. (…) 이것들을 처음 본 순간, 내가 왜 대양과 두 대륙을 건너고, 또 몇 달 동안을 수

레 옆에서 지친 몸을 끌고 걸어왔는가를 단번에 깨달을 수 있었다.

그는 먹을 때와 잠잘 때만 빼놓고는 석굴을 떠나지 않았다고 한다. 그는 다음과 같이 고백했다.

연대를 비정하고, 교수들의 기존 이론을 보기 좋게 논박하고, 미술사의 영향들을 발견하기 위해 온 내가, 그저 두 손을 호주머니에 쑤셔넣은 채 석굴사원의 한복판에 서서 생각을 가다듬어보려고 애쓰는 것이 고작이었다.

그러다 랭던 워너는 3년 전 막고굴에 수용된 러시아 백군의 낙서로 파괴된 벽화를 보고서는 아내에게 보낸 편지에서 이렇게 말했다.

아름다운 얼굴에 러시아 연대 번호가 갈겨쓰여 있고, 또 슬라브족의 욕설이 『묘법연화경(妙法蓮華經)』을 설법하는 부처님의 입에서 죽 흘러나오게 써 있는 것이 아니겠소. (…) 이처럼 빠른 속도로 파괴되는 것을 막을 수만 있다면 그것이 어떤 것이든 무엇이든, 구하고 보존하기 위해 전력을 다하고 싶소.

워너는 이런 생각이 들면서 점점 벽화를 떼어가기로 마음을 바꿔먹기 시작했다. 자신의 행동이 파렴치한 도둑질이나 문화재 파괴가 아니라 오히려 벽화를 보존하기 위한 조치였다는 논리로 포장했다.

| 랜던 워너가 떼어간 막고굴 벽화 | 랜던 워너는 벽화 중 아름다운 부분을 아교로 밀착시켜 천으로 떼어냈다. 그 상처가 지금도 이처럼 그대로 남아 있다.

이런 문화재 파괴 행위에 대한 윤리적 소감을 말하라면 주저없이 이 장소를 홀랑 벗겨가버리고 싶다는 것이다. 러시아군이 그랬던 것처럼 언제 또 중국 군대가 이곳에 숙영할지 누가 알겠는가. 그리고 더 나쁘게는 모두가 예감하고 있는 무슬림의 반란도 언제 일어날지 모르는 것 아닌가? 아마 20년 뒤 이 장소는 방문할 가치도 없게 될 것이다.

이리하여 워너는 벽화를 떼어가기로 마음먹었다. 왕도사에게 상당한 선물을 주자 그는 동의했다. 처음에는 강철 삽으로 벽을 통째로 헐어내려고 했다. 그러나 벽체가 인공이 아니라 자연 사암 그대로인지

| 막고굴 제320굴 벽화 조각 | 돈황의 수호자인 상서홍 선생의 조사에 의하면 이 벽화는 랭던 워너가 떼어간 벽화 중 하나이다.

라 불가능함을 곧바로 알게 되었다. 그는 이탈리아에서 개발한 특수한 화학 용액을 갖고 있었다. 먼저 아교를 먹인 천으로 벽화를 붙인 다음 양쪽에 판자를 대서 샌드위치처럼 묶고 이를 포그 박물관으로 옮겨온 뒤 아교 먹인 천을 떼어내는 방식을 취했다. 한겨울이어서 용액이 얼어붙어 작업에 애를 먹었지만 그는 이런 방식으로 닷새 동안 총 12점의 벽화를 떼어냈다. 돈황의 수호자 상서홍(常書鴻)이 조사한 바에 의하면 그가 떼어간 벽화는 다음과 같다.

　　제323굴 초당 벽화 3점
　　제329굴 성당 벽화 3점

제320굴 성당 벽화 5점

제373굴 초당 벽화 1점

작업을 마치고 랭던 워너는 만족하여 이렇게 말했다.

우리가 가져갈 벽화들은 미국에서는 유사한 것을 찾아볼 수 없고 투르키스탄에서 뜯어온 벽화로 가득한 베를린에서도 부러워할 만큼 훌륭하지 않은가.

그리고 워너는 왕도사에게 불상 하나를 추가로 달라고 했다. 왕도사는 처음에 자신이 만든 번쩍번쩍한 새 불상을 말하는 줄로 알고 화를 내며 거절하다가 '낡고 헌' 불상임을 알고는 서슴없이 제328굴에 있는 아름다운 공양보살상을 주었다. 이것이 포그 박물관의 대표적인 소장품이라 자랑하는 당나라 불상이다. 랭던 워너는 이 공양보살상이 행여 깨질까 가져온 속옷가지와 양말로 포장하고 양피 바지와 모포로 둘둘 말아 운반했다.

랭던 워너는 이듬해인 1925년 2월 다시 중국에 왔다. 이번에는 본격적으로 벽화를 뜯어내기 위해 아교풀 통뿐만 아니라 기술자도 대동하고 왔다. 중국 당국에서는 처음엔 워너가 작년에 벽화를 떼어간 사실을 몰라 전문가를 동반케 했으나 돈황 지방 당국과 주민들이 감시를 철저히 하여 벽화를 훼손치 못하게 막았을 뿐만 아니라 막고굴에는 머물지도 못하게 하여 40리 떨어진 돈황현에서 자고 막고굴까지

| 제328굴 보살상과 조력자들 | 랭던 워너가 제328굴의 공양보살상을 가져가기 위해 밖으로 내놓고 인부들과 함께 찍은 사진이다.

우마차로 왕복 4시간씩 오가며 3일간 유람하고 빈손으로 떠났다.

랭던 워너의 선행에 대한 진실

랭던 워너가 아교칠을 해서 떼어간 벽화는 한동안 포그 박물관에 소장되어 있다가 새클러 박물관으로 옮겨졌다가 하버드 미술박물관에 소장되어 있다. 유진보 선생에 의하면 워너가 가져간 벽화 중 한점은 가져가자마자 훼손되었고 포그 박물관에 5점은 상설전시되었고 4점은 지하수장고에 있었지만 2점은 행방불명이었다고 한다. 아마도 아교천을 벗겨낼 때 실패한 것이 아닌가 의심하고 있다.

아무튼 랭던 워너의 벽화 탈취는 독일의 르코크가 투르판의 베제클리크석굴에서 수많은 벽화를 톱질해서 절단해온 것과 쌍벽을 이루는 약탈 훼손 행위로 지금까지도 비난을 받고 있다. 그런데 랭던 워너는 여전히 미국에서 동양미술사가로 또 돈황벽화를 가져온 '위업'으로 칭송되기도 한다. 일본의 어떤 절에는 제2차 세계대전 때 나라(奈良)와 교토에 미군이 공습하는 것을 막아주었다고 하여 공덕비까지 있다고 한다. 이 점에 대하여 중국의 역사저술가 진순신(陳舜臣)은 「돈황의 도적들」에서 이렇게 말했다.(『돈황의 미술: 돈황석굴의 벽화·조각』, 大日本繪畫巧藝美術 1980)

워너에 대해 말하자면 교토와 나라에 폭격하지 말도록 미군부에 진언하였다고 전해져 일본에서는 은인처럼 여겨지고 있다. 이는 일본에 워너의 제자가 꽤 많이 있고 워너의 부인이 루스벨트 대통령의 조카이기 때문에 나온 것으로 생각된다. 그러나 워너 자신은 이 진언을 했다고 확실히 긍정하지 않았다. 이에 대해서는 도시샤(同志社)대학의 케리 교수의 연구로 교토가 공습을 받지 않은 것은 별도의 사정에서 나온 것이며, 나라는 애당초 공습 대상도 아니었다는 사실이 고증되었다.

또 중일전쟁이 일어난 1937년 여름, 워너가 북경에 있으면서 일본군에게 북경 폭격을 중지하게 호소하였다는 설도 있는데 미국인

| 하버드 미술박물관의 제328굴 공양보살상 | 랭던 워너가 가져간 이 공양보살상은 하버드 미술박물관의 대표 소장품으로 꼽히고 있다.

미술사가의 말에 귀를 기울일 일본군이 아니었다. 어느 것이나 워너의 선행에 대한 전설을 만들어 장식하고 있는 것이다. 그러나 돈황석굴에서 떼어낸 벽화를 보면 이러한 전설을 믿을 사람은 거의 없을 것이라는 생각을 지울 수 없다.

돈황문서 약탈, 그 후의 이야기

돈황문서를 가져간 양귀자들에 대해 중국에서는 악마와 같은 약탈자라고 비난을 퍼부었다. 그러나 오렐 스타인, 폴 펠리오, 오브루체프 모두 그들 나라에서 영웅 대접을 받았다. 이들의 옹호자들은 이 문서들을 서양으로 가져옴으로써 오히려 무사히 보존된 것이라고도 말한다. 북경으로 이동하는 도중 도난된 것을 볼 때 돈황에 그대로 있었으면 뿔뿔이 산실되어 사료로서 가치를 잃어버렸을 것이라고도 주장한다. 그리고 이 문서들이 서양에 보존되고 연구됨으로써 결과적으로 돈황에 대한 연구가 '돈황학'으로 성립할 수 있게 되었다고도 한다.

실제로 돈황학은 세계적인 학문으로 발전했다. 국제돈황프로젝트(International Dunhuang Project, IDP)는 홈페이지에서 영국, 중국, 러시아, 일본, 독일, 프랑스, 한국 등 다양한 국가의 참여로 2019년 3월 총 53만 점에 가까운 전산화 데이터베이스를 공유·공개하고 있다. 영국이 중심이기는 하지만 다국적 네트워크로 연결되어 세계 모든 돈황 연구자들이 인터넷에서 자료를 자유로이 이용하고 있다. 만약 이들이 수집한 유물들이 그대로 중국에 있었다면 돈황학의 정보는 지금보다 훨씬 빈약하거나 아예 없었을 수도 있다.

| 청말민초 시기의 막고굴 제96굴 외경 | 지금 막고굴은 외벽을 새로 단장하고 보존에 만전을 기하고 있지만 20세기 초만 해도 이처럼 석굴이 열려 있었다.

그러나 서구인이라고 해서 모두가 이들 도보자들이 돈황문서를 그런 식으로 가져온 것을 칭송하지는 않았다. 영국의 저명한 동양학자로 『돈황의 민요와 전설』(Ballads and Stories from Tun-huang, 1960)를 펴낸 아서 웨일리(Arthur D. Waley)는 중국인들이 왜 비분강개하는가를 충분히 이해한다며 다음과 같이 말했다.

만일에 중국인 고고학자가 영국에 와서 한 수도원의 유적지에 있는 중세 필사본의 비밀 서고를 발견한 뒤 그곳의 관리인에게 뇌물을 주어 그 책들을 몰래 북경으로 빼돌렸다면 과연 영국인의 감정이 어떠했을까를 상상해보라.

도사 왕원록의 사리탑

그러면 왕원록은 이후 어떻게 되었는가. 왕도사는 이후에도 계속 막고굴에서 지내다 1931년에 세상을 떠났다. 중국에서 왕원록에 대한 평가 또한 상반된다. 일부에서는 그의 무지몽매함을 한탄하고, 일부에서는 매국노로 지목하고 매섭게 비판하는데 꼭 그런 것만은 아닌 것 같다. 어쩌면 왕원록이라는 인물의 어리숙함이 그들에 의해 과장되었을지 모른다는 의견도 있고 노회한 제국주의 학자들에게 어처구니없이 당한 '아Q' 같은 인물이었다고 동정하기도 한다.

지금 돈황 막고굴 앞 광장 한쪽에는 왕원록의 사리탑이 있다. 왕도사가 세상을 떠났을 때 제자들이 세운 이 사리탑에는 장문의 비문이 새겨져 있는데, 그가 양귀자(洋鬼子)들에게 돈황문서를 팔아먹었다는 말은 없고 막고굴을 계속 지키고 보수했다는 공덕을 기릴 뿐이다.

『위치우위의 중국문화기행』(유소영·심규호 옮김, 미래M&B 2007)의 저자는 돈황편을 쓰면서 첫머리에 왕원록의 사리탑을 보고 상당히 당황스럽다고 했지만, 막고굴의 공식 안내 지도에는 당당히 왕원록의 사리탑이 표시되어 있고 번금시의 『막고굴 사화』에도 도판 사진이 크게 실려 있다.

참으로 이해하기 힘든 일이었다. 돈황문서를 '양귀자'들에게 헐값으로 팔아먹은 자라고 그렇게 비난을 퍼부으면서 그의 죽음을 이렇게 기리고 있는 중국인의 마음을 어떻게 이해해야 할까. 혹 이런 것은 아닐까. 앞뒤 사정이 어찌 되었건 1천 년간 묻혀 있던 돈황문서를 발견

| **왕원록 사리탑** | 돈황 막고굴 앞 광장에 세워진 왕원록의 사리탑이다. 중국에서도 왕원록에 대한 평가가 상반되지만, 어찌 되었든 1천년간 묻혀 있던 돈황문서를 발견한 사람은 분명 왕원록이다.

한 것은 왕원록의 공이기 때문 아닐까.

모택동이 죽었을 때 그를 어떻게 평가할 것인가는 엄청 어려운 일이었다. 중화인민공화국을 세운 위대한 공(功)과 문화혁명을 일으킨 엄청난 과(過)를 어떻게 평가할 것인가. 이에 등소평은 단호히 평가를 내렸다. "공칠과삼(功七過三)." 공이 7이고 과가 3이다. 그래서 지금도 천안문광장에는 모택동 초상이 걸려 있다. 중국인의 대륙적인 너그러움이라고 하지 않을 수 없다. 공보다도 과를 많이 따지는 요즈음 우리 풍토를 보면서 나는 '공칠과삼'의 자세를 많이 생각했다. 왕도사의 사리탑 또한 이 교훈을 말해주는 것만 같았다.

아무튼 이제 돈황에는 도보자가 아니라 수호자가 등장하게 된다.

무기징역을 산다는 각오로 들어가라

이정롱의 돈황벽화 모사 / 현대 중국화의 거장, 장대천 /
장대천의 돈황행 / 상서홍의 돈황 40년 /
조선족 화가 한락연의 일생

돈황의 수호자

1925년, 랭던 워너가 돈황 주민들에 의해 저지당한 이후 어떤 도보
자도 돈황에 와서 문서를 가져가거나 벽화를 떼어가지 못했다. 이제
돈황에는 도보자가 아니라 수호자가 등장하게 된다. 그리고 수호의
대상은 돈황문서가 아니라 돈황벽화이다.

중국 정부가 국립돈황예술연구소를 창설하여 국가 차원에서 막고
굴의 보호에 나선 것은 1944년이었다. 그사이 20년간은 군벌과의 전
쟁, 만주사변, 공산당과의 내전, 항일전쟁 등이 이어지면서 중국 국민
당 정부로서는 이 국토의 오지에 신경을 쓸 수 있는 형편이 아니었다.

이때 돈황에 주목한 것은 화가들이었다. 많은 화가들이 벽화를 임모(臨摸)하러 돈황에 들어왔다. 임모란 고전적인 명작을 있는 그대로 베껴 그리는 전통적인 회화 숙련 방법이다. 고전의 세계로 들어가 새 것으로 나온다는 입고출신(入古出新)의 창작 훈련인 것이다. 이들은 임모를 통하여 자신들의 예술을 높은 차원으로 발전시켰고 그렇게 임모한 작품을 전시함으로써 세인들에게 돈황벽화의 존재를 알리게 되었다. 이를 계기로 정부도 돈황연구원을 설립하여 마침내 체계적으로 관리하기에 이른다. 이 화가들의 활약과 돈황연구원의 성립 과정을 연대순으로 보면 다음과 같다.

1938년 이정룡이 벽화를 모사하고 각지에서 돈황벽화전을 개최.

1940년 오작인(吳作人), 관산월(關山月) 등의 화가가 돈황벽화를 모사함. '서북 예술문물 고찰단'이 왕자운(王子雲)을 단장으로 하여 돈황에 옴.

1941년 장대천(張大千)이 2년여간 막고굴과 유림굴의 벽화를 모사하고 번호를 매기며 조사.
국민당 정부 고관인 서예가 우우임(于右任)이 돈황을 시찰하고 돈황예술학원 건립을 건의.

1942년 '서북 사지 고찰단'의 상달(尚達) 등이 시찰하고 돌아감.
국립돈황예술원 주비(籌備)위원회가 구성되고 부주임에 상서홍(常書鴻) 임명.

1943년 상서홍이 돈황에 도착하여 작업을 시작.

장대천이 난주에서 '장대천 임모 돈황벽화 전람회' 개최.

1944년 국립돈황예술연구소가 교육부 소속으로 설립되고 상서홍이 소장을 맡음.

장대천이 성도와 중경에서 돈황벽화전을 개최.

1945년 한락연(韓樂然)이 돈황에 옴. 이후 1947년까지 쿠차의 키질석굴을 오가며 모사함.

1946년 국립돈황예술연구소가 중앙연구원 소속으로 바뀌고 단문걸(段文傑) 등이 부임.

1948년 상서홍이 남경·상해에서 벽화 모사본 전시회를 개최.

1950년 중화인민해방군, 돈황을 접수.

1951년 돈황예술연구소, 돈황문물연구소로 명칭 변경.

1984년 돈황문물연구소, 돈황연구원으로 확대 개편.

1987년 돈황 막고굴, 유네스코 세계유산에 등재.

이 일련의 과정에서 특히 장대천, 상서홍, 한락연 세 사람의 활약에는 우리에게 많은 것을 시사하는 감동적인 이야기가 들어 있다. 장대천은 제백석(齊白石)과 함께 현대 중국화의 아버지라 할 수 있는데 그의 화풍 형성에 결정적인 계기가 된 것은 돈황벽화의 임모였다. 이는 진정한 전통의 계승이 무엇인지를 말해준다. 파리에서 활동한 전도유망한 화가였던 상서홍은 홀연히 돈황으로 들어와 평생을 돈황 수호에 몸 바쳐 돈황의 수호신이라 불린다. 한락연은 연변 태생의 조선족 화가로 항일운동을 하다 옥고를 치르기도 했다. 그는 돈황과 쿠차의 키질석굴을 오가며 벽화 임모와 창작에 전념한 자랑스러운 조선인이다. 불행히도 뜻하지 않은 사고로 일찍 세상을 떠났지만 키질에는 그의 기념 석굴이 남아 있다.

장대천의 이야기는 그의 연보에 자세히 기록되어 있고, 상서홍은 돈황연구원 연구원인 조성량(趙聲良)의 「돈황과 20세기의 중국예술가(敦煌與20世紀的中國藝術家)」(『막고굴사화(莫高窟史話)』, 江蘇美術出版社 2009)와 『막고굴의 수망자(莫高窟的守望者)』(甘肅人民出版社 2014)에 소개되어 있으며 한락연의 일생은 권영필 교수의 논문 「한락연의 생애와 예술」(『한국학연구』 제5집, 1993)로 비로소 세상에 알려지게 되었다.

이정롱의 돈황벽화 모사

돈황벽화를 처음 임모한 이는 1938년에 돈황에 온 이정롱이었고 뒤이어 1940년에는 오작인·관산월 등이, 1941년에는 장대천이 돈황에 들어왔다. 이정롱은 하남성(河南省) 태생이지만 이름에서 보이듯 조상은 감숙성 농서(隴西) 사람이었다. 그래서 돈황에 각별한 애정이 있었던 것으로 보인다.

이정롱은 청년 시절 상해에서 중국 근대미술의 대가인 유해속(劉海粟)에게 사사했다. 그는 1938년 동료 9명을 이끌고 현장법사의 길을 따라 서역으로 떠났다. 그러나 악천후가 계속되자 만리장성의 서쪽 끝인 가욕관에 이르렀을 때 모두 되돌아가고 오직 한 사람만 남아 천신만고 끝에 단둘이 돈황에 도착했다고 한다.

이후 그는 돈황에 8개월간 머물며 매일 7~8시간 임모 작업을 하여

약 100점의 작품과 헤아릴 수 없이 많은 비천상과 천장 문양을 그렸다. 그리고 폭 2미터, 길이 15미터에 달하는 「극락세계도」라는 대작을 완성했다. 1939년 8월 이정롱은 서안으로 와서 '돈황석굴 예술전'을 성황리에 열어 관객들을 매료시켰다. 당시엔 돈황벽화의 사진이나 책이 없었다. 그때만 해도 중국인들은 돈황에 이처럼 아름다운 벽화가 회랑을 이루고 있

| 이정롱 | 이정롱은 현장법사의 길을 따라 돈황으로 가 역사상 처음으로 돈황벽화를 임모했다. 이 임모작을 통해 세상에 돈황벽화를 처음 알리게 되었다.

다는 사실을 몰랐기 때문에 충격을 받았던 것이다.

1941년 이정롱은 사천성의 성도와 중경에서 돈황벽화전을 열었다. 이때 장대천은 이정롱을 알게 되었다고 한다. 이정롱은 1944년에 다시 한번 돈황에 와서 벽화를 임모하고 이 신작들로 1946년부터 1948년까지 난주·남경·상해 등지에서 전시회를 열었다. 돈황벽화를 세상에 처음 알린 것은 이정롱이었다.

현대 중국화의 거장, 장대천

장대천은 그의 당호를 대풍당(大風堂)이라 했다. 이름에도 당호에도 클 대(大)가 들어 있듯이 그의 삶과 예술에는 '웅장함'이라는 단어가 따라붙는다. 그의 삶은 대단히 분방했으나 그의 예술은 길들여진

야생마 같은 웅장함이 있었다. 그는 사후 오늘날 더욱더 높이 평가받고 있다. 세계적 권위의 인터넷 미술 매체 '아트넷'에서는 해마다 작품 거래액을 근거로 '10대 예술가'의 랭킹을 발표하는데 장대천은 항시 피카소, 모네, 워홀, 리히텐슈타인, 제백석 등과 1위를 다툰다. 2011년 경매 낙찰 총액은 5억 달러(약 5,700억 원)를 넘어, 2010년에 피카소가 세운 최고가(3억 6천만 달러) 기록을 경신했다.

그는 그림의 천재인 데다 엄청난 노력파였고 꺼질 줄 모르는 창작의 열정으로 누구도 따라오기 힘들 만큼 많은 작품을 남겼다. 장대천의 예술은 그때나 지금이나 중국 전통회화를 현대화로 계승·발전시켰다는 점에서 높이 평가되고 있다. 그는 처음에는 석도(石濤)를 비롯한 옛 수묵화의 대가를 열심히 임모하면서 이를 바탕으로 개성적인 작품 세계를 전개했다. 그러다 돈황벽화를 2년간 임모한 후에는 채색화의 전통까지 체득함으로써 웅장한 조형세계로 나아갔다. 그 점에서 돈황벽화는 장대천 예술의 모태라고 할 수 있다.

장대천은 1899년 사천성 내강(內江)에서 태어났다. 내강에는 장대천미술관이 있다. 본명은 권(權)이고 대천(大千)은 훗날 얻은 법명이다. 그는 10명의 형제 중 여덟 번째였고 누나 1명이 있었는데 형제자매 모두 그림에 소질이 있어 어려서부터 어머니와 누나에게 그림을 배웠다고 한다. 중경에서 중학교를 다니다 1916년 17세 때 사순화(謝舜華)와 약혼했다. 그리고 이듬해 18세 때 일본에 유학하여 교토에서 염직을 배우면서 그림과 전각과 시를 공부했다.

1919년 유학을 마치고 귀국하여 상해에서 저명한 화가인 증희(曾

熙)에게 그림을, 서예가인 이단청(李端淸)에게 글씨를 배웠다. 선생님들은 그의 재주를 높이 사 개인전도 열어주었다. 그런데 약혼자가 병으로 죽자 장대천은 상심하여 출가를 해서 중이 되었다. 이때 얻은 법명이 대천이다. 그러나 3개월 후 환속하여 1921년 상해에서 이추군(李秋君)과 결혼했다. 그리고 1923년에는 강소성에서 왕개이(王個簃)와 결혼했고 1924년에는 북경에서 왕신생(汪愼生)과 결혼했다. 어떻게 이런 것이 가능했고 왜

| **장대천** | 현대 중국화의 거장인 장대천은 중국 전통회화를 현대화로 계승·발전시켰다는 점에서 높이 평가되고 있는데, 그런 장대천 예술의 모태는 돈황 벽화라 할 수 있다.

그랬는지는 알 수 없으나 아무튼 그는 부인이 셋이었다.

장대천은 청나라 시대의 개성적인 화가인 석도, 팔대산인(八大山人), 금농(金農) 등에 심취하여 열심히 임모했다. 그의 임모작은 전문가들도 원작과 구별할 수 없을 정도였다. 황빈홍(黃賓虹) 같은 선배 화가들과 어울리면서 개인전도 열고 유검화(兪劍華) 같은 미술이론가와 잡지를 출판하기도 했다. 특히 화가 서비홍(徐悲鴻)과 가깝게 지냈다. 장대천은 이들과 여산, 황산, 화산에 오르고 소주의 명원들을 두루 유람하기도 했는데, 그럴 때면 장대천은 그 실경을 장쾌한 산수화로

| **장대천의 수묵채색화, 100.5×192.3cm** | 장대천은 여산, 황산, 화산에 오르고 소주의 명원들을 두루 유람하면서 그 실경을 장쾌한 산수화로 담곤 했다.

담곤 했다. 서비홍은 『장대천 화집』(1935) 서문에서 '오백년래일대천(五百年來一大千)'이라고 해서 장대천을 500년에 한번 나올 사람이라고 격찬했다.

1927년 장대천은 조선에 와서 금강산을 유람했다. 이때 지춘홍(池春紅)과 정을 통했다. 이듬해 춘홍이 보낸 편지를 받자 장시 「춘낭곡(春娘曲)」을 짓고는 다시 조선으로 가 경성에서 춘홍을 만났다. 그런데 춘홍은 나중에 불행히도 일본군의 총에 맞아 생을 마감한 것으로 전한다(2008년 중국의 유명 영화감독인 황건중黃健中이 연출한 TV 드라마 「장대천」에서 우리나라 배우 장나라가 춘홍 역을 맡았다).

1929년 상해로 돌아온 장대천은 제1회 전국미전에 「30세 자화상」을 출품해 극찬을 받았고 1933년 서비홍과 '중국 근대회화 전람회'를 조직하여 출품한 「금하(金荷)」라는 작품은 프랑스 정부에서 구입해 갔다.

1935년엔 서비홍의 초청으로 중앙대학 예술과 교수가 되었고 남경에서 개인전을 열고 화집도 발간했다. 이어 1937년 제2회 전국미전을 남경에서 열며 심사위원을 맡았는데 그해 7월 노구교(盧溝橋) 사건이 터지면서 중일전쟁이 시작되자 북경에 우거(寓居)했다. 1938년 북경 주재 일본군사령부에서는 장대천을 체포하여 이용하려고 했다. 이때 장대천은 친한 기생의 도움으로 변장하고 탈출하여 천진을 거쳐 상해를 전전하다 홍콩에서 세 부인과 합류했다. 거기에서 성도로 가는 도중 계림에서 서비홍을 만나 청성산에 머물렀고 성도로 돌아와서는 황군벽(黃君璧)과 아미산에 올라 그를 위해 「아미금정합장도(峨眉金頂合掌圖)」를 그려주었다.

장대천의 돈황행

1939년 장대천은 임시정부가 있는 중경에서 둘째 형인 장선자(張善子)를 만났다. 형은 장대천의 정신적 지주였다. '장선자가 없으면 장대천도 없다'고 했을 정도다. 장선자는 나라꼴을 한탄하면서 호랑이 28마리가 포효하는 「노(怒)한 중국의 부르짖음」이라는 작품을 보여주었다. 호랑이 28마리는 당시 중국의 28개 성(省)을 의미했다. 장대천은 형과 함께 중국 고대의 영웅들을 소재로 한 그림을 그려 '항일유

동화전(抗日流動畵展)'을 열었다. 한결같이 항일을 주제로 한 작품들이었다. 그때 장대천은 후지산 정상을 성난 사자 4마리가 짓밟는 초대형 그림을 그렸다. 형제는 한 점도 팔지 않았고 형 장선자는 이 작품들을 들고 미국으로 건너가 전시를 했다. 이 그림을 본 화교들이 앞다투어 항일성금을 기부했다.

1941년 중경에서 전시회를 마친 장대천은 이제 돈황으로 가려고 했다. 돈황에 대해서는 북경의 친구인 국학자 왕국유(王國維)에게 익히 들었고 이정룡의 돈황벽화전을 보고 돈황에 직접 가겠다는 마음을 굳힌 것이었다. 부인들에게 2개월 정도 걸릴 것이니 다들 같이 가자고 했다. 그러나 첫째, 둘째 부인은 안 가겠다고 했고 셋째 부인만 따라나섰다.

장대천은 양완군(楊宛君), 장심지(張心智) 두 제자를 데리고 북쪽으로 출발해 난주에 도착했다. 그곳에서 화가 범진서(範振緒)를 만나 데리고 돈황으로 갔다. 그리하여 장대천이 돈황에 도착한 것은 1941년 어느 봄날이었다. 장대천은 제자들과 막고굴 벽화를 열심히 임모하고, 동시에 석굴마다 번호를 매기며 조사했다. 이것이 309개의 장대천 번호이다. 또 훼손이 진행되고 있는 벽화의 손상을 막기 위한 조치를 취했다. 그리고 안서의 유림굴 벽화도 임모했고 청해성(靑海省)의 서녕(西寧)도 다녀왔다. 장대천은 2개월을 생각하고 왔지만 어림도 없는 얘기였다.

이듬해인 1942년에는 장심지를 데리고 청해성에서 제일 큰 티베트 불교 사원인 탑이사(塔爾寺)를 방문해 티베트 화가에게 대폭 화폭을

| 돈황벽화를 임모하는 장대천 |

제작하는 기법을 배우고 5명의 티베트 화가를 데리고 와서 돈황벽화 임모를 계속했다.

장대천이 한창 돈황벽화를 임모하고 있던 1941년 10월, 뜻밖의 방문자가 있었다. 서예가이자 국민당 정부의 감찰원장을 지내던 우우임(于右任)이 감숙성과 신강성을 잇는 감신고속도로 정식 개통을 맞아 중경을 출발하여 서안·난주를 거쳐 10월 5일에 돈황에 도착하여 장대천과 중추절을 함께 보낸 것이다. 장대천과의 만남에 감명을 받은 우우임은 중경으로 돌아가 '돈황예술학원'의 설립을 정부에 정식으로 강력히 건의했다.

이리하여 이듬해 봄에는 상달(尙達)을 단장으로 하는 중앙연구원의 서북 사지 고찰단이 돈황 일대를 시찰하고 돌아갔다. 그리고 마침내 국립돈황예술원 주비위원회가 발족하여 교육부 부장인 고일함(高一涵)이 주임을 맡고 상서홍이 부주임에 임명되었다. 그리고 1943년 3월 24일, 장대천이 벽화 임모 막바지 작업을 하고 있을 때 막고굴에 상서홍이 나타났다. 상서홍은 장대천이 이미 와 있는 것을 보고 깜짝 놀랐다고 한다. 이때 장대천은 상서홍에게 이렇게 충고했다고 한다.

(「사진과 함께하는 김명호의 중국 근현대 〈567〉」 『중앙선데이』, 2018년 2월 11일자)

"무기징역 사는 기분으로 있으면 모를까, 여기는 사람 있을 곳이 못 된다."

이에 상서홍이 웃으며 대답했다.

"그러기 위해 왔습니다."

1943년 5월 1일 장대천은 막고굴을 떠나 안서 유림굴로 가서 또 3개월간 벽화를 모사했다. 이리하여 그가 임모한 벽화는 총 276폭이 었다. 그해 8월, 고향으로 가는 길에 난주에서 '장대천 임모 돈황벽화 전람회'를 열었다. 그리고 11월에 성도에 도착했다. 떠난 지 2년 7개월 만의 귀환이었다.

같은 전시를 이듬해 성도·중경에서도 열어 큰 성공을 거뒀다. 1946년엔 상해와 북경에서 '장대천 화전'을 열었고 1947년엔 화집 『장대천 임모 돈황벽화』를 펴냈다. 그런데 1948년에 갑자기 그가 돈황 천불동 벽화를 파손했다는 구설에 휘말렸다. 10명의 참의원이 소명을 요구했다. 하지만 상서홍의 증언과 변호로 이듬해에 훼손 사실이 없다는 결론을 받아냈다.

1949년, 50세의 장대천은 인도 미술학회 초청으로 개인전을 갖고 아잔타석굴을 답사했으며 12월에는 장개석(蔣介石)이 보내준 군용 비행기로 대만에 갔다. 1950년 이후 장대천은 인도를 비롯하여 아르헨

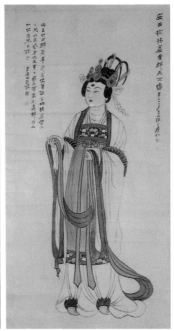

| 장대천의 돈황벽화 임모작 |

티나·브라질 등지에 살며 전시회를 열었다. 1956년에는 파리에 초대
되어 개인전을 열 때는 피카소를 만났고 유럽 각국에서 전시를 하며
명성을 떨쳤다.

　1968년 장대천은 대만으로 돌아왔다. 주은래(周恩來) 총리의 강권
에도 불구하고 장대천이 대만을 선택한 것은 엄청난 대가족을 먹여살
려야 했던 경제적인 이유가 가장 컸던 것으로 알려져 있다. 대만으로
돌아와 그린 「장강만리도(長江萬里圖)」는 길이가 20미터에 달하는 기
념비적 대작으로 대만역사박물관에서 특별전으로 공개되었다.

1969년 백내장을 치료하기 위해 샌프란시스코로 갔지만 결국 1972년 오른쪽 눈을 잃었다. 다행히 왼쪽 눈은 수술에 성공했다. 1975년에는 서울의 국립현대미술관에서 장대천 개인전이 열려 60여 점이 전시되었다. 1976년 대만으로 귀국했고 대만역사박물관에서 '장대천 선생 귀국 화전'이 열렸다. 이미 한쪽 눈을 잃고 70세를 넘긴 나이였지만 말년의 10년이 오히려 장대천 예술의 전성기였다고 할 수 있다. 그는 마지막 눈을 감을 때까지도 손에서 붓을 놓지 않았다. 1983년 정월, 대만국립박물관에서는 '장대천 서화전'을 개최해 최후의 대작 「여산도(廬山圖)」를 특별전시했다. 『장대천 서화집』 제4집이 출판되었으며 대륙의 벗과 제자들이 화집 12책을 그에게 바쳤다. 1983년 4월 2일 장대천은 세상을 떠났다. 향년 84세였다.

파리 유학생 상서홍

상서홍이 돈황에 도착한 것은 1943년이었고 이때부터 상서홍은 "무기징역 사는 기분으로" 1982년까지 40여 년간 돈황을 떠나지 않았다. 상서홍은 1904년 4월 6일 항주(杭州)에 주둔하는 만주족 기병 장교 집안에서 태어났다. 만족(滿族)이었다. 어릴 때부터 혼자 그림 그리기를 좋아했다. 그러나 아들이 기술자가 되기를 바랐던 아버지가 집요하게 절강성 성립공업학교에 보내는 바람에 어쩔 수 없이 그림과 관련이 있는 염직(染織)과를 선택했다. 1923년, 상서홍은 졸업하면서 바로 미술 교원으로 학교에 남았고 유명한 화가인 풍자개(豊子愷) 등이 회원으로 있는 서호화회(西湖畵會)에 가입하여 작품활동을 했다.

| 「여산도」(부분), 178.5×994.6cm | 「여산도」는 장대천이 남긴 최후의 대작이다. 이미 한쪽 눈을 잃고 70세가 넘었지만 말년의 10년이 오히려 장대천 예술의 전성기였다. 그는 마지막 눈을 감을 때까지도 손에서 붓을 놓지 않았다.

프랑스로 유학해 본격적으로 그림을 공부하고 싶었던 상서홍은 1927년 23세 때 자비로 프랑스 유학을 떠났다. 여비가 부족해 프랑스로 가는 기선에서 잡역부 노릇을 해야 했다. 파리에 도착해서는 배고픈 줄도 모르고 루브르 박물관에 드나들며 명화를 보며 지냈다. 훗날 자서전에서 말하기를 그때 자신은 조상들의 위대한 예술혼을 몰랐던 무지렁이였기 때문에 조국의 저급한 문화수준에 자괴감을 느꼈다고 했다. 그해 11월에 리옹 미술전문학교 예과에 입학했고 1년 후에 본과에 진학해 유화를 배웠다.

프랑스어와 회화 기법 공부에 전념한 결과 상서홍은 리옹시 장학금을 받고 파리 고등미술학원으로 가서 공부를 이어가게 되었다. 유학 10년 동안 미술전에 출품하여 금상과 은상을 네 번 차지하고 파리

| 프랑스에서 부인, 친구들과 함께한 상서홍 | 상서홍은 1927년 6월 프랑스로 유학을 떠나 리옹 미술전문학교에 입학했다. 그 후 파리 고등미술학원에 진학한 그는 미술전에 입상하는 등 촉망받는 화가였다.

미술가협회에서 가입을 초청받기도 했다. 당시 파리에는 중국인 화가와 유학생이 많았다. 중국 근대미술의 거장 서비홍, 조선족 화가 한락연과 자주 어울렸다. 1934년 상서홍은 20명의 재불화가들과 '중국 예술가 학회'를 발족하고 전시회를 열었다. 그는 뛰어남을 인정받아 「포도」라는 작품은 프랑스 교육부에서 구입해 국가에 귀속시켰고, 「센강의 화상」은 파리 근대미술관(현 퐁피두 센터)에 소장되었다.

그러던 어느 날 미래의 아내 진지수(陳芝秀)가 파리에 나타났다. 진지수는 강남의 부잣집 딸로 항주 시절 고모 집에 놀러갔다가 여러 번 만난 적이 있었다. 결혼한 두 사람은 상서홍은 그림에, 진지수는 조각에 열중하며 예술적 성취를 쌓아갔다. 상서홍은 아내를 많은 작품의 모델로 삼았다. 센강변 산책을 즐겼던 상서홍은 딸이 태어나자 사나(沙娜)라는 이름을 지어주었다. 센강을 중국어로 표기한 것이다. 그리고 1941년 중경의 가릉강(嘉陵江)가에서 살면서 아들을 낳자 이름을 가릉(嘉陵, 자링)이라고 지었다.

돈황으로 가는 상서홍

1935년 여름 어느 날, 센강변을 산책하다 자주 가던 고서점에 들어가 이 책 저 책 뒤지던 상서홍은 6권짜리 도록을 발견했다. 제목이 『돈황의 동굴』이었다. 바로 폴 펠리오가 돈황석굴에 왔을 때 사진기사 누에트가 촬영한 사진집이었다. 상서홍은 조국에 이런 예술품이 있다는 것에 놀라고 말았다. 그가 넋 나간 사람처럼 멍하니 서 있자 책방 주인이 "기메 박물관에 가면 돈황 문물이 많다"고 일러주었다.

그날 밤 상서홍은 누에트의 도록을 보면서 1,500년 전 돈황에 이런 그림들이 있었다는 사실에 가슴이 뛰고 놀라 잠을 이루지 못했다. 그리고 루브르 박물관에서 서양의 그림만을 찾던 자신이 부끄러워졌다. 이튿날 아침 눈을 뜨자마자 기메 박물관으로 달려갔다.

그는 7세기 무렵에 그려진 「부모은중경변상도(父母恩重經變相圖)」를 보고 경악했다. 어떤 서양의 명화보다 감동적이었다. 피렌체 화파의 창시자 조토보다 700년 앞선 이런 그림이 조국에 있었다는 것이 자랑스러웠다. 그날 이후 상서홍은 매일 기메 박물관을 방문했다. 그는 회고록에서 이렇게 말했다.

파리는 더 있을 곳이 못 된다. 돈황으로 가겠다. 앞으로 내가 살곳은 돈황이다. 살아도 돈황에서 살고, 죽어도 돈황에서 죽겠다. 조국으로 돌아가자.

| 상서홍 「D부인 초상」(왼쪽)과 「눈 내린 겨울 아침의 까치」(오른쪽) | 상서홍은 파리에서 유망한 화가로 인정받고 있었다. 그의 작품은 견고한 인상파 화풍에 기초를 두고 있다. 「D부인 초상」의 모델은 그의 전처 진지수이다.

마침 중국 교육부 부장이 상서홍을 북평국립예술전문학교(예전) 교수로 초청하자 상서홍은 귀국을 결심한다. 그러나 진지수는 학업을 마치지 못했다며 파리를 떠나는 데 선뜻 동의하지 않았다. 이에 상서홍은 먼저 귀국할 테니 학업을 끝내면 돌아오라고 했다. 그리하여 1936년 가을, 상서홍은 파리를 떠나 북경으로 갔다. 당시 상서홍은 서비홍·장대천과 함께 중국을 대표하는 화가로 프랑스에서 인정받았기 때문에 북경의 언론은 상서홍의 귀국을 큼직하게 보도했다. 그러나 상서홍의 마음은 돈황에 있었다.

이듬해인 1937년 7월 중일전쟁이 발발하자 상서홍은 작품 50여 점을 들고 남경으로 피했다. 얼마 지나지 않아 딸을 데리고 귀국한 진지

| 상서홍의 가족사진 | 상서홍은 딸이 태어나자 센강의 중국어 음차인 사나로 이름을 지어주었다.

수와 여관방을 전전해야 했다. 국민당 선전부장이 국민당 입당을 권했으나 상서홍은 "나는 정치에 문외한이다. 돈황 외에는 관심이 없다"며 단칼에 거절했다. 1938년 전쟁 중 예술전문학교가 운남성으로 옮겨가면서 교장 대행을 맡았고, 1940년 예전을 떠나 교육부 미술교육위원회 상무위원 겸 비서로 일했다.

그때 국민당 정부는 여론에 밀려 돈황문물연구소 설립을 위한 주비위원회 결성을 수락했다. 우우임이 상서홍을 부소장에 천거했다. 소장은 교육부 관리이고 실질적인 업무는 부소장 상서홍의 몫이었다. 상서홍은 고고학자와 촬영기사 등 파견 인력을 요청했지만 전쟁 중이라 불가능하고 배정할 예산도 없다고 했다. 난감해하던 중 '네 그림을 소장하고 싶어하는 사람들이 많다'는 친구의 말을 듣고 부인 진지수와 중경에서 부부 전시회를 열었다. 전시회의 성공으로 목돈이 들어오자 그는 이제 돈황으로 갈 준비를 했다. 하지만 진지수는 여전히 눈물을 흘리며 만류했다. 상서홍은 "나 먼저 갈 테니 나중에 오라"고 하고 홀로 난주로 떠났다.

그가 난주에 도착하자 연구소 건립을 위한 첫 번째 주비위원회

| 막고굴 복구 현장에서의 상서홍 | 돈황에 마음을 빼앗긴 상서홍은 돈황문물연구소 설립을 위한 주비위원회에 부소장 자격으로 참여하여 '무기징역을 사는 기분으로' 돈황 막고굴의 복구를 위한 작업에 착수했다.

가 열렸다. 그곳 관리들은 상서홍을 환대하며 돈황예술연구소를 감숙성의 성도인 난주에 설립하자고 했다. 그러나 상서홍이 돈황에서 1,500킬로미터나 떨어진 곳에 연구소를 설립할 수는 없다고 하자 금방 분위기가 싸늘해졌다고 한다. 할 수 없이 시간만 보내던 차에 서북도로국에서 일하던 국립북경예술전문대 학생인 공상례(龔祥禮)를 만났다. 그는 상서홍과 돈황에 함께 가겠다고 나섰다. 또 소학교 미술교사인 진연유(陳延儒)를 소개받았다. 그리고 감숙성 교육청에 문서를 올려 천수사범학교 교장 이찬정(李贊庭)을 비서로 삼았고, 교육청 회계반의 신보덕(辛普德)이라는 회계사를 초빙했다. 이리하여 1943년 2월 20일 이른 아침, 상서홍 일행 6명은 낡고 덮개도 없는 트럭을 타고 돈황으로 떠났다. 한 달간의 험한 여정을 거쳐 3월 20일에야 겨우

안서에 도착했고 나흘 후인 3월 24일 돈황에 도착했다. 상서홍은 회고록에서 처음 막고굴을 접한 감회를 다음과 같이 말했다.

> 굴 앞은 양떼의 방목지였다. 천하의 보물이 가득한 동굴은 가관이었다. 해만 지면 떠돌이 상인들의 노숙지로 변했다. 벽화도 성한 곳이 없었다. 어느 동굴이나 그랬다. 감격을 가누기 힘들었다. 앞으로 할 일을 생각하니 어깨가 무거웠다.

그리고 첫날부터 그는 정말로 무기징역을 사는 기분으로 돈황석굴 보호를 위해 일했다고 했다.

상서홍의 돈황 40년

상서홍이 돈황에 온 지 1년이 조금 못 된 1944년 2월 1일, 국립돈황예술연구소가 교육부 산하에 설립되어 상서홍을 정식으로 소장에 임명했다. 중경에서 20여 명의 자원자들이 와 벽화의 보호와 모사, 연구를 시작했다. 그러나 출범한 지 1년도 안 되어 교육부는 재정문제를 이유로 돈황예술연구소 해체를 선언했다. 이에 상서홍은 "우리는 원래 전적으로 자신의 힘으로 하기로 결심한 것이니 절대로 철회하지 않을 것이다"라며 모두를 이끌고 계속 나아갔다. 그는 자기 그림을 팔아 경비를 충당하고 민간 학술기관에 호소하여 기부금을 모금했다. 1946년엔 국립돈황예술연구소가 중앙연구원 소속으로 바뀌고 훗날 제2대 돈황연구원장이 되는 단문걸(段文傑) 등이 부임해왔다.

마침내 아내 진지수가 돈황에 왔지만 상서홍은 눈만 뜨면 동굴로 달려가고 오밤중에 돌아왔다. 돈황에 대한 상서홍의 헌신은 가정불화를 낳았다. 부인 진지수는 처음엔 프랑스에서 조각을 공부한 사람답게 돈황석굴의 조각에 푹 빠졌다. 얼굴의 표정, 신체 비례 모두 서양조각에 뒤질 것이 없었다. 더욱이 서양조각들과 달리 채색 소조라는 사실에 큰 매력을 느꼈다고 한다.

그러나 생활 조건이 너무도 열악했다. 숙소는 인가에서 수십 리 떨어진 고비사막 한가운데 있는 낡은 절로 탁자며 의자며 가구는 모두 흙으로 만든 것이었고 난방 시설도 없었다고 한다. 식량과 땔감은 물론, 식용유와 소금을 구하기도 어려웠다고 한다. 강남의 유서 깊은 부잣집 딸에다 유럽 생활을 잊지 못하는 부인은 불만이 이만저만이 아니었다. 부부싸움이 자주 벌어졌고 그때마다 어린 딸 사나가 중재자 역을 했다. 훗날 유명한 디자이너로 성장한 사나는 "엄마는 성격이 불같아서 화나면 아버지 안경도 집어던졌다. 그러면 지독한 근시였던 아버지가 허둥대는 모습은 어린 내가 보기에도 안쓰러웠다"고 회고했다.

그러다 어느 날 같은 고향 항주 출신에다 젊고 잘생긴 새로운 총무주임이 부임하면서 사달이 났다. 연구소 내에선 그와 진지수의 관계에 대한 염문이 퍼졌다. 얼마 후 진지수가 몸이 아파 난주에 가서 치료를 받겠다며 떠났다. 제자에게서 소문에 대해 들은 상서홍은 진지수를 찾아나섰다. 사막을 질주하여 안서로 가서 수소문을 하던 중, 진지수가 어떤 남자와 함께 옥문 쪽으로 가는 걸 봤다는 이야기를 들었다. 옥문 쪽으로 급하게 말을 몰다 낙마하여 그는 인적 없는 사막에 쓰러

| **돈황벽화를 임모하는 상서홍** | 상서홍은 오직 돈황벽화 보존과 수리에만 전념하여 가정은 거의 돌보지 않았다. 결국 아내는 그를 버리고 떠났다.

졌다. 다행히 그때 석유 탐사 중이던 지질학자들이 발견하여 구조했다. 그곳 농장에서 3일간 치료를 받던 상서홍은 난주에서 발행되는 신문 광고란에서 "나 진지수는 상서홍과의 모든 관계를 단절한다"는 광고를 보았다. 상서홍은 모든 것을 단념했다.

상처 입은 상서홍은 여전히 돈황을 보수하고 모사하는 데 전념했다. 1947년 중경에 있는 예전 졸업생들이 돈황을 찾아왔다. 이때 이승선(李承仙)이라는 여학생이 존경과 동정심에서 상서홍과 부부의 연을 맺고 평생 상서홍의 성실한 조력자가 되었다.

1948년 상서홍은 벽화 모사본 600점으로 남경과 상해에서 전시회를 열었다. 이때 국민당 정부는 속히 전시물을 대만으로 보내라 요구했으나 상서홍은 작품들을 감추고 보내지 않았다. 1949년 돈황으로 돌아온 상서홍은 보위대를 조직하여 국군에게서 석굴을 지켰다. 1950년 중화인민해방군이 돈황을 접수하러 도착했을 때는 막고굴 제96굴 대불전의 9층 누각에 올라가 종과 북을 울리며 이들을 환영했다고 한다.

돈황문물연구소에서 돈황연구원으로

1951년 중앙인민정부는 돈황예술연구소를 문교위 문화사업국 소속의 돈황문물연구소로 이름을 바꾸고 기구를 확대 개편했다. 이후 돈황은 상서홍 소장 아래 체계적으로 확고히 보호되고 연구되기 시작했다. 상서홍은 1951년 봄 북경에서 항미원조(抗美援助, 한국전쟁의 중공군 개입)에 맞추어 북경 천안문 내 오문(午門)에서 돈황벽화전을 열고 직접 해설을 맡았다. 이때 주은래 총리는 이 전시가 애국주의의 결실로 조국의 위대함을 보여준다는 축사를 했다. 이어 인도·미얀마 등 해외전도 개최했다. 그중 1958년 일본 동경에서 열린 '돈황 예술 전람회'는 10만 명이 관람하는 대성황을 이루면서 안팎으로 돈황 열풍을 일으켰다. 1963년부터는 주은래 총리의 배려로 2년간 막고굴 남굴의 잔도 보강공사를 했다.

그러나 1966년 문화대혁명을 거치면서 또다시 위기가 찾아왔다. 중국인 누구도 돌아보기 싫어하는 이 광란의 시기, 단문걸은 몇 년간 노동 현장에 끌려가기도 했다. 문화재 파괴를 일삼던 홍위병으로부터 그나마 돈황이 피해를 입지 않은 것은 돈황이 멀고 먼 오지인 데다 주

| **상서홍·이승선 부부** | 진지수의 빈자리를 채운 건 상서홍에 대한 존경과 동정심을 가졌던 이승선이었다. 부부의 연을 맺은 후 이승선은 평생 상서홍의 성실한 조력자가 되었다.

은래의 보호가 있었기 때문이었다고 한다. 돈황연구원이 완전히 정상으로 돌아온 것은 1977년이었다고 한다.

상서홍이 돈황을 지킨 지 40여 년이 흐른 1981년, 그의 나이 77세때 그와 동년배였던 등소평(鄧小平)은 상서홍의 공헌을 극찬하며 "이제 그만 북경으로 가서 쉬라"고 했다. 1982년 3월, 국가문물국 고문으로 위촉되면서 그는 마침내 돈황을 떠났다. 이후 북경에서 자신의 본업이라 할 유화를 그리며 모처럼 한가히 살아가면서도 상서홍은 돈황에 대한 사랑과 근심을 놓지 않았다. 1984년 돈황문물연구소가 돈황연구원으로 다시 확대개편되면서 그는 명예원장으로 임명되었다.

돈황을 떠난 지 10여 년이 지난 1993년, 상서홍은 『90 춘추: 돈황

50년(九十春秋: 敦煌五十年)』(北京大學出版社 2011)이라는 회고록을 남겼다. 이듬해 90세의 나이로 이제 살날이 얼마 남지 않은 것을 안 상서홍은 강택민(江澤民) 주석에게 편지를 보내 "내 아내와 아들이 자기 사업을 계속하여 중국문화의 진흥을 이어갈 수 있게 해달라"고 요청했다. 그리고 1994년 6월 세상을 떠났다. 사람들은 그를 칭송하여 '돈황의 수호신'이라 했고 고향 항주에는 상서홍 기념관이 세워졌다.

조선족 화가 한락연을 아시나요

한락연(韓樂然)을 생각하면 부끄럽고 미안해진다. 그는 길림성(吉林省) 용정(龍井)에서 태어난 조선족 화가였다. 당시 중국에 사는 조선족, 특히 1세대, 2세대들은 국적은 중국이고 모국은 조선이라는 의식 속에 삶을 영위했다. 중국인이면서 또한 조선인이었던 것이다. 한락연은 1919년 3·1운동 때 용정에서 일어난 조선인들의 '3·13 항일시위'에 가담했고, 중국공산당에 입당하여 항일전선에 뛰어들었으며 3년간의 감옥생활 뒤 국민당 정부로부터 서북지역에 국한된 '주거제한'을 받으면서 생애 마지막은 돈황과 쿠차의 키질석굴을 모사하고 연구하며 화가로서 뚜렷한 업적을 남긴 자랑스러운 조선족 중국인이었다.

사후 중국에서는 1950년 북경에서 한락연 유작전이 열렸고 중국미술관에는 유족이 기증한 그의 작품 120점이 소장되어 있으며, 1956년에는 중국 정부로부터 혁명열사로 추인되었다. 1988년에는 탄생 90주년을 기념한 유작전이 북경에서 열렸고 1990년에는 그의 고향 연변에서 기념전이 열리고 용정엔 추모 동상이 세워졌다. 그리고

2018년 5월에는 중국미술관에서 '실크로드의 무지개(絲路飛虹): 한락연 탄생 120주년 중국미술관 소장품전'이 열렸다.

이에 비해 모국에서는 그에 대한 소개가 오랫동안 끊겼다. 그의 이름이 처음 한국에 알려진 때는 일제강점기였다. 한락연이 상해미술전문학교를 우등으로 졸업하자 1924년 『동아일보』에 천재화가가 등장했다는 기사가 실린 것이었다.

| 상서홍이 그린 한락연, 61×46cm | 조선족 화가 한락연은 돈황과 쿠차의 키질석굴을 모사하고 연구하며 화가로서 뚜렷한 업적을 남겼지만, 모국 한국에서는 그의 삶과 예술이 근래에 와서야 소개되기 시작했다.

이후 중국과의 국교단절과 중국공산당에서 활약했다는 이유로 오래동안 그는 우리에게 잊혀진 존재가 되었고 1980년대에 들어와 재미화가 최일단, 북경의 김일룡 등이 중국에서 한락연의 위상을 한국에 전해옴으로써 새롭게 알려지기 시작했다. 1993년 우리나라 최초의 돈황벽화 연구자인 권영필 전 한국예술종합학교 교수가 돈황과 중앙아시아 벽화를 연구하면서 그의 삶에 주목하여 「한락연의 생애와 예술」이라는 논고를 발표하면서 비로소 한락연의 삶과 예술이 소개되었다.

그리하여 1993년 9월, 예술의전당에서 한락연 유작전 '실크로드에 담긴 조선족 예술혼: 비운의 천재화가'가 열리고, 2005년 8월 김윤수

| 한락연을 소개한 「동아일보」 기사(1924년 1월 25일자) | 당시 기사에서는 '미술계의 두 수재'라는 제목으로 한락연을 소개했다. 이후 한락연은 미술가와 혁명가 두 모습의 삶을 살고 있었다.

관장 시절 국립현대미술관 덕수궁관에서 '광복 60주년 기념 중국 조선족 작가 한락연 특별전'이 열림으로써 다시 한번 그의 예술세계를 접할 수 있는 기회가 되었다. 그리고 2005년 8월 대한민국 국가보훈처는 광복 60주년을 기념하여 한락연을 독립운동가로 대통령표창 대상자로 선정했다. 국내 학계와 미술계에서도 한락연에 주목하기 시작하여 권영필 이외에 김용범·김혁·이광군·정광훈 등이 한락연에 관한 논문을 발표했고 최근(2018)엔 명지대학교 대학원 석사논문으로 중국인 유학생 욱천의 「한락연의 생애와 작품 연구」가 제출되었다.

　그럼에도 불구하고 일반인들에게 한락연은 아직도 낯선 이름이다. 그동안 우리는 재외동포에 대해 너무나 무심했다. 러시아의 고려인 화가 변월룡(邊月龍)이 우리에게 알려진 것도 근래의 일이다(유홍준 『안목』, 눌와 2017). 돈황을 다녀가는 한국인들의 수가 일본인 수를 넘어섰다지만 한락연의 이름 석 자를 가슴에 담고 가는 사람은 드물다. 쿠차의 키질석굴엔 한락연의 기념 석굴이 있어 비로소 이를 보고 그

제서야 새삼 놀라면서 기사를 쓰거나 SNS에 글을 올리는 이들이 있어 더욱 한락연에 대한 미안함을 금치 못하게 한다.

한락연의 일생 1: 용정에서 프랑스 유학까지

한락연은 1898년 12월 8일 길림성 연길현 용정의 가난한 농가에서 태어났다. 원적은 함경북도 종성이고 본명은 광우(光宇)이며, 락연(樂然)은 자이다. 어려서 서당에서 공부하다 용정관립학교에서 근대식 교육을 받았다. 그는 총명하고 그림 그리기를 좋아했는데 부친이 일찍 사망하자 14세의 어린 나이에 전화국에서 일하면서 중학교 과정은 독학을 하고 17세 때 용정 세관에 들어가 일했다. 이때 그는 각종 외국 화보를 보면서 서양 문물을 접했다고 한다. 1918년 한인(韓人) 최신애(崔信愛)와 결혼하고 이듬해 장녀 인숙(仁淑)을 낳았다.

1919년 3·1운동 때, 한락연은 용정에서 일어난 '3·13 항일시위' 때 사용할 태극기를 대량 제작했다. 이에 일본 경찰의 추적을 받게 되자 중국인으로 가장하여 블라디보스토크로 피신했다. 조선의 혁명가들이 상해로 모인다는 소식을 듣고 1920년 봄 상해로 가 전차회사, 인쇄 공장에서 일하면서 조선인 독립운동가들과 접촉하며 고려공산당 초기 활동에 참가했다.

1920년 한락연은 상해미술전문학교 서양화과에 입학하여 오전에는 공부하고 오후에는 혁명 활동에 참가하며 1923년에 졸업했다. 『동아일보』 1924년 1월 25일자에는 '미술계의 수재'로 한락연이 소개되었다. 그때 한락연이 몸담은 고려공산당의 이동휘가 레닌 정부 지원금을 횡령했다는 사건이 벌어지면서 조선 혁명가들 사이에 내분이 일어나는 것을 보고 실망하여 중국공산당에 가입했다.

중국공산당은 봉천(奉天, 현 심양)에 지부를 건설하기 위해 한락연을 파견했다. 그는 봉천제1사범학교 미술교사로 일하면서 YMCA에서 첫 유화 개인전을 열고, 봉천미술전문학교를 설립했다. 봉천 시절 한락연은 한편으로는 화가로 한편으로는 블라디보스토크와 하얼빈 등을 다니면서 그곳 청년회들과 접촉하며 비밀리에 혁명 활동을 하다가 신변의 위협을 느끼고 상해로 다시 돌아왔다. 1929년 공산당 활동을 잠시 접고 평소 원했던 프랑스 유학을 떠나기로 마음먹은 그는 이름을 락연이라고 바꾸었다.

상해에서 배를 타고 한 달 만에 마르세유에 도착한 한락연은 리옹으로 갔다. 거기에서 상서홍 등 여러 중국 유학생을 만나 교유를 시작했다. 그는 무일푼이어서 골목길을 다니다 멋진 집이 있으면 그림으로 그린 뒤 대문을 두드려 그림을 팔아 생활했다고 한다. 특히 상서홍은 만족이고 한락연은 만주 출신이기 때문에 더욱 친밀감을 가졌던 것으로 보인다. 그때의 한락연을 상서홍은 다음과 같이 증언했다.

달빛이 밝은 밤에 우리 기숙사에서 압록강변에서 온 한락연을 만나게 되었다. 그는 얼굴이 불그스레하고 아주 생기 있어 보였다. 대화를 시작한 지 얼마 되지 않아 우리는 오랜 친구 같은 사이가 됐다. 그는 중국 음식점에서 겨드랑이에 끼고 있던 중국에서 그린 풍경수채화 한 뭉치를 보여주면서 자신의 개인전을 준비한다고 했다. 그

| 한락연 자화상, 90×60cm |

이야기를 듣고서 나는 굉장히 놀랐다. 한락연의 그림은 아직 성숙되지 않아 보였고, 프랑스에서 이러한 행동은 아주 대담하게 비쳐졌다. 당시에 동석했던 다른 친구들도 좀 더 보완해서 전시를 하는 게 좋겠다는 의견이었다. (…) 그러나 그는 개의치 않고 자신감 있게 낙관적으로 전시회를 열었고, 수채화 스케치를 계속했다. 그는 '프랑스 환경이 나를 이렇게 만들고 있으며 나는 아르바이트를 하지 않으면 안 되오. 만약 당신들처럼 국비유학생이라면 그럴 필요가 없지만…' 하고 말했다.

1931년 한락연은 파리로 가서 루브르예술학원에 입학하여 본격적인 미술수업을 받았다. 이듬해에는 '프랑스 체류 중국 유학생 예술학회'를 설립하여 창립 멤버로 활동하고 1934년 일본이 꼭두각시 만주국을 세우자 프랑스에 체류 중이던 동학 6인과 규탄 선언을 발표하기도 했다. 루브르예술학원에 재학하며 개인전을 3회 열었고 졸업 후에는 독일, 영국, 이탈리아 등을 여행하며 견문을 넓히면서 개인전을 10여 차례 열었다.

1937년 7월 중일전쟁이 일어나자 한락연은 프랑스에서 『파리만보』의 사진기자로 활동하면서 양호성(楊虎城) 장군의 항일 투쟁 업적을 널리 알리고 10월 29일 양호성을 따라 귀국했다.

한락연의 일생 2: 귀국 후의 항일운동

1937년 중일전쟁 중 임시수도였던 무한(武漢)에 도착한 한락연은

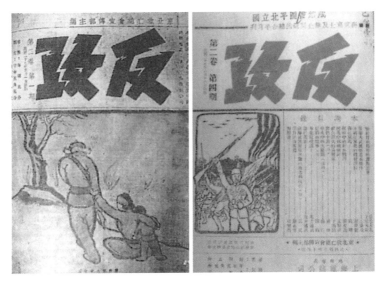

| 「반공(反攻)」 표지 | 한락연은 동북항일구망총회 선전부에서 격주로 발간하는 잡지 『반공』의 표지 그림을 매호마다 그렸다. 그림을 통해 꾸준히 항일운동을 전개한 것이다.

여기서 주은래를 만났고 항일 선동 활동과 연락에 적극 참여했다. 한락연은 동북항일구망총회 선전부에서 격주로 발간하는 잡지 『반공(反攻)』의 표지 그림과 대형 유화 작품 「전민항전(全民抗戰)」을 제작하여 무한 시내 양자강변의 유서 깊은 정자인 황학루에 걸어놓기도 했다. 또 이가염(李可染) 등과 높이 12미터, 폭 30미터의 대형 벽화를 그렸다.

그는 『반공』 잡지 매호마다 표지그림을 그렸고 그중엔 「노호(怒號)하는 노구교(盧溝橋)」도 있었다. 한락연은 선전 활동을 하면서 미국의 저널리스트인 에드거 스노(Edger P. Snow)도 만났다. 중공군의 팔로군(八路軍)에 의약품을 조달하고 외신 기자들에게 항일전선에서 전해오는 사진과 보도 자료들을 전달하는 등 중요한 역할을 했다. 그러면서 중경에서 개인전을 열기도 했다.

1938년 11월 한락연은 주은래와 곽말약(郭沫若)이 이끄는 혁명군 정치부 제3청 소속 작가로 연안(延安)을 방문하여 모택동을 접견했고 연안여자대학에서 항일전쟁 시기 민족문화예술에 관한 강연을 했다.

1939년 국공합작이 이루어지면서 국민당이 지휘하는 전지당정(戰地黨政)위원회의 소장급 지도원으로 비교적 안전한 중경에 머물게 되었으나 서안과 낙양의 동부 항일전선으로 찾아가 활동하면서 팔로군의 팽덕회 부사령관의 지시를 전달하는 중국 공산당의 첩자 활동을 벌였다. 그해 9월 중경으로 돌아와 광동성(廣東省) 출신 항일 투사 유옥하(劉玉霞)와 결혼했다.

1940년 국공합작이 와해 위기에 있었을 때 한락연은 국민당 소속이면서 여전히 공산당의 팔로군과 연락을 취했다. 팽덕회는 한락연에게 어렵더라도 국민당에 남아 항일 투쟁을 계속할 것을 권했다. 1940년 그는 팔로군에 정보를 전하려고 서안을 떠나 중경으로 가는 도중 보계(寶雞)시에서 국민당 특무기관에 체포되어 서안의 국민당으로 압송되었다.

한락연은 모진 고문 속에서도 당의 비밀을 끝까지 고수했다. 그리고 공산당 활동 혐의가 있는 자들만 가두는 태양묘(太陽廟)의 서안특종구류소에 수감되었다. 각계 인사들의 구명운동에도 불구하고 한락연의 감옥 생활은 계속 이어졌다. 1943년 3월, 마침내 국민당은 활동 지역을 서북지역으로 한정할 것과 작품에 노동 인민을 그리지 않을 것을 조건으로 한락연을 석방했다.

그리하여 한락연은 3년 만에 출옥했고 그의 활동은 서안의 서쪽, 즉 감숙성·신강성으로 국한되었다. 한락연이 돈황과 쿠차 등 실크로드의 벽화를 모사하고 소수민족의 초상과 풍속을 많이 그리게 된 사연이 바로 여기에 있었던 것이다. 그러나 이를 계기로 한락연은 화가이기를 희망했던 자신의 뜻과 기량을 한껏 펼치게 된다.

한락연의 일생 3: 서역에서의 작품 활동

1943년 출옥한 한락연은 서안 군중예술관에서 개인전을 열었고 이때 훗날 대가로 성장하게 되는 황주(黃胄)를 제자로 받아들였다. 그는 황주에게 자신은 행동에 제약을 받고 있어 어쩔 수 없지만 너는 "대중 속으로 파고들어가라(要到群衆中去)"고 했다. 1944년 가을 한락연은 난주로 이사하고 풍경화와 민중의 초상을 그린 작품으로 개인전을 열었다. 그것이 통산 열네 번째 개인전이라고 했다.

1945년 봄, 한락연은 청해성을 여행하며 풍경을 스케치하고 티베트족도 그렸다. 그리고 돈황으로 가 프랑스 유학 시절의 친구이자 이제는 막고굴의 수호신이 된 상서홍을 만나고 돈황의 풍경화도 그렸다. 이때 아들 건행도 태어났다. 10월엔 하서주랑의 도시 주천에서 각 민족 경마대회를 참관하고 이를 작품으로 그려 12월 난주 서북빌딩에서 제15회 개인전을 열었다.

1946년 3월 2일 『서북일보』에 상서홍 작품전에 대한 평을 발표했고 4월에는 천산남로를 따라 두 학생과 같이 처음으로 쿠차의 키질석

| 한락연 「빨래하는 여인들」, 32.1×47.5cm |

굴로 들어가 벽화를 모사하며 발굴조사를 벌였다. 그리고 우루무치 상업은행빌딩에서 제16회 개인전을 열었다. 6월엔 키질석굴의 그림 50여 점, 사진 500여 장에 달하는 답사보고를 국민당 정부 감사원장 우우임과 친구들에게 보냈다. 그 자료로 7월 쿠차에서 제17회 개인전을 가졌다. 7월에 또다시 카슈카르에 가서 향비묘(香妃墓)를 스케치하고 돌아와 우루무치에서 제18회 개인전을 가졌다. 8월엔 투르판의 고창고성을 답사하고 9월엔 난주에서 제19회 개인전을 열었다. 마치 굶주린 사자가 먹잇감을 만난 듯 맘껏 그림을 그려 출소 후 3년간 무려 다섯 차례의 개인전을 가진 것이다.

같은 해 10월 부인과 딸 건립, 아들 건행과 함께 다시 돈황을 찾아 10일간 체류하면서 돈황벽화를 모사했다. 국립돈황예술연구소에서

| 한락연 「위구르 여인의 초상」(왼쪽), 65×50cm 「위구르 학자의 초상」(오른쪽), 50×46.5cm |

「키질 천불동 벽화의 특징과 발굴 경과」라는 학술보고를 했다. 이때 한락연은 이듬해 다시 와서 상서홍과 함께 대형 벽화를 모사하기로 약속했다고 한다.

1947년 3월엔 개인전에서 작품을 판매한 자금으로 탐사에 필요한 비품을 구입하고 난주에서 출발해 20여 일 후 우루무치에 도착하여 제2차 신강성 답사를 준비했다. 4월 2일 우루무치에서 출발한 한락연은 17일 만인 4월 19일 키질 천불동에 도착하여 이후 70일간 30여 점의 벽화를 모사하고 사진 촬영과 기록을 했다. 상서홍은 이때의 한락연을 이렇게 회상했다.

한락연은 돈황을 다녀간 이후 1년 동안 발굴사업을 마무리 지을

| 한락연 「수마제녀연품」, 65×91cm |

때마다 나에게 편지를 보내오곤 했다. 나는 그와 성취의 기쁨을 나누었다. 키질에서 벽화를 모사하고 사진촬영을 할 때 그는 후에 제69굴로 칭해지는 가장 오래된 동굴을 발견했다. 한락연은 키질에서 중요한 자료 전부를 수집했다고 할 수 있다. 신강성 남쪽에 위치한 키질은 인도의 불교미술이 동쪽으로 들어오는 관문이었다. 한나라, 진나라 시대부터의 작품이 나왔는데 제작 시기는 막고굴 천불동보다 오래된 것이고 그 화풍도 서방의 것과 유사하다. 그의 발굴 성과는 돈황의 예술 연구에 소중한 기여를 했다. 장대천 선생이 일찍부터 하려고 했으나 실행하지 못한 일을 먼 곳에서 온 그가 불볕이 쏟아지는 사막에서 완성시켰다. 한락연은 생명의 위험을 무릅쓰고 조

| 한락연 「석굴 안에서 본 키질석굴」, 32.3×47.8cm |

국의 예술 보물창고를 발굴하는 숭고한 사업을 해냈다.

준비해간 모든 재료가 바닥나자 한락연은 향후 5년 동안의 발굴 조사 계획과 이 지역에 서북박물관 건립을 추진할 계획을 세우고, 1947년 7월 24일 우루무치로 돌아와 신강일보사 강당에서 제20회 개인전을 열었다. 그리고 7월 30일 우루무치에서 357호 군용기를 타고 난주로 향했는데 그만 비행기가 추락하는 불의의 사고로 실종되었다. 비행기 파편은 수습되었지만 시신은 찾지 못했다고 했다. 한락연은 그렇게 사막 속에 산화했다.

그해 10월 30일 각계 인사들은 난주에서 한락연 추모식과 유작전

| 한락연 「돈황 막고굴 풍경」, 47×30cm |　상서홍은 제2차 신강성 답사 당시 한락연에 대해 "생명의 위험을 무릅쓰고 조국의 예술 보물창고를 발굴하는 숭고한 사업을 해냈다"고 회상했다.

시회를 열었다. 한락연의 제21회 개인전인 셈이었다. 추모식에 상서홍이 그린 한락연 초상화가 전시되었다. 1950년 유가족은 유작 135점을 중앙인민정부 문화부에 기증했고, 같은 해 9월 북경에서 열린 '신중국 개국 1주년 기념 전시회'에 한락연의 유작 16점이 전시되었다고 한다.

회상해보건대 한락연의 삶은 조국의 해방과 문화유산의 보호, 그리고 자신의 예술을 위하여 뜨겁게 살다가 사막의 이슬 속에 사라진 오십 평생이었다. 자랑스러운 중국인 조선족이었다.

제3부
실크로드의 관문

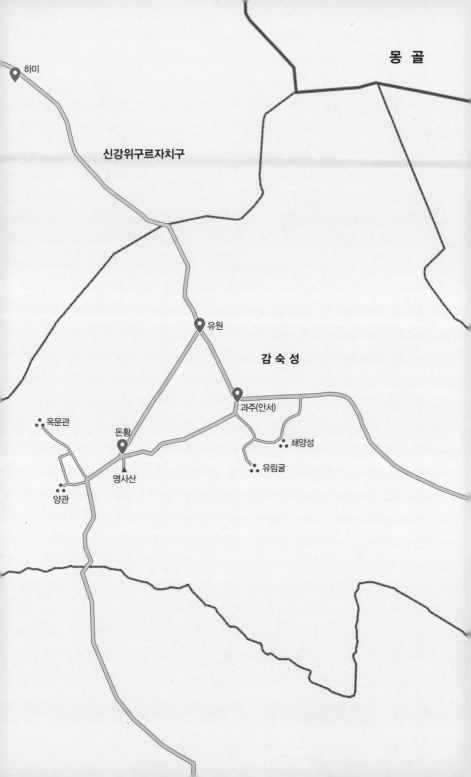

서하 민족의 화려한 벽화와 슬픈 종말

돈황의 여름과 겨울 / 돈황 야시장 /
돈황시의 반탄비파 기악상 / 과주에 온 현장법사 /
과주 또는 안서라는 도시 / 느릅나무 협곡의 유림굴 /
유림굴 제25굴 / 탕구트족의 서하

돈황의 여름과 겨울

돈황 답사는 어느 계절이 좋을까? 말할 것도 없이 봄과 가을이다. 날씨도 날씨지만 막고굴은 물론이고 돈황 거리를 가로수로 장식하고 있는 백양나무 잎이 연둣빛 새순을 발하는 봄이나 노란 단풍으로 물드는 가을날이면 사막의 오아시스 도시에 일어나는 정취가 각별할 것 같다. 그러나 그때는 엄청난 성수기여서 막고굴에 인파가 몰려들어 관람 잔도가 사람으로 가득 찬다고 한다. 가이드가 하는 말이 당일 입장권을 구하지 못한 사람은 220위안 하는 입장표를 1,500위안에 파는 암표를 살 수밖에 없다고 한다.

| 막고굴의 봄 | 돈황의 봄에는 백양나무 잎이 연둣빛 새순을 발하며 답사객을 맞는다. 막고굴 광장에 풀꽃이 가득 피어 사막의 오아시스 도시에서 일어나는 정취가 각별하다.

　나는 여름과 겨울에 다녀왔는데 둘 중 어느 쪽이 좋다고 말할 수 없고 명확한 장단점이 있다. 여름이고 겨울이고 돈황에 가기 전에는 날씨 걱정을 많이 했다. 여름은 40도에 육박하는 무더위이고 겨울은 영하 17도로 내려가는 혹한이다. 이곳 날씨가 왜 이런가 알아봤더니 바다에서 멀기 때문이란다. 물은 천천히 더워지고 천천히 식는데 그런 해풍의 영향을 받지 않아서 그렇단다. 그러나 막상 돈황에 와보니 수치상으로는 온도가 그렇게 올라가고 내려가지만 습기가 전혀 없어서 여름엔 그늘 속으로만 들어가면 시원하고, 겨울 추위는 피부가 따가울 뿐 뼛속까지 스미는 추위는 아니다. 기온으로만 판단할 일은 아니다.

　여름날은 휴가철 성수기여서 여전히 사람이 많아 짜증스러울 때가

| 막고굴의 가을 | 백양나무가 노랗게 물든 막고굴의 가을은 답사하기에 무척 좋아 보인다. 그러나 그 때문에 관람 잔도가 사람으로 가득 찬다고 한다.

많다. 이를 생각하면 겨울이 한적하고 좋다고 해야겠는데, 겨울은 반면 해가 일찍 지는 바람에 답사 시간이 무척 짧아지는 약점이 있다. 게다가 중국 최대 명절인 춘절(음력 1월 1일) 전후로 열흘간은 고향에 다녀오기 위해 상점과 식당들이 거의 다 문을 닫는다. 내가 겨울에 갔을 때는 춘절 보름 전인데도 39명이 식사할 식당이라고는 호텔밖에 없어서 매일 똑같은 식당에서 삼시 세끼를 먹어야 했다. 그러나 막고굴을 여유 있게 즐긴 것을 생각하면 겨울이 좋다고 해야겠다.

이에 비해 여름철엔 낮이 길기 때문에 저녁 시간에 돈황 시내를 즐길 수 있다는 이점이 있다. 중국은 그 넓은 대륙에 일률적으로 북경 표준시를 사용하기 때문에 돈황은 사실상 서머타임을 실시한 셈이 되어 오후 9시가 다 되어야 어두워질 정도다. 여름철에 와서는 저녁 시간에 야시장을 실컷 구경하고 명사산을 무대로 한 실경연극 「돈황성전(敦煌盛殿)」을 관람했다. 그래서 겨울 답사 때 돈황에서 이틀 밤을 지냈으면서도 시내 한번 나가보지 못했지만 여름 답사 때는 하룻밤만 보냈는데 돈황 시내를 다 본 느낌이다.

돈황 야시장에서

여름 답사 때 얘기다. 오늘 저녁은 모처럼 현지식이 아닌 한식이라고 하니 일행 모두 쾌재를 불렀다. 나흘 만에 맞이하는 우리 반찬의 밥상에 삼겹살이 나왔다. 장거리 여행 때는 이처럼 중간에 한식을 먹어야 입맛도 나고 기운을 차릴 수 있다. 우리는 식사 때마다 '주류'와 '비주류'로 갈라 앉았다. 나는 술을 즐기지 않아 항상 비주류 식탁에 앉았지만 삼겹살을 보니 소주 생각이 나서 소주 한 병을 시켜 호기롭게 들이켰는데 맛이 싱겁고 밋밋했다. 소주는 모름지기 첫 잔을 들이켜고 나서 "캬!" 소리가 나오는 쏘는 맛이어야 하는데 민숭민숭했다. 라벨을 자세히 보니 포도주 도수에 맞춘 13도짜리였다. 배신감이 들어 나도 모르게 "이게 소주야?"라고 소리쳤다. 그러자 주류에 있는 일행들이 "유교수도 술맛 아네"라며 박장대소를 했다. 이후 나는 중국 답사 때 백주는 한잔해도 소주는 마시지 않았다.

식사 후 우리는 돈황 야시장을 둘러봤다. 야시장은 어디나 그렇듯이 먹거리와 관광상품을 파는 노점상이 다닥다닥 붙어 있는데 값은 싸지만 질이 좋아 보이지는 않았다. 그래서 우선 책방을 찾아가 자료

| 돈황 야시장 풍경 | 돈황의 여름은 사실상 서머타임이 적용한 셈이 되어 오후 9시가 다 되어야 어두워진다. 돈황 시내를 즐기기에는 여름이 좋다. 야시장은 밤늦게까지 열린다.

가 될 만한 것을 한 보따리 싸들고 왔는데 시간이 좀 남기에 그래도 기념은 기념이니까 몇 가지를 골랐다. 두툼한 종이에 그린 비천상, 청동 마담비연상 그리고 까만 돌에 유화로 그린, 내가 동양 최고의 여인상이라고 말한 막고굴 제45굴의 보살상 그림을 흥정해서 샀다.

그리고 인도 쪽으로 들어가 상가를 스쳐 지나는데 고급스러워 보이는 고미술상이 있어 구경 삼아 안으로 들어갔다. 상점엔 뜻밖에도 볼거리가 많았다. 2층으로 올라가니 한나라 때 전돌과 동경(銅鏡)이 다양하게 진열되어 있고 각 시대 불상들이 유리 진열장 안에 고이 모셔져 있었다. 그런데 한쪽 바닥에 명나라 때 와당들이 쭉 놓여 있었다. 명나라 유물만 해도 그렇게 홀대하는 것이 중국이다. 그중 여의주를 희롱하는 용무늬 와당이 마음에 들어 "진짜냐?" 하고 물으니 진짜란다. 흥정해서 300위안에 샀다. 그때 내가 굳이 진짜냐고 물어본 것은 몇 해 전 서안에서 한번 당했기 때문이다.

서안의 서문시장에 있는 고미술거리에서 예쁘게 생긴 백자 꽃병이 있어 이를 자세히 보니 바닥에 19세기 청나라 시대 동치(同治) 연간 제작임을 알려주는 명문이 쓰여 있었다. 물건도 좋고, 값도 싸서 구입했는데 허름하게 아무렇게나 포장해주는 것이 왠지 미심쩍어 주인에게 "이거 진짜입니까?"라고 물었다. 그러자 주인은 나를 빤히 바라보며 이렇게 대답했다.

"그건 알아서 무엇합니까?"

세상에 이런 상수가 다 있었다. 그러니 조선시대 역관·상인들이 중국의 '왕서방'들에게 얼마나 당했을까 상상이 갔다. 그렇게 야시장을 한 바퀴 둘러보고 일행들과 만나기로 약속한 곳으로 가니 모두들 허탕쳤다며 허무해하다가 내 봉지를 들춰보고는 얼른 가서 똑같은 것을 사왔다. 본래 장 보기 어려울 때는 남의 장바구니를 보고 물건을 사면 실패하지 않는 법이다.

대형 사막 실경연극, 「돈황성전」

무거운 책 보따리와 기념품 꾸러미를 무슨 '전리품'이라도 되는 양 껴안고 「돈황성전」 구경을 갔다. 명사산을 배경으로 한 「돈황성전」의 스토리는 한 화공이 사랑하는 죽은 여인의 극락왕생을 위해 막고굴에 벽화를 그리는 이야기이다. 레이저를 이용한 현란한 불빛, 3D 홀로그

| **「돈황성전」** | 대형 사막 실경연극인 「돈황성전」은 레이저를 이용한 현란한 불빛, 3D 홀로그램에 의한 환상적인 이미지의 교차, 웅장한 군무, 특설 무대시설이 극대화한 영상효과 등이 관객을 압도한다. 길고 겹겹이 펼쳐져 있는 아름다운 곡선은 명사산의 실제 능선이다.

램에 의한 환상적인 이미지의 교차, 여기에 군무가 주는 웅장함이 있다. 객석 무대가 360도 회전하면서 명사산을 두루 보여주고 특설 무대 시설로 석굴사원 안팎을 보여줘 영상 효과가 극대화된다. 현대 과학기술을 이용해 야외에서 명사산을 배경으로 펼치는 이 웅장한 연극을 '대형 사막 실경연출'이라고 했다.

영화 「붉은 수수밭」(1988)부터 2008년 베이징올림픽 개막식 총감독을 맡아 우리에게도 널리 알려진 장예모(張藝謀) 감독이 아름다운 자연풍광을 실경 무대로 하여 수백 명의 배우가 출연하는 대형 실경연극으로 연출한 '인상(印象) 시리즈'는 계림(桂林)과 여강(麗江), 항주의 서호, 무이산의 무이구곡 등 중국 명승지마다 특색 있는 무대를 선보인다. 이를 계기로 중국 명승지에선 여러 연출가들에 의해 이런 '대형 실경연극'이 공연되고 있다. 이 「돈황성전」은 사장혜(謝長慧)가 연출한 것이다.

이를 한번이라도 본 사람은 한결같이 우리나라에는 왜 이런 실경연극이 없고, 장예모 같은 감독이 없느냐고 감동에 벅차 탄식한다. 그러나 우리나라에 없는 것은 감독이 아니다. 2018 평창 동계올림픽 개막식에서 보여준 환상적인 공연은 '인상 시리즈'를 능가한다. 관광객이 많이 찾아가는 제주도, 경주, 안동 하회에 아름다운 풍광이 없는 것도 아니다. 이런 공연이 이루어지려면 매일 1천 명 이상의 관객이 들어야 하고, 비 오는 날에도 공연이 가능하도록 날씨에 대한 대비도 있어야 한다.

내가 생각하기에 부족한 것은 이런 대형 프로젝트 시도에 대한 국가의 적극적인 지원이다. 이런 공연 프로그램은 개발에만도 막대한 자본이 들어간다. 그러니 실패할지도 모르는 이런 사업에 누가 투자를 하겠는가. 그 프로그램 개발에 드는 자본을 정부가 투자해주면 영악한 '장사꾼'들이 달려든다. 돈이 된다면 '돌아갈 수 없는 곳'이라는 타클라마칸사막도 기어이 건너는 것이 장사의 생리이고 본질이다.

우리나라가 기술 개발, 이른바 R&D 사업에 투자하는 예산이 연간 수십 조 원에 달한다. 이것을 제품 개발이라는 눈앞의 상품에만 초점을 맞추고 문화 예술 분야까지 영역을 확대하지 못하고 있을 뿐이다. 하기야 답답하기는 정부도 마찬가지다. 만약에 R&D 사업으로 이런 프로젝트 개발에 지원했다가 결과가 좋지 않으면 여론이 가만있겠는

가. 혈세를 낭비했다는 비난이 쏟아질 것이 뻔하다. 본래 R&D 사업이란 결과가 제로로 나와도 시도했다는 것에 의의가 있는 것인데 우리나라의 민도는 아직 여기까지는 이르지 못한 셈이다. 그래서 나는 이렇게 생각한다. 문화예술을 창조하는 것은 생산자(예술인)의 몫이지만 이것을 촉발시키는 것은 사회(시스템)이고 이를 발전시키는 것은 소비자(국민)라고.

돈황시의 옛 자취

돈황 시내 답사는 막고굴과 명사산 월아천을 본 것으로 사실상 끝난다. 내가 호텔에 가면 제일 먼저 찾는 것이 그 도시의 시내 관광지도다. 그런데 시내 지도는 따로 없다면서 한 관광 회사가 만든 '돈황 여유(旅遊) 공략(攻略)'이라는 팸플릿을 주었다. 이를 보니 시청을 기준으로 해서 명사산 월아천은 불과 6킬로미터 거리에 있다. 돈황 시내가 명사산에 바짝 붙어 있는 것이었다. 막고굴은 동쪽으로 25킬로미터 지점에 있다.

이외에 시내 답사지로 소개된 것은 백마탑과 돈황고성(古城)이 있을 뿐이다. 백마탑은 400년 무렵 쿠마라지바가 역경을 위해 중원으로 들어갈 때 타고 온 백마가 죽어 세운 탑이라고 하니 시간상 여유가 있으면 한번 가볼 만하다는 생각이 들었다. 그러나 돈황고성이라는 것은 사실 영화 촬영 세트장이다. 1987년에 이노우에 야스시(井上靖)의 소설『돈황』을 중일 합작 영화로 만들 때 소설의 배경인 송나라 때 도시 모습을 「청명상하도」풍으로 재현한 것이다. 이후 「신용문객잔」 등

| 백마탑 | 백마탑은 400년 무렵 쿠마라지바가 산스크리트 불경을 한문으로 번역하기 위해 중원으로 들어갈 때 타고 온 백마가 죽어 세운 탑이라고 한다.

중국 사극의 야외 세트장으로 사용했다 한다. 그래서 정직한 안내서에는 이를 '돈황 촬영성(城)'이라는 이름으로 소개하고 있다.

하서사군의 하나로 변방의 오아시스 도시라는 돈황의 이미지를 생각하면 어딘가 옛 정취를 풍겨주는 거리가 있을 법한데 이미 신도시로 바뀐 지 오래여서 찾아볼 수 없단다. 그래도 낡은 동네 골목길이라도 걸어보고 싶건만 거기는 낙후된 집들이 모여 있을 뿐 관광객이 갈 곳이 못 된다고 한다. 산책을 즐길 것이면 당하 강변을 걷는 것이 차라리 낫다고 하는데 이 또한 흔히 보는 고수부지일 뿐 별다른 정취가 없단다.

반탄비파 기악상

그래도 돈황의 흙내음이라도 맡아볼 양으로 돈황 시내를 동서로 관통하는 양관대로 백양나무 가로수길을 걷다가 당하를 가로지른 다리를 건너 시청 쪽으로 향하니 이내 넓은 회전교차로가 나오고 회전교차로 한가운데에는 춤추는 여인 조각상이 우뚝 서 있다. 돈황시의 상징 조각상인 '반탄비파(反彈琵琶) 기악상(伎樂像)'이다. 이 조각상의 여인은 왼쪽 다리에 무게중심을 싣고 오른쪽 다리를 치켜들고 천의자락을 날리며 춤을 추면서 비파를 머리 뒤 반대편으로 돌려 연주하고 있는 모습이다. 그래서 반탄비파라고 한다. 이 기발한 도상은 막고굴 제112굴의 「관무량수경변상도」 벽화 중 극락세계의 연회 장면에 나오는 것을 빌려온 것으로 이런 도상 자체는 본래 인도 춤에서 기원한다.

그런데 이 조각상은 조형적으로 문제가 있다. 벽화처럼 감동적이지도 못하다. 그 이유를 제112굴의 벽화와 비교하며 자세히 따져보자면 우선 가슴을 더 앞으로 숙이면서 허리를 비틀었어야 한다. 반탄비파로 연주하려면 저렇게 가슴을 곧추 세울 수 없다. 그리고 비파를 잡은 자세도 틀렸다. 벽화 속의 여인은 비파를 완전히 돌려서 등 뒤쪽으로 손을 돌려 연주하는데 이 여인동상은 비파가 앞면으로 향하게 하고 키를 잡았다.

1970년대 일렉트릭 록이 유행할 때 기타리스트 지미 헨드릭스는 종종 기타를 등 뒤로 돌려 '반탄기타'로 연주하곤 했는데, 자신은 무대 뒤로 돌아 등을 보이며 객석에서 기타 치는 모습이 보이게 했다. 또

| **돈황 시내의 반탄비파상** | 돈황시의 상징 조각상인 반탄비파 기악상은 막고굴 제112굴의 관무량수경 벽화 중 극락세계의 연희 장면에 나오는 것을 빌려온 것인데, 조형적으로는 많은 아쉬움이 남는다.

영화 「크로스로드」(1986)에서 스티브 바이가 자유자재로 기타를 돌리며 연주할 때도 그렇게 했다. 이곳 돈황에는 감숙성 가무단의 '사로화우(絲路花雨)', 즉 '실크로드의 꽃비'라는 공연에서 반탄비파의 연주를 그렇게 한다고 한다.

본래 조각을 회화로 그리기는 쉬워도 회화를 조각으로 나타내는 것은 매우 어렵다. 그러나 이는 기법의 차이보다 주제의 차이에서 오는 어려움이다. 막고굴 제112굴 벽화는 신나는 춤과 음악을 강조한 것임에 반하여 이 동상은 춤과 음악보다도 여인의 아름다움, 그것도 서구적인 인체 비례와 얼굴을 흉내 내려고 했기 때문에, 그리고 억지로 비파가 관객을 향하게 하려고 했기 때문에 생긴 차이라고 결론 지을 수

| **막고굴 제112굴의 「관무량수경」 벽화 중 반탄비파 부분** | 반탄비파라는 이름은 여인이 왼쪽 다리에 무게중심을 싣고 오른쪽 다리를 치켜들고 춤을 추면서 비파를 머리 뒤 반대편으로 돌려 연주하는 모습에서 유래했다.

밖에 없다. 그 결과 반탄비파가 아니라 마치 등이 가려워 비파로 긁는 것 같다. 게다가 여인의 얼굴이 서양인을 많이 닮아 혹시 돈황의 신도 시처럼 유럽을 흉내 내려 한 탓이 아닐까 의심하게 한다.

중국에서 현대에 들어와 도시마다, 유적지마다 세운 기념 동상에는 이처럼 많은 문제점이 있다. 함곡관(函谷關)의 노자(老子)상처럼 거대한 스케일만 과시한 경우는 이로 인해 함곡관이 왜소해 보일 정도다. 명시의 고장마다 시인의 조각상이 세워져 있는데 여산폭포를 배경으로 세운 이백의 상은 도저히 봐주기 힘들 정도이다. 석종산의 소동파 상으로 말할 것 같으면 송재소 교수가 『중국 인문 기행』(창비 2015)에서 좀처럼 미술품을 평하지 않았으면서도 "이 석상은 소동파의 풍모를 제대로 드러내지 못한 듯하다"고 점잖게 한마디 하고 지나갔을 정도다. 그런 중 희대의 '문제작'이라 할 만한 것은 막고굴 광장 한쪽에 있는 비천상이다. 이것은 트리방가도 아니고 비천도 아니다. 남의 나라에 와서 이런 말을 해서 미안하지만 이는 민도와 문화 수준을 반영하는 '리얼 차이나'의 단면이다.

그러나 돈황 시내를 벗어나면 진짜 돈황의 옛 모습이 나타난다. 실크로드의 관문으로서 돈황의 지리적·역사적 진면목을 보여주는 양관과 옥문관이 우리를 기다리고 있다. 옥문관은 서북쪽 90킬로미터에 있고, 양관은 서남쪽 60킬로미터에 있다. 그리고 110킬로미터 떨어진 과주에 '안서(安西) 유림굴(楡林窟)'이라는 또 하나의 아름다운 석굴이 있다. 나는 이곳을 답사하기 위해 춥기로 유명한 한겨울에 돈황을 다시 찾았다.

이번 겨울 답사는 여행 일정이 바뀌어 가욕관에서 하룻밤을 묵게되는 바람에 돈황이 아니라 과주를 거쳐 안서 유림굴에 감으로써 이유서 깊은 옛 고을에서 점심을 먹으며 흙냄새를 맡을 수 있는 것이 기뻤다. 답사를 다니다보면 차를 타고 지나가면서 본 고장과 차에서 내려 그 땅을 밟아본 고장은 인식이 다르다. 물론 그곳에서 하룻밤을 묵어야 그 고장을 제대로 느낄 수 있겠지만 점심식사만 해보아도 차창밖으로 스쳐지나간 것과는 지리적으로 전혀 다르게 체감하게 된다. 내가 실크로드와 돈황 관계 책을 읽으면서 그렇게 많이 접했던 과주라는 곳이 바로 여기였구나, 하는 반가움이 있었다.

| 석종산 소동파상(왼쪽), 여산폭포 이백상(가운데), 막고굴 광장 비천상(오른쪽) | 현대 중국에서 도시마다, 유적지마다 세운 기념 동상에는 많은 문제점이 있다.

과주에 온 현장법사

629년 당나라 초기에 역사상 위대한 인물 한 사람이 과주에 왔다. 『대당서역기』의 현장법사가 출국금지령에도 불구하고 서역으로 가기 위해 온 것이다. 그래서 과주에는 현장법사 기념관이 있고, 해마다 그를 기념하는 마라톤 대회가 열린다. 『서유기』의 모델이기도 한 현장법사에 대해 따로 무슨 설명이 필요하겠느냐마는, 그의 양대 제자 중 한 사람이 우리 신라의 원측(圓測)대사여서 더욱 가깝게 느껴지는 현장법사다. 서안의 홍교사(興敎寺)에는 현장법사 사리탑 곁에 원측대사의 사리탑도 세워져 있다.

현장법사의 일대기로는 서양 여성으로 처음 현장법사의 발자취를 따라 답사했던 샐리 하비 리긴스의 『현장법사』(신소연·김민구 옮김, 민음사 2010)가 읽기 편한데 나는 이보다도 현장법사와 동시대를 살았던 혜립(慧立)이 흠모하는 마음으로 쓴 『대당 대자은사 삼장법사전(大唐大慈恩寺三藏法師傳)』(김영률 옮김, 동국역경원 2009)을 흥미진진하게 읽었다.

현장은 10세 때 형을 따라 낙양의 정토사에서 불경을 공부하다가 13세 때 승적에 이름을 올리고 전국을 떠돌며 강론을 펴면서 일찍부터 이름을 떨쳤다. 그는 불경을 원전에 입각해 더 깊이 연구하기 위해 천축국으로 가서 원전을 구하고자 629년 8월에 서역을 향해 장안을 떠났다. 이때 법사 나이 27세였다. 떠나는 날 밤 현장은, 바다 한가운데 장엄하고 아름다운 산이 있고, 파도 위에 솟아난 돌로 된 연꽃을 밟고 올라 사방이 환하게 트여 있는 세상을 바라보는 꿈을 꾸었다고 한다.

현장은 장안에서 하서주랑을 따라 길을 떠났다. 진주(秦州, 현 천수), 난주(蘭州)를 거쳐 양주(涼州, 현 무위)에서 한 달가량을 머물며 불경을 강의하여 대성황을 이루었다. 그러나 당시는 당나라가 건국한 지 얼마 안 되어 국경을 넘나드는 것을 엄금하고 있었다. 이에 양주 도독은 현장의 출국을 단호히 금지하며 장안으로 돌아가달라고 했다. 그러나 현장법사는 국법을 어겨서라도 인도로 가기로 굳게 마음먹었다. 마침 양주에 있는 혜위(惠威)라는 스님이 두 제자를 시켜 현장법사가 몰래 서역으로 떠날 수 있도록 도와드리게 했다. 이들의 안내를 받으며 밤길을 걸어 마침내 과주에 이른 현장법사가 사람들에게 서역으로 가는 길을 물으니 어떤 사람이 말했다.

"여기서부터 북쪽으로 50여 리를 가면 호로하(瓠蘆河)라는 강이 나옵니다. 강의 하류는 넓고 상류는 회오리치는 물살이 세고 깊어 건널 수가 없습니다. 더 상류로 가면 옥문관이 설치되어 있는데 반드시 그곳을 거쳐야만 합니다. 이 옥문관은 서쪽 국경의 요충지입니다. 옥문관 밖 서북쪽에는 다섯 봉화대가 있는데 곳곳마다 감시병이 있습니다. 각 봉화대 사이의 거리는 100리 정도 되며 그 중간에는 물과 초목이 없습니다. 그 다섯 봉화대의 북쪽은 곧 사하(沙河, 모래바다)이며 이오국(伊吾國, 현 하미)의 국경이 됩니다."

이 말을 듣고 현장은 마음이 불안했지만 타고 온 말이 죽는 바람에 달리 계책이 없어 한 달가량을 이곳 절에서 지내게 되었다. 그사이 양주에서 현장을 체포하라는 통첩이 내려왔다. 그런데 독실한 불교 신도였던 이창(李昌)이라는 과주의 한 관리가 현장에게 와서 통첩장을 찢어버리고는 "법사께서는 어서 떠나십시오"라고 했다. 그러자 양주에서 따라오던 혜위의 두 제자는 먼 길을 갈 수는 없다며 돌아갔다.

현장은 과주를 떠나기 위해 말 한 필을 샀으나 마부가 없었다. 그러던 어느 날 절에 있던 호승(胡僧)인 석반타(石槃陀)가 어젯밤 꿈에 현장법사가 한 송이 연꽃 위에 앉아서 서방으로 가는 꿈을 꾸었다며 "제가 법사께서 다섯 봉화대를 통과할 수 있도록 해드리겠습니다" 하고 길잡이를 자원했다. 현장은 기뻐하며 가진 의복을 팔아서 말을 한 마리 사고는 떠나기로 했다(과주시에서는 이 석반타가 손오공의 모델이라고 한다).

그다음 날 현장은 마침내 과주를 출발하여 해 질 무렵에 초원으로 들어섰는데 석반타가 야윈 붉은색 조랑말을 탄 늙은 서역인을 모시고 와 이 노인은 이오국을 30번 넘게 왕복하여 서역 길을 아주 잘 안다고 소개했다. 노인은 이렇게 말했다.

"서역으로 가는 길은 험악하고 사막은 멀기만 합니다. 만약에 뜨거운 도깨비 바람을 만나면 죽음을 면할 자가 없습니다. 여럿이 짝을 지어 간다 해도 자주 길을 잃고 헤매는데 하물며 법사께서 어떻게 혼자 가실 수 있겠습니까? 만약에 법사께서 반드시 가시고자 한다면 저의 이 늙은 말을 타고 가십시오. 이 말은 이미 이오국을 열다섯 차례나 왕복했습니다. 튼튼한 데다가 길도 잘 알고 있습니다. 법사님의 말은 아직 어려서 먼 길을 감당할 수 없을 것입니다."

이에 현장법사가 가만히 생각해보니 처음 장안에서 서방으로 가려고 뜻을 세웠을 때 어느 점쟁이가 "법사께서 천축국으로 가실 때는 옻칠을 한 안장에다 금구(金具)를 매단 한 마리의 붉고 야윈 늙은 말을 타고 갈 것입니다"라고 한 예언이 떠올랐다. 바로 그 점쟁이가 얘기한 말과 생김새가 똑같았다. 이에 현장은 말을 바꾸었고 늙은이는 예를 올리고 떠났다. 그리하여 현장은 이 늙고 야윈 말을 타고 석반타와 함께 밤에 출발하여 삼경 무렵에 강에 이르니 멀리 옥문관이 보였다. 날이 밝아올 무렵 법사가 출발하려는데 석반타가 말했다.

| **현장법사, 135.1×59.9cm** | 13세기 일본 가마쿠라시대의 작품이다. 현장법사는 천축국으로 가기 위해 과주로 왔다. 이를 기념하여 과주에는 현장법사 기념관이 세워졌다.

"저도 가고 싶습니다만 갈 길은 험하고 먼 데다 물도 초목도 없습니다. 오직 다섯 봉화대 밑에 가야 물이 있는데 그 물마저도 반드시 밤을 틈타 훔쳐 와야 합니다. 그러다 발각이라도 되면 그 즉시 죽임을 당할 것입니다. 나는 도저히 더 이상 갈 수 없습니다. 딸린 가족도 많은 데다가 국법도 어길 수가 없습니다."

이에 법사는 석반타에게 수고한 대가로 말 한 필을 주고 돌아가게 하면서 설령 자신이 잡혀도 그가 도와주었다는 사실은 절대로 발설하지 않겠다고 맹세하고 헤어졌다.

여기까지가 『현장법사 구법 천축행』의 제1막이다. 이후 현장이 혈혈단신으로 사람의 해골과 말의 분뇨밖에 보이지 않는 사막을 건너다가 물이 떨어졌을 때 이 늙고 야윈 말이 동물적 감각으로 샘물을 찾아내는 제2막은 옥문관 답사 때 이어가게 될 것이다.

과주 또는 안서라는 도시

과주는 돈황에서 북동쪽 110킬로미터 떨어져 있는 인구 15만 명 정도 사는 작은 고을로 예나 지금이나 교통의 요충지이다. 감숙성 끝에 위치하여 여기서 서쪽으로 곧장 가면 신강성의 하미가 나온다. 감숙성에서 신강성으로 넘어가는 기찻길이 돈황을 비켜 과주를 지나가기 때문에 우리가 돈황에서 투르판으로 가기 위해 기차를 탈 때는 유원(柳園)역을 이용했다.

과주의 역사는 돈황과 운명을 같이했다. 한무제가 하서사군을 설치할 때 과주는 돈황에 속했지만 당태종이 안서도호부를 설치하고 서역 전체를 지배하면서 돈황은 사주(沙州)라고 하고 이곳은 과주라고 불렀다.

755년 안사의 난 이후 13세기 원나라에 이르기까지 당나라·송나라가 아니라 토번국, 장씨 귀의군, 조씨 귀의군, 서하가 연이어 약 500년간 과주와 돈황을 통치했다. 그리고 1524년 명나라 때가 되면 국경선을 가욕관으로 후퇴시키고 주민들을 모두 그 안쪽으로 이주시킴으로 과주는 돈황과 함께 퇴락을 면치 못했다. 그러다 1718년 청나라 강희제가 팽창 정책으로 신강성을 영토로 삼으면서 사주는 다시 돈황이라 부르고 과주는 이 지역을 안정시켰다는 뜻으로 안서(安西)라고 불렀다. 이후 줄곧 안서현으로 불리다가 2006년에 다시 과주현으로 개칭되어 오늘에 이른다.

돈황에는 막고굴이 있듯이 과주에는 안서 유림굴이 있다. 중국의 3대 석굴사원으로는 대동의 운강석굴, 낙양의 용문석굴, 돈황의 막고굴을 말하지만 4대 석굴이라면 천수의 맥적산석굴, 5대 석굴이라면 난주의 병령사석굴을 꼽으며, 안서 유림굴은 6대 석굴사원임을 자부하고 있다. 그래서 유림굴을 보아야 하서주랑의 석굴들을 답사했다고 말할 수 있다. 유림굴은 당나라 때부터 굴착되기 시작하여 총 43개의 석굴이 확인되었다. 그중 귀의군 시대와 서하시대에 조성한 석굴은 막고굴의 명성과 맞먹는 명작으로 현재 돈황연구원에서 관할하고 있다.

| **버드나무가 줄지어 있는 유림굴 가는 길** | 곧게 뻗은 길 끝에 원근법의 소실점이 보인다. 버스가 앞으로 나아가도 소실점은 계속 뒤로 물러나며 좀처럼 사라지지 않는다.

느릅나무 협곡의 유림굴

유림굴은 과주 시내에서 서남쪽으로 75킬로미터 떨어진 산기슭 협곡에 있다. 우리의 버스는 돈황으로 가는 '사무적'인 느낌의 대로를 버리고 남쪽으로 방향을 바꾸면서 '인간적' 체취가 느껴지는 지방도로로 접어들었다. 도로 양쪽으로는 키 큰 버드나무가 줄지어 계속 우리 버스를 따라온다. 곧게 뻗은 길 끝에 원근법의 소실점이 보인다. 버스가 앞으로 나아가도 소실점은 계속 뒤로 물러나며 좀처럼 사라지지 않는다.

그렇게 한 30분 동안 변하지 않는 풍광을 바라보며 달리는데 저 멀

| **쇄양진** | 쇄양진은 한나라 때 쌓기 시작하여 당나라 때까지 유지됐으나 명나라 때 폐성이 된 진지로 유네스코 세계유산에 등재된 유적이다. 그러나 발길이 거기까지는 닿지 못해 아쉬웠다.

리 앞에 나귀가 끄는 달구지가 나타나더니 신구촌(新溝村)이라는 마을이 나왔다. 그리고 조금 더 가자 쇄양진(鎖陽鎭)을 가리키는 큰 안내판이 나타났다.

쇄양진은 한나라 때 쌓기 시작하여 당나라 때 번성했으나 명나라때 폐성이 된 진지로 유네스코 세계유산에 등재된 멋진 유적이다. 그러나 우리의 발길이 아쉽게도 거기까지 갈 수는 없었고 여기가 거기구나 하고 확인할 따름이었다. 마을 앞에는 화살표와 함께 '유림굴 24킬로미터'라는 이정표가 있었다. 우리의 버스가 화살표 방향대로 오른쪽으로 길을 접어 달리니 이번에는 울퉁불퉁한 고비 언덕이 나타난다. 마치 공사판에 마구 쏟아놓은 모래더미가 어지럽게 무리지어 있는 것 같았다. 고비에는 잔설이 덮여 흰 천으로 두른 것 같았고 간간이 낙타풀과 홍유의 풀더미와 마른 가지가 한껏 움츠린 자세로 둥글게 둥글게 뭉쳐 있다. 그러다 고비 언덕을 넘어서자 갑자기 시야가 넓게 펼쳐지면서 낮은 곳을 향하여 달린다. 저 아래로 협곡이 있음을 지레짐작할 수 있었다.

유림굴이 협곡에 있음은 익히 알고 왔지만 이곳엔 유림굴 이외에도 수협구(水峽口)석굴, 한협(旱峽)석굴 등 여러 석굴이 있어 '만불협(萬佛峽)'이라고 불린다. 또 저 멀리로는 동(東)천불동석굴도 있단다. 망망한 평원을 달리던 우리의 버스가 드디어 유림굴 입구 주차장에 내리니 눈 덮인 드넓은 고원 아래로 긴 협곡이 아련히 펼쳐진다. 가슴이 활짝 열리는 시원한 기상이다. 눈앞의 풍광은 신기하고도 수려했다. 우리나라는 노년기 지형이어서 이런 협곡을 거의 볼 수 없다. 대자연이 만들어낸 낯설고 오묘한 풍광이 나의 눈을 황홀하게 한다. 실크로드상의 모든 석굴사원들이 강을 끼고 있는 풍광이 수려한 곳에 있다는 공통점이 유림굴에도 그대로 적용된다. 유림굴에서 가장 큰 감동은 석굴 벽화보다도 이 협곡의 아름다운 풍광이었다.

유림굴 협곡 사이로는 강이 흐른다. 이 강은 기련산맥 서쪽 끝에서 발원한 것으로 만년설이 녹아 흐르면서 생긴 물길이 장구한 세월 동안 황토 평원을 끊임없이 깎아내려 이처럼 장대한 협곡을 만든 것이다. 지질학적으로 자세히 설명하자면 현재보다 습윤했던 먼 옛날에 유림굴 남서쪽에 위치한 기련산맥으로부터 융빙수와 융설수가 대량

| **유림굴로 가는 사막 길** | 유림굴로 가는 길은 고비사막의 남쪽 끝자락으로 눈 덮인 고비의 모래 언덕 모습이 더욱 선명하게 드러나면서 황량함을 자아낸다.

으로 흘러내리면서 침식 물질을 운반해 역암 퇴적층을 먼저 형성했고, 그 후 세월이 흐르면서 기후가 건조해지자 기련산맥으로부터 흘러내리는 유림하가 그 퇴적층 위를 흐르면서 지속적으로 침식하며 파고들어 지금과 같은 골짜기를 만들어낸 것이라고 한다. 유림굴 수직 절벽의 역암층은 천연 콘크리트인 셈이라 손으로 뜯어내려고 해도 뜯어지지 않을 정도로 단단하게 굳어 있어 석굴을 파는 것도 용이하고 보존하는 것도 가능했다는 것이다.

이 강의 원래 이름은 답실하(踏實河)이다. 그런데 강변으로 느릅나무가 무리지어 있어 유림하라고 부른다. 유림은 느릅나무 숲이라는

| 유림굴 입구 | 잔설이 덮인 울퉁불퉁한 고비 언덕을 넘어 유림굴 주차장에 당도하자 갑자기 시야가 넓게 펼쳐지면서 가슴이 활짝 열리는 시원한 기상이 일어났다.

뜻이다. 느릅나무는 물가에서 자라는 갈잎나무로 우리나라에서도 어디서나 볼 수 있다. 키는 20미터 전후이고, 줄기는 회색빛을 띠며 둘레는 한아름 정도가 보통이다.

　느릅나무는 물가에서 자라기 때문에 물에 썩지 않고 버티는 힘이 강하여 목재 다리로 많이 쓰이는데, 느릅나무로 만든 다리를 유교(楡橋)라고 한다. 3월에 꽃이 피고 4월이면 열매를 맺는데 손톱만 한 크기의 납작한 열매 가운데에 씨가 들어 있는 모습이 엽전을 닮았다 하여 옛날에는 엽전을 유전(楡錢)이라고도 했다. 유림굴 협곡에는 느릅나무가 자생적으로 무리지어 살고 있어 황량하고 삭막하기만 한 협곡

| **유림굴 협곡** | 유림굴에 도착해 차에서 내리면 눈 덮인 드넓은 고원 아래로 긴 협곡이 아련히 펼쳐진다. 대자연이 만들어낸 낯설고 오묘한 풍광이 보는 이의 눈을 황홀하게 한다.

에 온화한 서정을 짙게 불러일으킨다.

유림굴 인상

주차장에서 내리면 망망한 들판에 깊숙이 내려앉은 유림하 협곡이 발아래 전개되고 유림굴로 인도하는 콘크리트 데크가 나지막이 길게 뻗어 있다. 데크 한쪽에 아주 심플한 낮은 지붕의 화장실 건물이 있을 뿐 주위에는 아무런 인공적인 설치물이 없다. 데크도 건물도 이 지역 토양과 어울리는 질감에 무채색이어서 티 내지 않는 디자인에 찬사가 절로 나온다. 데크 위쪽에 까만 대리석 비가 있어 읽어보니 1998년에

| **답실하 느릅나무** | 유림굴 협곡을 흐르는 강의 원래 이름은 답실하인데, 강변으로 느릅나무가 무리지어 있어 유림하라고도 부른다. 협곡에 자생적으로 무리지어 살고 있는 느릅나무 덕에 황량한 협곡에 온화한 서정이 인다.

서자망(徐子望)이라는 홍콩 사업가가 200만 위안을 기증하여 보수한 것에 대한 감사의 뜻을 새겨놓았다.

데크 끝의 계단이 우리를 유림굴로 안내한다. 관리소 건물을 겸한 출입구 또한 벼랑을 다듬어 지붕을 얹었을 뿐 특별한 치장을 하지 않았다. 출입구를 나서자 유림하 양쪽으로 늘어선 유림굴이 한눈에 들어왔다. 그 그윽한 풍경을 보고 있자니 유림굴의 예배 환경은 막고굴과는 달리 예불자의 마음을 따뜻하게 보듬어주었으리라는 생각이 들었다.

석굴 앞에 고깔 모양의 지붕을 얹은 작은 불탑들이 줄지어 있다. 그

| 유림굴의 불탑들 | 석굴 앞에 고깔 모양의 지붕을 얹은 작은 불탑들이 줄지어 있다. 이는 분향·소지하는 시설로 화지루라고 부른다.

형태는 4각, 6각, 8각, 복발형(覆鉢形)으로 다양한데 이는 대개 청나라 때 유림굴이 재건되면서 세운 것이라고 한다. 그리고 그 곁에는 맞배지붕에 아래쪽이 뚫린 구조물이 별도로 딸려 있는데 이는 화지루(化紙樓)라고 해서 예불 후 분향·소지하는 시설로 지붕 밑에는 연기 구멍이 뚫려 있다. 그런데 왜 불 화(火)자가 아니라 바뀔 화(化)자를 쓰는지 잘 모르겠다. 이곳의 역암을 사용하여 매끄럽게 마감한 화지루는 자연 석굴과 조화롭게 어울려 유림굴 전체의 상징이 되었다.

유림하는 남에서 북으로 흐르기 때문에 유림굴은 동쪽 절벽과 서쪽 절벽에 굴착되었다. 절벽의 높이는 약 10미터이고 동벽과 서벽 사

| 유림굴 제25굴 | 특굴로 지정되어 있는 유림굴 제25굴은 토번 통치기에 연 제법 큰 규모의 석굴이다. 주실 가운데의 소조채색 부처님은 아쉽게도 청나라 때 수리되면서 원래의 거룩함과 아름다움을 잃었다.

이는 약 100미터 간격이다. 석굴은 약 500미터에 걸쳐 양쪽 절벽에 있
는데 현재까지 확인된 것이 43개다. 동쪽 벽은 상하 2단으로 이루어져
윗단에 21굴, 아랫단에 11굴이 있고, 서쪽 벽은 단층으로 11개굴이 있
다. 시대별로 보면 당나라 4개, 귀의군 시대 21개(오대 8, 송대 13), 위구
르 1개, 서하 4개, 원나라 3개, 청나라 9개 굴로 나와 있다. 석굴에는 소
조 불상 270여 구와 약 1,700평(5,650제곱미터)에 달하는 불화가 그려져
있다. 그중 가장 유명한 굴은 제25굴로 특굴로 지정되어 있는데 우리
는 미리 신청해두었기 때문에 이곳부터 참관하러 내려갔다.

| **제25굴 「관무량수경변상도」** | 제25굴의 남쪽 벽에 그려진 「관무량수경변상도」는 가운데 아미타여래를 중심으로 극락세계를 그린 것으로, 맨 아래쪽에는 세속에서 입은 모든 상처를 다 씻어내고 막 연꽃 속에서 극락세계에 환생하는 중생의 모습이 있다.

유림굴 제25굴

제25굴은 토번 통치기(776~851)에 연 석굴로 긴 통로 안에 전실과 주실을 갖춘 제법 큰 규모이다. 통로 남쪽 벽에는 귀의군 조원충과 아들, 조카, 공양인, 시종 등이 그려 있고, 북쪽 벽에는 조원충의 부인인 적(翟)씨 부인과 딸이 그려져 있어 이들의 시주로 수리했다고 추정되고 있다.

전실에는 여러 천왕상이 벽화로 그려져 주실을 호위하고 있고, 주실은 뒷박을 엎어놓은 것 같은 복두형 천장을 하고 있어 공간감이 시원하다. 주실 가운데에는 소조채색 부처님이 번듯한 기단에 모셔져 있는데 아쉽게도 청나라 때 수리되면서 원래의 거룩함과 아름다움을 잃었다. 청나라 때는 잘한다고 자기들 식으로 개금(改金)한 것이지만 이 점이 오히려 유림굴의 치명적인 약점이자 상처가 되었다. 그러나 사방으로 빼곡히 그려져 있는 벽화는 여전히 황홀하다. 막고굴과 마찬가지로 석굴 안은 사진 촬영이 엄격히 금지되어 있어 최선아 교수가 플래시를 비춰가며 친절히 설명해주었다.

"남쪽 벽에는 「관무량수경변상도」가 그려져 있습니다. 가운데에 아미타여래를 중심으로 극락세계를 그렸는데 맨 아래쪽에는 막 연꽃 속에서 극락세계에 환생하는 중생의 모습이 있습니다. 극락에 다시 태어날 때는 세속에서 입은 모든 상처를 다 씻어내고 해맑은 아기 모습으로 나온다고 합니다. 그리고 환영의 기악무대가 그려져 있습니다. 양옆으로는 원욱 스님이 차 안에서 말씀해주신 서품 이야기가 차례대로 그려져 있습니다. 저기 보이는 아사세 태자는 한자로 미생원(未生怨)이라고 합니다.

북쪽 벽에는 「미륵하생경변상도」가 그려져 있습니다. 미륵이 중앙에 모셔져 있고 그 위로 연꽃이 옥색으로 화려하게 수놓아져 있습니다. 미륵 아랫부분에는 왕비가 머리를 깎고 출가하는 모습도 보입니다. 오른쪽 위로는 시두말성(翅頭末城)의 모습이 그려져 있고 왼쪽에는 한 번 뿌린 씨로 일곱 번을 추수하는 경작 장면, 소를 끌고 밭을 가는 장면, 암벽에 굴을 파고 참선하는 장면, 부처님에게 공양물을 올리는 장면, 스님에게 법문을 듣는 장면 등 다채로운

| 제25굴 「미륵하생경변상도」 중 왕비의 머리를 깎는 장면 | 제25굴의 북쪽 벽에는 「미륵하생경변상도」가 그려져 있다. 미륵을 중심으로 왕비가 머리를 깎고 출가하는 모습, 한 번 뿌린 씨로 일곱 번을 추수하는 경작 모습 등 다채로운 내용이 벽을 한가득 채우고 있다.

내용들이 벽을 한가득 채우고 있습니다. 이 「관무량수경변상도」와 「미륵하생경변상도」는 고려시대 불화에도 여러 점 남아 있을 정도로 동아시아에 널리 퍼져 있었습니다."

최교수가 설명하면서 비춰주는 불빛을 따라 도상 하나하나를 보니 선묘의 솜씨가 아주 세밀하고 채색이 고상하고 아름다웠다. 이는 막고굴을 포함하여 돈황벽화 중에서 가장 온전하게 보존된 불화라고 한다. 막고굴에서 벽화를 떼어간 랭던 워너는 그의 탐험기에서 이 유림

| 제19굴 양국부인과 조원중 공양상 | 제19굴은 귀의군 시대 조씨 가문의 아들이 만든 굴로, 통로 남쪽과 북쪽 벽에 각각 조원충과 그의 아내인 양국부인 공양상이 그려져 있다.

굴 제25굴을 보고 "깜짝 놀랄 정도로 아름다워 온갖 방법을 동원해 사진을 찍었다"고 했다.

이후 우리는 안내자의 인솔에 따라 몇 개의 석굴을 더 보았다. 먼저 제12굴로 안내되었다. 이 석굴은 오대십국 시기에 조성한 것을 청나라 때 크게 보수한 것으로 전실과 주실로 구성되어 있는데 전실 양면 말발굽형 대좌 위에 불상을 모시고 또 주실에 역시 말발굽형 불상을 모신 독특한 불상 배치를 하고 있었다. 굴 남쪽 벽 아랫부분에 가족이 나들이를 하는 출행도(出行圖)가 있는 것이 특이했고 한쪽에는 10대 제자와 보살이 그려져 있는데 각각의 이름도 적혀 있었다.

이어 제19굴로 갔다. 이 석굴 역시 귀의군 시절 조씨 가문의 아들이 만든 굴로 통로 남쪽 벽에는 조원충 공양상이, 북쪽 벽에는 양국부인(凉國夫人) 공양상이 그려져 있는 것이 특이했다. 특히 복식과 관모가 재미있어 공부 삼아 열심히 보았다. 그러나 석굴 안이 너무 어두워 다른 도상은 제대로 살피지 못했다.

맨 마지막으로 제11굴로 안내되었다. 이 석굴은 구조가 아주 특이했다. 유림굴의 구조는 중앙에 네모난 탑주가 있는 중심탑주굴이 3곳 있고, 대부분이 네모난 주실에 복두형 천장을 하고 중앙에 불상을 모시는 중심불단굴인데, 오로지 이 석굴만은 대상굴(大像窟)이라고 해서 평면은 타원형이고 천장은 궁륭형이며 출입문이 있는 전면에 광창(光窓)이 있어 석굴 안이 밝았다. 이제까지 최선아 교수가 플래시를 비추며 설명해주는 것을 따라다니며 보다가 훤하게 석굴 내부가 드러나니 모두 반가워했다.

그런데 이 석굴은 청나라 때 대규모로 보수해놓아서 정통 불교석굴이 아니라 도교적 색채가 짙었다. 그래서 유림굴에서 홀대를 받고 소개도 거의 안 되어 있는데 우리 일행 중 김정헌, 임옥상 등 화가들은 벽에 늘어선 16나한상을 보면서 하나하나의 자세와 얼굴 표정을 일일이 손가락으로 짚어가며 이것 봐라, 저것 봐라 하며 홍소를 터뜨렸다. 그 파격적인 인물 묘사가 절묘하다고 침이 마르도록 감탄한다. 사진을 찍지 못하게 하는 것이 여간 유감이 아니었다. 나는 귀국 후 이 나한상의 도판을 찾으려고 애썼지만 유림굴 어느 도록에도 제11굴은 소개되지 않았다. 그래서 돈황연구원에 문의해보니 본래 제3굴에 있던

| **제11굴 나한상** | 제11굴은 청나라 때 대규모로 보수된 굴로 도교적 색채가 짙은데, 여기에 있는 갖가지 표정의 16나한상들은 청나라 시대 조각상으로 본래 제3굴에 있던 것을 근래에 옮겨놓은 것이다.

나한상들을 근래에 옮겨놓은 것으로 청나라 시대 조각상이라고 했다. 그리하여 청나라 시대 석굴에 청나라 시대 조각상이 잘 어울리게 된 것이다.

「수월관음도」를 상상하며

우리의 유림굴 관람은 여기서 끝났다. 그러나 나는 못내 유림굴을 떠나기 싫었다. 애초에 내가 보고 싶었던 석굴은 제2굴과 제3굴이었다. 당초 여행사를 통해 특굴 가격을 알아보니 1인당 제3굴 200위안, 제4굴은 300위안, 제25굴은 300위안이었다. 모두 합치면 1,300위안

| **제3굴** | 제3굴은 서하시대 석굴로 유림굴 중에서 대표적인 석굴로 규모도 크고 벽화도 아름다운데 특굴 관람을 신청하지 않아 관람할 수 없어 매우 서운했다. 양옆의 나한상들은 제11굴로 옮겨졌다.

으로 회비를 1인당 14만 원씩 더 내야 했다. 개인 부담이 너무 커서 가장 유명한 제25굴만은 주최한 내가 지불하여 모두 보게 하고 나머지는 현장에서 원하는 사람만 가볼 요량이었다. 그런데 우리가 유림굴에 도착한 것은 오후 3시 10분이었고, 특굴 신청 마감은 3시에 했단다. 아무리 사정해도 소용없었다. 관람객이라고는 우리 팀 이외엔 서너 명한 팀밖에 없었다. 제2굴이라도 보여달라고 했지만 안내인은 4시 반에 문을 닫아야 한다는 말만 계속했다. 정말 서운하고 허전했다.

내가 보고 싶었던 제2굴과 제3굴은 모두 서하시대(1032~1227)의 석굴이다. 제3굴에는 장엄하고 아름다운 「누각산수도」를 배경으로 천의

자락이 바람에 휘날리는 「보현보살도」가 그려져 있다. 서하시대에 이처럼 아름다운 수묵산수화가 벽화로 그려졌다는 것이 놀랍다. 게다가 이 「보현보살도」 아래로는 「당승취경도(唐僧取經圖)」라고 해서 한 당나라 승려가 백마를 끌고 불경을 구하러 가는 그림이 있는데 그 옆에 『서유기』의 손오공 같은 원숭이가 따르고 있다. 그래서 이 당나라 승려는 필시 현장법사로 생각되고 있다. 『서유기』는 15세기 명나라 때 쓰인 소설인데 그보다 500년 전에 이런 그림이 있었다는 것은 『서유기』가 개인 창작이 아니라 민간에서 전승되며 이야기되어온 것이 나중에 소설로 정착되었다는 증거다. 마치 우리나라 판소리 「춘향전」 「흥부전」 등이 나중에 소설로 정착되듯이.

| 제3굴 「보현보살도」 | 특굴인 제3굴에는 장엄하고 아름다운 「누각산수도」를 배경으로 천의자락이 바람에 휘날리는 「보현보살도」가 그려져 있는데, 이를 간발의 차로 보지 못하고 온 것은 두고두고 아쉬운 점이다.

| 제2굴 「**수월관음도**」 | 제2굴 서벽 북측에 그려진 수월관음은 청죽과 괴석을 배경으로 하여 비스듬히 기대어 조각달을 보고 있다.

제2굴에는 서쪽 벽에 두 분의 수월관음이 그려져 있다. 한 분은 바위 위에 앉아 왼손은 돌 위에 얹고 오른손은 무릎 위에 올려놓았으며 손에는 염주를 걸치고 사색하는 표정이다. 이에 비해 다른 수월관음은 청죽과 괴석을 배경으로 하여 비스듬히 기대어 조각달을 보고 있다.

우리나라 고려불화의 대종을 이루며 약 40점이 남아 있는 바로 그 「수월관음도」와 같은 도상이다. 수월관음은 『법화경』의 「관세음보살

| 제2굴 「**수월관음도**」 | 제2굴 서벽 남측에 그려진 수월관음은 바위 위에 앉아 왼손을 돌 위에 얹고 오른손을 무릎 위에 올려놓았으며 손에는 염주를 걸치고 사색하는 표정을 짓고 있다.

보문품(普門品)」과 『화엄경』의 「입법계품(入法界品)」에 나온다. 관세음보살은 남쪽의 보타락가산에 살면서 중생을 제도하는데, 바다를 접한 그곳에는 온갖 보배와 꽃과 과일이 풍부하다고 한다. 선재동자는 53인의 선지식을 찾아 떠나는 구도 여행에서 보살, 스님, 바라문, 뱃사공, 비구니 등을 만나 깨달음을 얻어갔다. 그중 29번째로 관음보살을 만나고 마지막에는 보현보살을 만나 깨달음을 얻어 아미타불의 극

락정토에 태어났다고 한다. '수월관음'이라는 이름은 관음보살이 선재동자에게 가르침을 베푼 곳이 달이 비치는 물가이기 때문에 붙여진 것이다.

「수월관음도」의 전형적인 도상은 관음보살이 금강대좌 위에 반가부좌로 늠름하게 앉아 있고, 산호와 연꽃이 아름답게 피어난 물가에 선재동자가 합장한 채 관음보살을 올려다보는 모습이다. 보살의 오른쪽 바위 위에는 버드나무가 꽂힌 정병이 흰 유리그릇에 받쳐져 있고, 등 뒤로는 푸른 대나무가 두 줄기로 뻗어올라간다.

우리 고려시대 「수월관음도」의 연원에 대해서는 아직 확실히 밝혀진 것이 없다. 송나라 또는 원나라 불화라고 하지만 그 근거로 제시된 작품은 아직 나오지 않았다. 그런데 똑같은 도상이 서하시대 불화에 있다는 것은 이것이 당시 동아시아 불화의 한 유행 양식이었음을 말해준다. 그 때문에 더욱 나는 안서 유림굴을 보고 싶어서 돈황에 다시 찾아왔던 것이다. 그런데 이것도 운명이라면 수월관음이 나에게 유림굴을 다시 찾아오라고 하는 것인지도 모르겠다. 나는 얼어붙은 유림 하변의 느릅나무 숲을 거닐면서 저 「수월관음도」를 그렸던 서하라는 나라에 대해 생각했다.

탕구트족의 서하

서하(西夏)는 우리에게 매우 낯선 이름이지만 티베트의 탕구트족

| **고려불화 「수월관음도」** | 우리 고려시대 「수월관음도」의 연원에 대해서는 아직 확실히 밝혀진 바가 없으나, 똑같은 도상이 서하시대 불화에 있다는 것은 이것이 당시 동아시아 불화의 유행 양식이었음을 말해준다.

이 세운 나라로 그 힘이 막강하여 중국 감숙성과 섬서성, 영하회족자치구에 걸쳐 있었다. 서하는 1142년 기준으로 80만 제곱킬로미터(한반도의 약 4배), 인구는 300만 명 정도였다(당시 고려의 인구는 500만 명 정도다).

당항(黨項)족이라고도 불리는 탕구트족은 자신의 나라를 "크고 높은 나라(大白高國)"라고 칭할 정도로 자부심이 있었다. 본래는 당나라에 복속되어 있어서 9세기 후반 황소의 난이 일어났을 때 이를 소탕하고 장안을 수복하는 데 결정적 기여를 했다. 이에 당나라로부터 당 황실의 성인 이(李)씨를 하사받고, 하국공(夏國公)으로 봉해졌다. 당나라가 망하고 송나라 시대로 들어오면서 서하는 이번에는 송나라 황실의 조(趙)씨 성을 하사받고 유주 절도사 직책을 받은 제후국이 된다.

그런데 1038년 서하의 조원호(趙元昊)는 송나라로부터 받은 조씨 성을 버리고 다시 이(李)씨로 바꾸며 황제의 자리에 오르고는 나라의 이름을 대하(大夏)로 정하고 독자적인 연호를 사용했다. 서하 문자를 제정하고 관제를 확립하면서 독립 민족국가의 면모를 갖추었다. 서하는 실크로드를 통한 동서 교역 매개의 이익을 독점하며 크게 세력을 넓혔다.

그때 송나라는 약체여서 동아시아는 중원의 송나라, 서쪽의 서하, 북쪽 거란족의 요(遼)나라가 '불안한 3국관계'를 유지하고 있었다. 거란족이 고려를 세 차례나 침입한 것은 송과 요의 동북아 주도권 싸움에서 일어난 일이었다. 1041년 서하와 송나라가 운명을 건 전투를 벌였는데 송나라가 크게 패배하고 1044년에 마침내 강화 조약을 맺었다. 이때 송나라는 서하에게 매년 조공을 바치는 대신 서하는 송나라

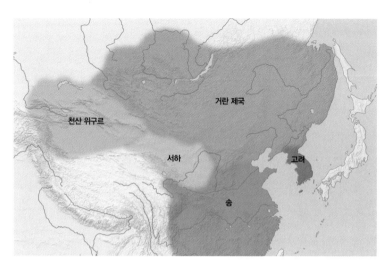

천산 위구르

거란 제국

서하

고려

송

| 11세기 동아시아 지도 |

를 황제국으로 모시는 신하의 나라가 된다는 조건이었다. 그래서 송
나라는 해마다 비단 13만 필, 은 5만 냥, 차 2만 근을 서하에 보냈다. 송
나라는 자존심을 택했고 서하는 실리를 챙겼다. 송나라가 돈으로 명
분을 산 것이었다.

서하의 비극적 종말

그렇게 막강한 서하였지만 몽골의 칭기즈칸 침략으로 무릎을 꿇고
말았다. 1202년부터 칭기즈칸이 이끄는 몽골의 침략이 6번이나 있었
다. 결국 몽골에 복속을 약속하고 공주를 보내 칭기즈칸과 혼인시켰다.
이후 서하는 몽골의 명령을 받아 강제로 금나라와 오랫동안 대리 전쟁
을 치렀다. 이로 인해 서하도 금나라도 국력이 크게 쇠퇴하게 되었다.

1226년 칭기즈칸은 서하에게 서양을 공격하는 서정(西征)에 참가하라고 명했다. 서하가 이를 거부하자 칭기즈칸은 분노하며 쳐들어와 결국 서하는 1227년 몽골군에 의하여 멸망했다. 이때 칭기즈칸은 서하와의 마지막 전투에서 타고 있던 말이 세모뿔로 만든 말지뢰를 밟는 바람에 낙마하여 사망했다. 칭기즈칸은 죽으면서 "서하인을 한 명도 남기지 말고 모조리 죽여라"라는 유언을 남겼다고 한다.

이에 칭기즈칸 부대는 서하민족의 대대적인 살육에 나섰다. 서하인은 두발 모양이 독특해서 숨을 수가 없었다. 히틀러의 유대인 학살을 능가하는 잔인한 인종 청소였다. 2007년 2월 14일 중국중앙텔레비전(CCTV)은 중국의 한 연구단체에서 서하인(탕구트족) 후손의 DNA는 발견하지 못했다고 보도했다. 이것이 서하라는 나라와 민족의 비극적 종말이다.

탕구트족은 이렇게 지구상에서 사라졌지만 서하라는 나라는 역사 속에 살아 있다. 서하의 문화유산이 남아 있기 때문이다. 유림굴에서 보듯 서하는 역사에 짙은 자취를 남겼다. 서하는 독자적인 문자를 갖고 있었고 인쇄술이 발달하여 많은 문헌을 남겼다. 많은 불경을 서하 문자로 번역했으며 무엇보다도 문학작품을 남겼다. 흉노와 돌궐이 문자는 있었어도 문학작품을 남기지 않은 것과는 차원이 다르다. 서하문자는 해독이 완료되어 문학작품 번역도 되고 있다고 한다.

내가 서하에 깊은 동정과 관심을 보내는 것은 같은 중국의 변경 민족으로서 우리 민족의 역사와 겹치는 면모가 많기 때문이다. 무슨 이유에서인지 아직 알 수 없어도 서하의 불상은 고려불상과 이미지가

| **카라호토** | 서하의 가장 중요한 유적지로는 흑성이라고도 불리는 카라호토가 있다. 이곳을 처음 발굴한 코즐로프의 러시아 탐사대는 놀라움을 금치 못했다고 전해진다.

비슷하고 불화 역시 고려불화와 어떤 식으로든 연관되어 있기 때문에 더욱 관심이 간다.

고려 역시 서하와 같이 원나라의 침공과 시달림을 받았지만 27년 간의 끈질긴 항쟁으로 버티고 버티어 결국 원나라와 종전협정을 맺고 사위나라로 대접을 받았다. 서하의 비극적 종말을 생각하면 비록 원나라의 간섭을 받을지언정 고려왕조를 유지한 충렬왕, 충선왕, 충숙왕, 충혜왕, 충목왕, 충정왕 등 우리 조상들의 저력에 경의를 표하는 마음이 일어난다.

서하를 회상한다

서하의 수도는 오늘날 영하회족자치구의 은천(銀川)이다. 영하(寧夏)라는 이름은 '서하의 안녕'을 빈다는 뜻으로 지은 이름이라고 한다. 여기에는 서하박물관이 있어 서하의 역사와 문화를 알려주는 많은 유물이 전시되어 있고 9개의 황제릉은 '동방의 피라미드'라고 불릴 정도로 웅장하며 그 일대의 250여 개 능탑(陵塔)은 서하의 독특한 석탑 양식을 보여준다.

그중 고고학적으로 가장 중요한 유적지는 흑성(黑城)이라고도 불리는 카라호토이다. 카라호토는 '검은 성'이라는 뜻이다. 카라호토는 하서사군의 장액에서 흑수라는 강을 따라 북쪽으로 100킬로미터 떨어진 고비사막 한가운데에 있는 내몽골자치구의 '어기나기'에 있다. 마르코 폴로가 '에치나'라고 부른 곳이다.

고비사막 아득한 곳에 있는 서하의 요새인 카라호토를 발견한 것은 1908년 코즐로프 대령이 이끄는 러시아 탐사대였다. 그들은 이 지역을 탐사하다가 모래 위로 솟아 있는 거대한 요새의 폐허를 보고 놀라움을 금치 못했다고 한다. 코즐로프의 러시아 탐사대는 이 오아시스 도시를 처음 발굴함으로써 많은 필사본, 서적, 화폐 등 생활 유물과 적지 않은 불화를 수습하여 가져갔고, 이는 오늘날 예르미타시 박물관에 소장되어 있다.

러시아 탐사대 이후 오렐 스타인도 제3차 탐사 때 여기를 다녀갔고, 미국의 랭던 워너도 잔편이라도 얻기 위해 여기에 왔다가 대원이 동상에 걸리는 등 죽을 고생만 하고 별 성과 없이 돌아갔다. 그후에도 카라호토에서는 수많은 유물이 발굴되었는데 그중 내 가슴을 울리는 것은 지금 예르미타시 박물관에 있는 '쌍두의 불상'이다. 가난한 사람 둘이 힘을 합쳐 불상을 만들다 쌍두 불상이 되었다는 애절한 사연을 간직한 이 불상을 보고 있으면 마음이 아파 눈물이 나올 것만 같다.

지금의 카라호토는 폐허가 말끔히 정비되어 있지만 사막 한가운데 남은 무너진 성채는 서하의 슬픈 역사를 능히 상상케 한다. 언젠가 내가 하서사군에 다시 답사 오는 날이 있

| 쌍두의 불상 | 카라호토에서 발굴된 많은 유물이 예르미타시 박물관에 소장되어 있다. 그중 이 쌍두의 불상은 가난한 사람 둘이 힘을 합쳐 불상을 만들다 쌍두 불상이 되었다는 애절한 사연을 간직하고 있다.

으면 가장 먼저 카라호토, 흑성부터 찾아가보고 싶다. 서하의 흑성은 나의 답사에서 또 하나의 로망인 셈이다.

사막에 떠도는 영혼의 노래

서역으로 열린 두 관문 / 서출양관 무고인, 춘풍부도 옥문관 /
돈황과 서역의 자연·역사·인문지리 /
옥문관에서 서역으로 가는 현장법사 /
한나라 장성과 옥문관 / 옥문관과 '말의 미로' 전설 /
양관 / 누란을 그리며

서역으로 열린 두 관문

세상이 세상인지라 요즘은 답사기를 쓰면서 인터넷 검색을 하지 않을 수 없다. 특히 중국은 아무래도 나에게 익숙한 곳이 아니어서 중국의 바이두(百度) 백과도 참고하고 있고, 국내에서 그곳을 다녀온 뒤 인터넷에 올린 글과 사진들은 실제로 글쓰기에 적지 않은 도움이 되고 있다. 특히 중국 문화유산 관광을 아주 간략하고 친절하게 소개하는 사이트가 있어 옥문관과 양관을 검색해보니 뜻밖의 설명이 있었다.

옥문관: 돈황 시내에서 90킬로미터 떨어진 옥문관은 한나라 때 서역으로 가는 길을 개척하면서 세운 국경 관문이다. '서역에서 옥(玉)이 들어오는 길'이란 뜻에서 옥문관(玉門關)이라 이름 지었다. 막상 옥문관에 도착하면 명성이 무색할 정도로 볼 게 없다. 워낙 긴 세월이 흘러서, 황토로 빚어올린 성문 하나가 황무지 위에 덩그러니 남아 있을 뿐이다. 그러나 2014년 '실크로드'가 유네스코 세계유산으로 지정되면서, 옥문관 역시 실크로드 유적으로 당당히 세계유산이 되었다.

양관: 양관은 옥문관보다 훨씬 더 황량한 느낌을 풍겨, 만리장성

| 양관 봉수대 | 양관 역시 황량한 불모지 구릉에 봉화대만 덩그러니 남아 있지만, 역사에 등장하는 슬프고도 아픈 이야기와 이곳을 오가던 사람들의 용기와 고난이 여기 서려 있다.

너머의 사막 한가운데 들어섰다는 게 실감난다. 황량한 불모지 구릉에 봉화대가 덩그러니 남아 있고, 오아시스로 가꾼 녹지 뒤로 고운 모래 세상이 광막하게 펼쳐진다. 입구에서 제일 먼저 만나는 양관박물관 앞에는 실크로드를 개척한 장건의 동상이 서 있다. 박물관에는 한나라 때 동검과 무기들이 다수 전시되어 있는데, 여행자의 흥미를 유발하는 유물들은 아니다. 실크로드와 중국 역사에 대단한 흥미를 가진 사람이 아니라면 양관을 꼭 방문할 이유는 없다.

조금은 당황스러웠다. 문화유산의 볼거리 측면에서 보자면 어쩌면 이것이 솔직한 안내인지도 모른다. 그러나 내가 '실크로드와 중국 역사에 대단한 흥미를 가진 사람'인지 아닌지는 몰라도 아무것도 볼 것 없는 그 황량함을 보기 위해 나는 옥문관과 양관을 다녀왔다. 겨울 답사 때 함께한 그림쟁이, 소리꾼, 춤꾼 등 예술패들은 4박 5일 돈황 답사 소감을 말하면서 한결같이 옥문관에서 바라다본 사막의 황량함이 대자연의 원단을 보는 것같이 뭉클하여 막고굴의 세밀한 인공적 아름다움이 무색해지는 것 같았다고 했다.

한나라 시대 옥문관과 양관은 국경의 관문이었다. 국경이기 때문에 황량할 수밖에 없다. 이 관문 밖을 나서면 '살아서 돌아올 수 없는 곳'이라는 뜻의 타클라마칸사막이다. 유목민족과 중국 사이의 엄청난 전쟁이 여기서 일어났고 한번 이 문을 나간 뒤 돌아오지 못한 사람의 수를 헤아릴 수 없다. 그점에서 옥문관과 양관은 중국 전란사의 피냄새 나는 자취가 그대로 남아 있는 곳이다.

그러나 이 문을 통과하면 다른 세상, 즉 서역 땅이 전개된다. 본래 국경선이란 내 나라 터전을 보존하고 내 나라 사람의 삶을 지켜주는 울타리이면서 동시에 다른 세계로 나아가는 출구이다. 옥문관과 양관을 통해 중국과 서역의 문물이 교류되었다. 이를 후대 사람들이 실크로드의 두 관문이라고 부르고 있는 것이다.

그래서 옥문관과 양관에 가서 저 황량한 사막을 바라보면 역사의 무수한 전쟁이 남긴 슬프고도 뼈아픈 이야기와 이곳을 오가던 사람들의 엄청난 용기와 고난의 이야기가 떠오를 것이다. 나는 그것을 느끼기 위해 찾아간 것이지 볼거리가 있어 간 것이 아니다.

서출양관 무고인, 춘풍부도 옥문관

나는 이제 양관과 옥문관을 노래한 두 편의 시로 나의 이야기를 시작하련다. 중국의 모든 문화유적에는 세월의 흐름 속에 세상 사람 모두가 동의하는 상징적인 시가 있음은 여러 번 말해왔고 양관에 대해서는 답사기 중국편 제1권 1장에서 왕유(王維)의 「위성곡(渭城曲)」으로 이미 소개한 바가 있다.

위성의 아침 비, 거리를 적시니	渭城朝雨裛輕塵
객사의 봄버들은 푸르고도 푸르르네	客舍青青柳色新
그대에게 또 한잔 술 비우길 권하노니	勸君更盡一杯酒
서쪽 양관으로 나아가면 아는 이가 없다네	西出陽關無故人

여기서 마지막 행의 '서출양관 무고인'은 이별의 상징이 되었다고 했다. 한편 옥문관을 읊은 시는 성당시대 시인 왕지환(王之渙)의 「양주사(涼州詞)」이다. 양주는 감숙성의 무위로 당시로서는 서쪽 변경 도시였다.

황하는 멀리 흰 구름 너머 그 위에 있고	黃河遠上白雲間
외로운 성채 하나 높다란 산 위에 있구나	一片孤城萬仞山
오랑캐 피리소리 하필 한스러운 이별가인가	羌笛何須怨楊柳
봄바람은 아직도 옥문관을 넘지 못하는데	春風不度玉門關

여기서 '춘풍부도 옥문관'이라는 명구가 나왔다. 후한 때 30년간 서역을 경영했던 반초(班超)는 늙어서 돌아가려고 황제에게 상소를 올리면서, "신은 주천군에 가는 것도 원치 않습니다. 다만 살아서 옥문관에 들어가고 싶습니다"라고 했다. 중국인에게 옥문관은 그런 곳이었다. 옥문관으로 들어왔다는 것은 살아서 돌아왔음을 말하는 것이었다.

나는 양관과 옥문관으로 떠나기 전에 이곳의 자연지리부터 확인했다. 답사를 떠날 때면 먼저 그곳의 인문지리와 역사지리부터 조사하곤 했는데 돈황과 이 두 관문의 경우는 자연지리가 더 중요했고 또 궁금했다.

돈황과 서역의 자연지리

돈황은 감숙성 서쪽 끝에 위치해 있다. 중국 땅은 흔히 닭 모양에 비유되곤 한다. 만주의 동북3성을 머리로 치면 중원은 몸통이고 돈황은 닭의 엉치에 해당한다. 거기에서 꼬리를 한껏 치켜든 것이 바로 '신강(新疆)위구르자치구'이다. 그리고 대만과 해남도(海南島)는 닭발에 해당한다.

신강위구르자치구는 성 전체가 타림분지다. 그리고 그 한가운데는 타클라마칸사막이 있다. 타림분지는 달걀 모양으로 그 면적이 한반도의 약 두 배(약 40만 제곱킬로미터)나 된다. 남북 모두 만년설을 머리에 이고 있는 해발 5천 미터의 높고 거대한 산맥이 장대하게 뻗어 있다. 북쪽은 천산산맥이고, 남쪽은 전설적인 이름의 곤륜산맥이다.

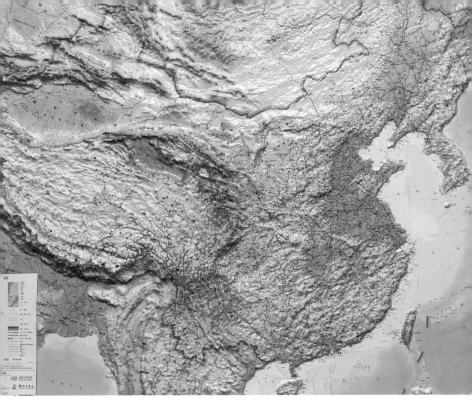

| **3D 중국지형 지도** | 중국에서 제작된 3D지형지도는 이곳의 지형을 한눈에 보여준다. 엄청나게 넓고 높은 티베트고원 북쪽의 움푹한 곳이 타림분지다.

　곤륜산맥 남쪽은 티베트고원이고 천산산맥 북쪽은 준가르고원, 알타이산맥과 몽골의 고비사막이다. 서쪽은 아시아의 지붕이라는 파미르고원이다. 그리고 동쪽은 중국의 감숙성·청해성과 맞닿아 있다. 그래서 이곳은 현재 중국 영토이지만 지리적 개념상으로는 중앙아시아에 가깝다. 중국에서 제작된 3D지형지도는 이곳의 지형을 한눈에 보여준다. 그래서 이곳으로 답사를 갈 때면 나는 언제나 이 입체지도를 갖고 다녔다.

| 산단(山丹) 군마목장 | 하서주랑과 신강 지역은 유목민족과 정주민족의 대결장이었다. 여러 유목민족은 목초지를 확보하고 정주문화의 문물을 받아들이기 위해 이곳을 빼앗기지 않으려 했고, 중국인들은 동서교역의 루트를 차지하기 위해 이곳을 빼앗길 수 없었다.

돈황과 서역의 역사지리

역사지리의 입장에서 보면 신강위구르자치구는 중국 본토와는 전혀 성격이 다르다. 투르크계 여러 민족의 고향이다. 그래서 한때 중앙아시아를 '서(西)투르키스탄', 신강위구르자치구를 '동(東)투르키스탄'이라고 불렀다. 이곳이 마지막으로 중국 영토로 편입된 것은 청나라 때이고 그전에는 이 땅의 원주민 격인 월지, 흉노, 돌궐(투르크), 강(羌), 위구르, 탕구트(서하) 등 여러 유목민들의 왕국 혹은 제국이 중원의 역대 국가와 대결했다. 이들은 유목생활을 영위하는 유목국가였고, 중국은 농경생활에 기반을 둔 정주(定住)국가였다.

유목민족은 목초지를 확보하고 정주문화의 문물을 받아들이기 위해 이곳을 빼앗기지 않으려 했고, 중국인들은 유목민들의 침입을 제어하고 동서교역의 루트를 차지하기 위해 이곳을 빼앗길 수 없었다. 중국 본토가 분열되어 있을 때는 유목 국가들 차지였으나 통일 제국인 한나라·당나라는 이들을 서쪽으로 북쪽으로 밀어내고 지배했다. 송나라·명나라 때는 다시 유목국가들의 영토가 되었으나 결국 청나라의 영토 팽창 정책에 따라 이들은 다시 서쪽으로 밀려났다. 이후 서투르키스탄의 민족들은 19세기 러시아의 남하정책으로 소련의 지배를 받다가 소비에트 연방의 해체 이후 오늘날은 우즈베키스탄, 카자흐스탄, 키르기스스탄, 타지키스탄, 투르크메니스탄, 아프가니스탄 등 '스탄' 자가 붙어 있는 중앙아시아의 여러 나라로 나뉘었다. '스탄'이란 땅이라는 뜻이다. 그리고 중국 영토에 남아 있는 이들의 후예들은 자치구 또는 자치주를 이루며 중국 땅에서 조상들의 삶의 방식을 이어가고 있다. 그리하여 오늘날 중국은 90퍼센트의 한족과 10퍼센트의 55개 소수민족으로 이루어진 다민족국가가 되었다.

돈황과 서역의 인문지리

호기심과 방랑기를 가진 동물인 인간은 2천 년 전부터 타클라마칸 사막을 뚫고 기어이 동서교역의 길을 열었다. 타고난 장사꾼인 소그드의 대상(隊商)들은 페르시아부터 낙타에 진귀한 물건을 싣고 중국으로 와 비단으로 바꾸어 다시 실크로드를 건너 로마까지 죽음을 무릅쓰고 교역했다. 로마에선 비단과 금을 똑같은 무게로 거래했고, 중국에선 금이면 무엇이든 살 수 있었다. 중국인들에게는 그들이 더없이 귀하게 여기는 호탄의 옥을 팔았다. 죽음을 담보로 한 이익은 막대했다.

대상들이 다니던 이 길을 통하여 인도와 중국의 승려가 오가며 불교가 중국에 전해졌다. 에드윈 라이샤워는 그의 저서 『동아시아』(*East Asia*, 1960)에서 이렇게 말했다.

3세기부터 8세기에 이르기까지 인도로 가는 길고 위험한 여행을 시도한 동아시아 승려들 가운데 약 200명의 이름이 알려져 있는데 그중 9명이 한국인이었다.

여기에서 우리는 인간의 힘은 총칼보다도 돈(자본)과 신앙(종교)에서 더 강력하게 발현된다는 사실을 새삼 깨닫게 된다. 서역과 중국을 연결하는 관문이 바로 양관과 옥문관이었다.

타클라마칸사막을 우회하는 실크로드엔 서역남로와 서역북로가 있다. 양관을 통하여 나아가는 서역남로는 곤륜산맥의 오아시스 도시인 누란과 호탄을 거쳐 카스에 이르는 길이다. 옥문관을 통하여 나아가는 서역북로는 천산산맥을 따라가는 길로 투르판에서 두 갈래로 나뉘어 천산남로는 쿠얼러와 쿠차를 지나 카슈가르에 이르고, 북쪽으로 나아가는 천산북로는 우루무치를 지나 타슈켄트·사마르칸트로 나아가는 초원의 길이다. 강인욱 교수의 지적대로 실크로드는 선이 아니라 오아시스 도시를 잇는 점을 말한다. 이런 지리적 위치에 양관과 옥문관이 있는 것이다. 어느 관문으로 나아가든 서역으로 가는 길은 험하고 멀었다. 그 옛날 현장법사는 옥문관을 나와 투르판에 이르는 과정을 다음과 같이 기술했다.

옥문관에서 서역으로 가는 현장법사

법사는 옥문관에서 석반타와 헤어진 뒤부터 다섯 봉화대를 향해 혈혈단신으로 사막을 건넜다. 오직 보이는 것이라고는 쌓여 있는 해골과 말의 분뇨뿐인 곳을 계속해서 걸어 앞으로 나아갔다. 그런데 얼마 뒤에 갑자기 사막이 꽉 찰 만큼 수백의 군대가 나타났다가 아지랑이 속에 사라졌다. 환영이었다.

80여 리를 지나 이윽고 제1봉에 도착하여 봉우리 서쪽에서 물을 발견하여 마시고 가죽 주머니에 물을 가득 채우려는데 갑자기 화살 하나가 날아와 무릎 가까이에 꽂혔다. 감시병에게 들킨 것이었다. 그래서 큰 소리로 "나는 중이오. 쏘지 마시오" 하고는 말을 끌고 봉화대로 다가가니 감시병은 교위(校尉)인 왕상(王祥)을 만나게 했다.

왕상이 횃불을 비추어 보며 여행의 목적을 꼬치꼬치 묻기에 현장이 "교위께서는 '현장이라는 승려가 바라문국으로 법을 구하러 간다'라고 하는 말을 들어본 적이 없습니까?" 하자 교위는 그가 현장법사임을 확인하고서 이렇게 말했다.

"서역으로 가는 길은 험하고 멉니다. 법사께서는 결코 거기에 이르지 못할 것입니다. 그리고 지금 법사의 죄도 또한 봐드릴 수가 없습니다. 나는 돈황 사람이니 법사를 돈황으로 보내드리겠습니다. 그곳에는 장교(張皎)라는 법사가 있는데, 현인을 흠모하고 덕을 숭상하는 분이라 법사를 뵙게 되면 반드시 기뻐할 것입니다. 그곳으로 가시기 바랍니다."

이에 현장이 말했다.

"나는 서방으로 가서 불법을 구하기로 맹세하였소. 굳이 나를 만류하고자 한다면 차라리 형벌을 내리시오. 나는 절대로 한발자국도 동쪽으로 옮겨놓지 않겠소."

왕상은 이 말을 듣고는 안타깝다는 듯이 말했다.

"저는 다행히 법사님을 만나 기쁨을 금할 길이 없습니다만 그렇다면 할 수 없지요. 법사께서는 피로하실 테니 날이 밝을 때까지 누워서 쉬십시오. 길을 가르쳐드리겠습니다."

그러고는 자리를 펴고 법사를 편히 쉬게 했다. 새벽이 되어 법사가 식사를 마치자 왕상은 사람을 시켜 물과 미숫가루와 빵을 준비하게 하여 직접 10여 리 길을 전송하고는 말했다.

"법사께서는 이 길을 따라 곧장 제4봉으로 가십시오. 그곳에 있

| **한나라 시대 봉수대** | 장성에는 10리마다 큰 돈대, 5리마다 작은 돈대를 세웠다고 하는데, 지금도 곳곳에는 봉수대 자취가 남아 있다. 현장법사가 찾아 헤맸던 봉화대를 떠올려볼 수 있다.

는 사람은 심성이 착합니다. 그리고 저의 친족이기도 합니다. 성은 왕이고 이름은 백롱(伯隴)이라 합니다. 도착하시거든 제가 보냈다고 말씀하십시오.”

왕상은 눈물을 흘리며 법사에게 절을 했고 둘은 헤어졌다. 이리하여 제4봉에 이르렀는데 이번에도 화살이 날아왔다. 그래서 다시 지난번처럼 큰 소리로 외치며 황급히 봉화대를 향해 걸어갔다.

“나는 천축으로 가기 위해서 여기를 거쳐 지나게 되었고 제1봉의 왕상 교위가 이곳으로 가라고 하여 들렀소."

그러자 그곳 교위는 법사를 유숙하게 해주었을 뿐만 아니라 커다란 가죽 주머니와 말을 먹일 보리까지 주고 배웅하면서 말했다.

"법사께서는 제5봉으로 가서는 안 됩니다. 그곳에 있는 사람은 성품이 거칠어서 딴 생각을 품을까 두렵습니다. 여기에서 100리 정도를 가시면 야마천(野馬泉)이 있습니다. 거기서 물을 구하도록 하십시오."

모래 바다를 건너며

거기부터는 바로 막하연적(莫賀延磧, 사막)으로 길이가 800여 리이며 옛날에는 사하(沙河)라고 불렀던 곳이 이어졌다. 하늘에는 새 한 마리 날지 않고 땅에는 달리는 짐승도 없으며 물도 초목도 없는 곳이었다. 바이두 백과에 의하면 막하연적은 오늘날 안서와 하미 사이에 있는 유명한 갈순(噶顺)고비로 지형이 아주 복잡하고, 연간 강수량이 30밀리미터 이하로 기후가 극단적으로 건조하여 풀 한 포기 없어 모험가에게는 천당이라고 했다.

이때부터는 사방을 돌아보아도 그림자라고는 오직 법사 하나뿐이었다. 법사는 『반야심경』을 독송하며 앞으로 나아갔다. 그러나 100여 리를 가다가 그만 길을 잃고 말았다. 목이 말라 물을 마시려고 주머니를 내리는데 주머니가 무거워 물을 엎지르고 말았다. 1천 리를 가는

| **현장이 걸었던 막하연적** | 막하연적은 오늘날 안서와 하미 사이에 있는 갈순고비로 지형이 아주 복잡하고 기후가 극단적으로 건조하여 풀 한 포기 없다고 한다. 답사객들이 현장법사가 간 사막길을 체험하고 있다.

동안 마실 물을 그만 한꺼번에 다 쏟아버린 것이다. 게다가 길을 잃어 맴돌기만 할 뿐 가야 할 방향을 알 수가 없었다.

제4봉으로 되돌아가기를 결심하고 동쪽으로 발길을 돌려 10여 리쯤 왔을 때 다시 생각했다. 차라리 서쪽으로 가다가 죽을지언정 어찌 동쪽으로 되돌아가서 살기를 바라겠는가? 이에 현장법사는 말고삐를 되돌려 다시 서북쪽으로 나아갔다.

사방을 돌아보니 망망한 사막일 뿐 인적도 없고, 하늘을 나는 새의 자취도 완전히 끊어졌다. 밤이면 무성한 별빛이 찬란하기가 마치 요사스러운 도깨비의 불빛 같았고, 낮이면 거센 바람이 모래를 휘몰아 흩뜨리는 것이 마치 소나기가 쏟아지는 것 같았다. 4일 밤, 5일 낮 동안 입에 물 한 방울도 적시지 못한 법사는 목구멍과 배가 바싹바싹 타 들어가고 있었다. 결국 거의 절명 상태로 더 이상은 나아갈 수가 없게 되어 마침내 모래 위에 누워 사경을 헤매게 되었다.

5일째 밤, 갑자기 어디선가 서늘한 바람이 몸에 닿아 찬물에 목욕이나 한 듯이 상쾌해졌다. 눈이 번쩍 뜨이고 말도 거뜬히 일어섰다. 다시 일어나 한 10리쯤 갔는데 말이 갑자기 다른 길로 들어섰다. 아무리 제지해도 말은 돌아서지 않았다. 할 수 없이 말이 가는 대로 몇 리를 더 가니 갑자기 몇 이랑이나 되는 푸른 초원이 나타났다. 말에게 풀을 실컷 뜯게 한 뒤 초원을 한 바퀴 돌아보다가 거울처럼 맑고 깨끗한 못물을 발견했다. 옥문관에서 서역 노인과 바꾸어 탄 늙고 야윈 말이 30번 이곳을 오간 동물적 감각으로 샘물을 찾아낸 것이었다. 그 샘물로 법사와 말은 다시 생기를 찾을 수 있었다. 다음 날 물을 가득 담고 말에게 먹일 풀도 뜯어 출발했다. 다시 이틀이 지나서야 비로소 유사(流沙)를 빠져나와 이오(伊吾, 현 하미)에 이르렀다.

이오에 이르러서 법사는 어떤 절에서 묵게 되었다. 이때 고창국(高昌國)의 왕 국문태(麴文泰)가 숙사(宿舍)를 마련하고 대신들을 시켜 법사를 모셔오도록 했다. 이리하여 현장법사는 고창국으로 가게 되었다. 그다음 현장법사 이야기 제3막은 투르판의 고창고성에서 이어가게 된다.

한나라 장성과 옥문관

옥문관과 양관은 한무제가 흉노를 서역으로 내쫓고 하서주랑을 확보한 뒤 무위·장액·주천·돈황에 하서사군을 설치한 기원전 111년에 장성을 이곳까지 연장하면서 세운 두 관문이다. 동북아역사재단에서 펴낸『중국 역대 장성의 연구』(2014)에 실린 송진 연구원의「한 장성의 존재 형태와 그 특징」에 의하면 진나라·명나라의 장성은 약 5천 킬로미터지만 한대 장성은 약 1만 킬로미터에 달한다. 이때 하서사군에 축조된 장성만도 무려 1천 킬로미터에 달한다.

하서사군의 장성은 난주의 영등현(永登縣)에서 시작하여 주천·가욕관·안서를 거쳐 소륵하(疎勒河)를 서쪽에 두고 돈황의 옥문관에 이르며 여기에서 염호(鹽湖) 쪽으로 더 이어졌는데 그중 약 11킬로미터가 그대로 남아 있다. 이것이 옥문관에서 5킬로미터 떨어져 있는 한장성(漢長城)이다. 그래서 학자들은 이 한대 장성을 소륵하 장성이라고 부르기도 한다. 장성에는 10리마다 큰 돈대, 5리마다 작은 돈대를 세웠다고 하는데 지금도 곳곳에는 봉수대 자취가 남아 있고 어떤 곳에서는 봉화를 올리는 데 사용했던 땔나무가 그대로 쌓여 있는 적신(積薪)더미도 남아 있다.

한나라 때 이곳에 쌓은 장성은 참호가 아니라 토성이었다. 모래를 굳게 다진 다음 풀과 나무를 사이사이에 넣어 몇 겹으로 만든 굳건한 판축이어서 오늘날까지 이처럼 잘 남아 있는 것이다. 한나라 때는 이 장성을 새(塞)라고 했고 장성 바깥을 새외(塞外)라고 불렀고 옥문관을 넘어 밖으로 나가는 것을 출새(出塞)한다 말했다. 여기에서 변방의 노래를 변새시(邊塞詩)라 하고 왕창령(王昌齡)의「새하곡(塞下曲)」같은 명시가 나왔다.

| 한장성 | 한나라 장성은 석성이 아니라 토성이었다. 한나라 때는 이 장성을 새(塞)라고 했다.

말에게 물 먹이고 가을 강을 건너는데　　　飮馬渡秋水

물은 차고 바람은 칼날 같다　　　　　　　水寒風似刀

사막엔 해가 아직 지지 않았는데　　　　　平沙日未沒

어둑어둑 어둠이 몰려오네　　　　　　　　黯黯見臨洮

옛날 만리장성 싸움에서　　　　　　　　　昔日長城戰

의기 높았다고 모두 말하지만　　　　　　咸言意氣高

누런 먼지 예나 지금이나 가득하고　　　　黃塵足今古

백골만 쑥대 속에 어지럽네　　　　　　　白骨亂蓬蒿

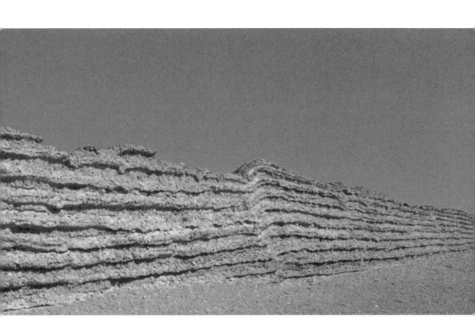

　그리고 새외로 나아가는 두 관문이 옥문관과 양관이다. 옥문관은 이곳을 통하여 옥이 들어왔다고 해서 얻은 이름이고 양관은 옥문관 남쪽에 있어서 볕 양(陽)자가 붙여졌다고 한다. 세월이 지나면서 토성으로 쌓은 한나라 장성이 무너지고 옥문관과 양관은 문루를 잃고 폐허로 남아 완전히 잊혀져 있던 이곳을 20세기 들어와 처음 확인한 사람은 영국의 탐험가 오렐 스타인이었다.

　오렐 스타인이 누란과 로프노르의 유적지를 탐사하고 돈황으로 와서 장경동의 문서를 가져갈 때 먼저 이곳 장성을 발굴하면서 500매의

| 하창성 | 옥문관에서 15킬로미터 떨어진 곳에 있는 군사기지 터인 하창성은 군량을 보관했던 곳이다. 옥문관의 성채보다 훨씬 크기 때문에 사람들은 옥문관을 소방반성, 하창성을 대방반성이라 부르고 있다.

목간(木簡)을 수습하여 이 문자 기록으로 장성이 한대의 것임을 밝혀낸 것이다. 이후 1930년에 서북과학고사단(西北科學考査團)이 850매를 더 발견했고 1973년에는 감숙성 거연(居延)고고대에서 무려 1만 점이 넘는 목간(1만 1,577매)을 발견함으로써 문루가 사라져 사막 위에 덩그러니 남아 있는 네모나고 육중한 축조물이 옥문관의 몸체였음을 명확히 알 수 있게 되었다.

이와 아울러 옥문관에서 15킬로미터 떨어진 곳에서는 하창성(河倉城)이라는 군사기지 터가 발견되었다. 하창성은 군량을 보관했던 곳으로 그 남은 자취를 보면 동서 132미터, 남북 17미터의 장방형 건물

로 높이 6미터 내지 7미터의 벽체들이 소륵하를 내다보고 있다. 여기서도 많은 목간이 발견되어 이 모든 것이 한나라 때 유적임을 문자 기록으로 확인하게 된 것이다. 이 하창성의 폐허는 옥문관의 성채보다 훨씬 크기 때문에 언제부터인지 사람들은 옥문관을 소방반성(小方盤城), 하창성을 대방반성(大方盤城)이라 부르고 있다.

옥문관과 '말의 미로' 전설

옥문관의 이름에 대해서는 기록에 전하는 것이 없다. 그래서 다만 이곳을 통하여 호탄의 옥이 들어왔기 때문에 붙여진 이름으로 생각되고 있다. 호탄의 옥은 예나 지금이나 최고로 친다. 그래서 호탄의 옥은 이 지방의 한자 이름을 따 화씨옥(和氏玉)이라는 이름을 갖고 있다. 그러나 옥이 꼭 옥문관으로만 들어온 것은 아니었다. 호탄은 서역남로의 도시이기 때문에 화씨옥이 들어오기는 양관이 더 가깝고 편했을 것이다. 그래서 이 관문에 옥문관이라는 이름이 붙은 데에는 여러 전설이 따로 전한다. 옥의 기운으로 병난 낙타를 치유하기 위해 문루에 옥을 박았다는 낙타 치유설이 있고, 또 재미있고 그럴듯한 '말의 미로' 설도 있다.

서쪽에서 옥문관으로 오자면 '말의 미로'라는 곳을 통과해야 한다. 이곳의 지형은 매우 복잡했다고 하는데 어쩌면 옥문관 서북쪽 소륵하 하류에 있는 아단지모(雅丹地貌)를 말하는 것인지도 모른다. 아단지모는 오랜 세월을 두고 홍수가 날 때마다 소륵하가 넘치면서 쌓인 진흙이 이리저리 깎이어 갖가지 형태의 점토층 무더기로 나뉜 지역이다. 유림굴의 협곡에 유림하가 생긴 것과 반대 현상이 일어난 곳이다. 그리하여 아단지모에는 오만 가지 형태의 점토무더기가 늘어서 있는데 그 면적이 350여 제곱킬로미터에 달하여 오늘날 중국의 국가지질 공원으로 지정되어 있다. 돈황에서 180킬로미터, 옥문관에서 100킬로미터 서북쪽에 있다.

옛날에 호탄의 옥을 중국에 팔러 오는 대상들은 옥문관으로 오기 위해서 이곳을 통과해야 했는데 더위를 피해 밤에 이동했기 때문에 여기만 오면 말들이 길을 잃곤 했다. 그래서 '말의 미로'라는 이름이 생겼다. 한번은 길을 헤매던 젊은 대상 앞에 기러기 한 마리가 떨어져

| **아단지모** | 아단지모는 오랜 세월을 두고 홍수가 날 때마다 소륵하가 넘치면서 쌓인 진흙이 이리저리 깎여 갖가지 형태의 점토층 무더기로 나뉜 지역이다. 서쪽에서 옥문관으로 올 때 통과해야 했다는 복잡한 지형인 '말의 미로' 전설은 이곳에 대한 것일지 모른다.

꾸르륵거리자 젊은이는 이 울음소리를 먹이를 달라는 소리로 알고 자기의 식량과 물을 나눠주었다. 기러기는 배불리 먹고는 하늘로 날아올라 대상들에게 길을 인도하여 무사히 옥문관에 도착했다.

이후 젊은 대상은 이 기러기와 친해져 소리를 알아듣게 되었다. 그러던 어느날 말의 미로에서 방향을 잃었을 때 그 기러기가 날아오더니 길을 인도하지는 않고 구르릉거리기만 했다. 젊은이가 그 소리를 가만히 들어보니 '소방반성 위에 야광옥을 박으라'는 것이었다. 대장에게 이 이야기를 전하자 대장은 야광옥 한 조각이 은화 몇 천 냥은 한다며 승낙하지 않았다.

그러나 결국 대상들은 길을 잃고, 입이 마르고 목이 타서 한걸음도 나아가지 못할 지경이 되자 대장은 무릎을 꿇고 기러기에게 잘못했다고 빌고 젊은이의 말대로 소방반성 위에 야광옥을 박아두었다고 한다. 그런 다음엔 야광옥의 빛을 보고 길을 잡아 다시는 헤매지 않게 되었다고 전한다. 이후 이 소방반성을 옥문관이라고 불렀다는 것이 옥문관의 또 다른 유래다.

옥문관을 바라보며

돈황에서 옥문관까지는 약 100킬로미터, 오전에 본 막고굴의 감동이 채 가시기도 전에 점심을 가볍게 들고 옥문관을 향해 떠났다. 돈황 시내를 벗어나자 이내 황량하고 드넓은 고비사막이 펼쳐진다. 이제는 너무도 익숙한 풍광이어서 그러려니 할 뿐 별 무소감이다. 멀리 드문드문 보이던 사람 사는 자취마저 사라지고 옥문관을 알리는 도로 표지판이 나오고 나서 얼마만큼 더 가니 드넓은 평원에 텅 빈 주차장이 나왔다. 손님이라곤 우리뿐이었다.

주차장 한쪽의 빈터엔 메마른 풀들이 성글게 자라 있고 들어가지 못하게 줄로 울타리를 세워두었다. 관람로를 따라 옆으로 돌아나오니 저 멀리 발아래로 지붕이 낮은 제법 큰 건물로 인도하는 콘크리트 데크가 'ㄴ'자로 꺾여 있다. 옥문관 전시관으로, 최대한 유적지 환경을 건드리지 않고 관람객을 인도한 뒤 전시물을 통하여 이곳의 내력을 안내한 다음 건물 반대편으로 나가 옥문관으로 가도록 동선을 유도하고 있다. 참으로 수준 높은 유적지 관리 방식이었다. 우리는 전시관은

| **옥문관 관람로** | 옥문관 전시관을 지나면 멀리 옥문관의 육중한 성채가 눈에 들어온다. 아주 듬직하고 당당해 보였다. 우리의 발길은 말없이 그쪽으로 향했다.

나중에 볼 요량으로 먼저 옥문관으로 향했다.

전시관 밖으로 나오자 저 멀리 옥문관의 육중한 성채가 보였다. 옥문관 성채까지는 800미터 떨어져 있었다. 우리 앞쪽으로는 고비의 거친 흙더미에 낙타풀, 홍유가 무리지어 바람에 한껏 움츠리고 있고 그너머로 사다리꼴 모양의 성채가 언덕 위에 반듯하게 놓여 있다. 소방반성이라는 말과 달리 아주 큼직하고 당당해 보였다. 옥문관의 성채는 동서 24.5미터, 남북 26.4미터, 현재 남아 있는 높이는 10여 미터로 면적은 약 200평(633제곱미터)이다. 성벽의 두께는 평균해서 아래쪽은 5미터, 위쪽은 4미터이다. 일행은 모두 침묵으로 한참 동안 옥문관을

| **옥문관** | 고비사막의 거친 흙더미에 낙타풀, 홍유가 무리지어 바람에 한껏 움츠리고 있고 그 너머로 사다리
꼴 모양의 옥문관 성채가 언덕 위에 반듯하게 놓여 있다.

바라보고는 제각각 그곳을 향해 발길을 옮겼다. 아마도 순간 일어났
던 감동을 속으로 새기고 있는 듯했다. 이윽고 화가 임옥상이 참지 못
하고 한마디 던졌다.

"아, 실로 장대한 입체작품이다. 내가 진짜 하고 싶은 작품이 바
로 저런 것이었다. 대자연에 바치는 경건한 마음을 흙, 흙, 흙으로
빚어낸 대지의 예술."

옥문관 성채에는 남쪽과 서쪽에 문이 있었다. 남문은 누란으로 가는 길과 연결되고 서문은 하미를 향해 열려 있다. 우리는 남문으로 들어가 서문으로 나와 멀찍이 모래 언덕에 마련된 전망대로 향해 걸었다.

소륵하 너머 타클라마칸사막

전망대로 오르니 타클라마칸사막의 지평선이 가물거린다. 과연 서역은 광대한 사막이로다. 멀리 내다보면 눈에 보이는 것이라고는 누런 사막의 낮은 구릉뿐인데 발아래로는 메마른 소륵하 물줄기에 외가닥으로 남은 얼음장에 잔설이 덮여 하얀 광채를 발하고, 드넓은 하역에는 낙타풀이 무리지어 무성히 자라고 있다. 아, 이것이 그 유명한 소륵하구나!

소륵하는 감숙성 서북부 기련산맥에서 발원하여 타클라마칸사막으로 흘러드는 전장 580킬로미터의 내륙 하천으로, 로프노르 호수로 흘러든다. 하서주랑 서쪽 끝 안서와 돈황을 거치는 동안 10개의 지류를 갖고 있어 수량이 풍부하다. '소륵'은 몽골어로 물이 많다는 뜻이다. 우리가 답사 중 만난 안서의 유림하, 돈황의 당하도 소륵하의 지류이다. 그래서 '높고 높은 만년설의 기련산, 쿵쿵거리며 흐르는 소륵하'라고 해서 '외외기련설(巍巍祁連雪) 곤곤소륵하(滾滾疏勒河)'라는 시구가 있다.

날이 서서히 저물면서 찬바람이 몰아쳤다. 일행은 너나없이 외투에 달린 모자를 둘러쓰고 말없이 소륵하 너머 타클라마칸사막을 바라보며 망연히 상념에 사로잡힌 듯했다. 그러고는 뒤로 돌아 사막을 배경으로 삼삼오오 사진을 찍기 바쁘다. 김정헌 형은 나와 어깨를 맞대고 사진을 찍으면서 한마디 한다.

"아, 황량함이 주는 그 기세가 정말로 웅장하구먼. 대자연의 원단을 보는 것 같은 감동이 일어나네. 이런 풍광에서 화가가 할 수 있는 일이라곤 누런 물감을 풀어 헤치는 일밖에 없는데 어떻게 그림으로 이 감동을 담아낼 수 있을까."

춤꾼 이애주는 바람이 세차게 불자 내 팔짱을 끼고 사진을 찍으면서 말한다.

"아, 여기서 한판 춤을 추고 싶다. 온몸으로 웅장한 대자연에 경의를 표하는 춤을 추고 싶네, 옛날에 에밀레종 소리에 맞추어 춤을 추고, 6월항쟁 때 아스팔트 위에서 썽풀이춤을 출 때처럼, 있는 그대로의 광대한 사막을 무대로 해서 추면 멋진 춤이 될 것 같네. 바람 부는 것 좀 봐. 그냥 서서 이 바람을 이리 막고 저리 막고 하면 저절로 춤사위가 될 것 같아."

전망대에서 내려와 다시 옥문관 서문 쪽으로 향하자니 우리 혜초 스님이 저 사막을 넘어 옥문관으로 들어오고, 현장법사가 이 문을 통과하여 다섯 봉화대를 찾아헤매던 얘기가 떠오르면서 그분들의 용기와 구도의 자세에 다시 한번 경의를 표하게 된다.

옥문관을 나와 주차장으로 서서히 관람로를 따라 발을 옮기니 바람 소리밖에 들리지 않던 허공에 은은한 음악이 흘러나온다. 그러자 김 정헌 형이 소리꾼 임진택에게 말을 걸었다.

"아까부터 내가 지나가기만 하면 이렇게 음악 소리가 나오네. 스 피커가 보이지 않는데도 어디서 내가 온 걸 알고 환영하는 걸까?"

"형은 화가니까 막고굴 제16굴에서 공양상들의 머리 광배를 정

| **옥문관 소륵하** | 소륵하는 기련산맥에서 발원하여 타클라마칸사막으로 흘러드는 내륙 하천이다. 지류가 많아서 수량이 풍부하고, 사막 한가운데를 흐르는 모습이 아주 조용하기만 하다.

확히 원으로 그리기 위해 컴퍼스를 대고 그린 구멍을 찾아냈지만 나는 소리꾼이라 이 소리의 내력을 알아요. 지금 인도 한쪽에 보면 싸리 뭉텅이 같은 것이 듬성듬성 놓여 있는 것이 보이지요. 저 속에 스피커와 센서가 감춰져 있는 거예요."

옥문관의 관람 시설은 이처럼 디테일까지 섬세하게 잘 관리되고 있었다. 다시 전시관 안으로 들어오니 전시관 로비에 여기에서 나온 무수한 목간의 복제품을 확대하여 천장에 주렁주렁 매달아놓은 것이 장관이었다. 전시장 안으로 들어가니 옥문관의 기본 설명 패널과 함께 여기서 출토된 화살, 검, 칼, 화폐, 비단, 마포, 인장, 나무 빗, 철제 농구 등 생활용품과 함께 목간이 여럿 전시되어 있었다. 자세히 보고 싶었지만 가이드가 양관을 가려면 여기서 4시에는 떠나야 하니 어서 밖으로 나오라고 재촉했다. 서운했지만 문 닫기 전에 양관을 보아야 한다기에 얼른 나와 주차장으로 내달렸다.

양관 유감

옥문관에서 양관까지는 1시간 거리였다. 그런데 중국의 유적지는 대개 4시 반이면 여지없이 문을 닫는다. 그러나 우리 가이드가 그곳 관리인을 잘 알고 있어서 5시까지 기다려달라고 부탁했단다. 그리하여 우리는 예정대로 양관을 향해 떠났다. 우리의 버스가 다시 황량한 사막을 가로질러 달리는데 해가 지면서 지평선이 어둠에 덮여가고 있었다.

상황이 이런 것이었으면 양관에 가지 말고 옥문관에서 바로 15킬로미터 떨어져 있는 환상적인 풍광의 '대방반성'이라는 하창성(河倉城)을 답사하는 것이 훨씬 좋을 수 있다는 생각도 들었다. 그럼에도 불구하고 나는 양관에 꼭 가봐야 한다고 생각했다. 다만 날이 점점 어두워져 걱정이었다. 곁에서 나의 불안한 기색을 보았는지 가이드가 말한다.

"양관에 들어가보았자 후회할 겁니다. 이 앞에 있는 건물은 모두 요새 지은 것이고 양관박물관에는 볼 것이 없으며 장건의 기마상과 '서출양관 무고인'을 읊은 왕유의 상이 있는데 유교수님이 보면 또

한마디 하지 않을 수 없게 생겼어요. 그리고 영화 세트장으로 돈황성을 만든 게 있고 곳곳에 회랑이니, 정자니, 뭐니 하는 설치물들이 있는데 복잡하기만 합니다."

오죽했으면 중국 여행 소개 사이트에서 특별한 관심이 아니라면 가지 않는 것이 좋다고 권했을까. 2014년 유네스코 제38차 세계유산위원회에서 중국, 카자흐스탄, 키르기스스탄 3국이 공동으로 실크로드의 유적지 32곳을 일괄 지정할 때 옥문관은 당당히 등록되었으면서 양관은 제외된 것은 유적의 진정성과 관리 실태 때문이었다. 하지만 내가 양관으로 가면서 기대하는 것은 양관박물관이 아니라 봉수대에 올라가 서역을 바라보는 것이었다.

"그래도 언덕마루에 봉수대가 있으니까 가보려고 하는 것이죠."
"그런데 말입니다, 봉수대를 보기 위해서는 전기차나 낙타를 타고 가야 하는데 날이 어두워 불가능하고 가도 보이는 것이 없을 것 같아서 걱정이네요."

그러는 사이 우리의 버스는 5시 조금 지나 양관 주차장에 도착했다. 버스에서 내리자마자 가이드는 관리소로 달려갔고 나는 저 멀리 희미하게 보이는 봉수대를 향해 카메라 셔터를 누르고 또 눌렀다. 우리는 빠른 걸음으로 양관 유적지 대문 앞에서 가이드가 오기를 기다렸다. 대문 안으로 들여다보니 듣던 바대로 새로 지은 건물들이 양관 안

| **양관박물관** | 실크로드 세계문화유산 목록에서 양관은 빠져 있다. 유적의 진정성과 관리 실태 때문이었다. 입구부터 테마파크처럼 되어 있다.

쪽을 가로막고 있었다. 잠시 후 가이드가 와서 미안해하며 하는 말이 봉수대까지 가는 것은 불가능하단다. 우리는 양관박물관 대문 앞에서 단체사진만 찍고 떠나기로 했다. 아무 미련 없이.

누란을 그리며

사실 그때 내가 꼭 양관을 갔던 것은 양관 자체보다도 양관의 모래 언덕 높은 곳에 있는 봉수대에 올라 서쪽을 바라보며 사막 속에 묻혀 버린 전설 속의 오아시스 왕국 누란(樓蘭)을 그려보고 싶어서였다.

누란은 서역 36국의 하나로 양관을 떠나 곤륜산맥을 따라가는 실크로드 서역남로의 첫 번째 오아시스 왕국이었다. 로프노르 호수를

| **양관 봉수대** | 오늘날 양관은 빈터로 남아 있고 오직 봉수대가 남아 있어 그 옛날을 말해주고 있다.

생명수로 삼아 2만 명이 넘지 않는 인구가 오순도순 살아가던 이 작은 왕국은 흉노와 한나라 사이에서 이중으로 시달리다가 남쪽으로 천도하여 나라 이름도 선선(鄯善)으로 바꾸었다. '붉은 수염 파란 눈'의 이 누란 사람들은 한때 강성하여 주변 오아시스 여럿을 합병하고 서역육국의 하나로 영토가 900킬로미터까지 뻗쳤으나 466년 북위에게 멸망하면서 역사 속에서 사라졌다. 나라만 망한 것이 아니라 그들이 살던 터전은 타클라마칸사막의 모래 속에 파묻혀버리고 7세기가 되면 누란 사람들은 어디론가 사라져버리고 자취를 감춘다. 그 이유는 아직

까지도 수수께끼로 남아 있다.

　그로부터 1,300년이 지나 20세기 문턱에 들어서면서 서구 제국주의 탐사대들이 이곳을 찾아와 모래 언덕에 호양나무 기둥이 줄지어 있는 옛터를 발견하면서 누란은 역사에 다시 등장했다. 그때 누란 사람들의 생명수였던 로프노르 호수는 바닥을 드러내고 있었다. 스벤 헤딘은 이 호수가 남쪽으로 이동했다가 1,500년 뒤에는 다시 제자리로 돌아오는 '방황하는 호수'라고 규명함으로써 누란은 더욱 신비한 곳으로 각인되었다.

| 양관 봉수대 | 양관의 봉수대 너머 서쪽으로는 전설의 왕국 누란으로 가는 실크로드의 서역남로가 열려 있다.

    그리고 1980년 누란 고성 북쪽에서 전신이 완벽하게 보존된 40대 여성 미라가 발견되었다. 이 아름다운 미라는 '누란의 미녀'로 불렸다. 그런데 측정 결과 무려 3,900년 전의 미라로 밝혀지면서 누란은 더욱 신비의 왕국이 되었다. 이 미라는 1984년 우리나라에서 방영된 NHK의 「실크로드」 3편에 생생히 소개되었다.

    역사가와 고고학자들은 누란의 실체를 밝히는 논저를 계속 발표했고 문필가들은 상상력을 발휘하여 누란에 다가갔다. 일찍이 일본의 역사소설가 이노우에 야스시는 기록에 의지하여 『누란』(1957)이라는 소설을 발표했다. 우리나라에서도 시인 김춘수는 『비에 젖은 달』

(1980)에서 누란을 두 편의 시로 읊었다. 그리고 작가 윤후명의 『둔황의 사랑』, 현기영의 『누란』은 내용과 관계없이 누란이라는 이름을 아련한 이미지로 사용했다. 누란은 그렇게 그리움으로 가득한 미지의 나라로 마치 보통명사화된 고유명사 같다.

그러나 오늘날 양관에서 누란으로 가는 사막공로는 없다. 굳이 가자면 돈황에서 일단 투르판으로 가서 타클라마칸사막을 가로질러 약강으로 해서 들어가야 한다. 행정구역도 신강위구르자치구 약강현이다. 버스로 가자면 4일 내지 5일은 족히 걸리는 거리다. 그런데 전하기로는 1964년 이후 이 지역은 중국의 지하 및 대기 핵폭발 실험장소로 이용되어왔기 때문에 특별허가를 받아야 한다고 한다. 그래서 나는 갈 수 없는 그 누란 왕국을 멀리서라도 바라보고 싶었던 것이다.

멀리 보이는 모래언덕 위 봉수대에는 노을이 짙게 내리고 있었다. 나는 머릿속에 누란을 그리며 황혼에 젖어드는 양관을 떠났다.

부록

답사 일정표
중국 역대 왕조·유목민족 연표
주요 인명·지명 표기 일람

이 책을 길잡이로 직접 답사하실 독자를 위하여 실제 현장답사를 토대로 작성한
일정표를 실었습니다. 시간표는 여러 여건에 따라 차이가 있을 수 있습니다. 이어서
본문의 이해를 돕기 위해 중국 역대 왕조와 유목민족 연표, 주요 인명과 지명의 표기
일람을 수록했습니다.

하서주랑·돈황·실크로드 8박 9일

2018년 6월 말 필자가 다녀온 답사 일정표

첫째날

09:15   인천국제공항 출발

11:45   서안함양국제공항 도착

12:00   중식

12:30   출발

17:30   천수(天水) 도착

18:30   석식

20:00   출발

20:30   천수 숙소 도착

둘째날

08:00   천수 숙소 출발

09:30   맥적산석굴

12:00   중식

13:00   출발

18:00   난주(蘭州) 도착

18:30   석식

19:40   출발

20:00   난주 숙소 도착

셋째날

08:00   난주 숙소 출발

09:30   유가협 댐·황하석림

12:00   중식

13:30   병령사석굴

18:00   석식

19:30   출발

21:40   난주역 도착

21:55   가욕관행 야간열차 탑승

넷째날

06:20   가욕관역 도착

06:30   조식

07:30   출발

08:00   가욕관·장성박물관

12:00   중식

13:00   출발

18:00   돈황(敦煌) 도착

18:30   사주야시장에서 석식

20:30   출발

21:00   돈황 숙소 도착

다섯째날

08:00   돈황 숙소 출발

08:15   돈황박물관·명사산·월아천

12:00   중식

13:00   막고굴

18:00   석식

19:30   출발

22:30   유원역 도착

23:00   투르판행 야간열차 탑승

여섯째날

06:00　선선역 도착

06:30　조식

07:30　출발

07:50　쿰타크사막

09:00　출발

10:30　투르판 도착

　　　　화염산

12:30　중식

13:30　베제클리크석굴·고창고성

15:30　출발

16:20　카레즈·소공탑·포도 농가

18:30　출발

19:20　석식

20:30　출발

21:00　투르판 숙소 도착

일곱째날

08:00　투르판 숙소 출발

10:00　염호

12:00　우루무치 도착

12:30　중식

13:30　출발

13:40　신강위구르박물관·

　　　　전통 위구르족 시장

17:30　석식

　　　　위구르족 공연 관람

19:30　출발

19:50　우루무치 숙소 도착

여덟째날

06:20　우루무치 숙소 출발

07:00　우루무치국제공항 도착

08:55　출발

12:10　서안함양국제공항 도착

12:30　중식

13:30　출발

14:30　병마용·홍문연 유적지·

　　　　회족거리

18:00　출발

18:40　서안 숙소 도착

19:00　석식

아홉째날

08:10　서안 숙소 출발

08:30　대안탑

09:40　출발

10:40　서안함양국제공항 도착

12:40　출발

16:50　인천국제공항 도착

돈황 4박 5일

2019년 1월 말 필자가 다녀온 답사 일정표

첫째날

09:15 인천국제공항 출발
11:45 서안함양국제공항 도착
12:40 중식
14:00 출발
18:50 가욕관공항 도착
19:15 출발
19:45 석식
20:45 출발
21:00 가욕관 숙소 도착

둘째날

08:00 가욕관 숙소 출발
12:00 과주현 도착, 중식
13:00 출발
13:40 안서 유림굴
16:00 출발
17:30 돈황 도착
18:00 석식
19:30 출발
19:40 돈황 숙소 도착

셋째날

08:30 막고굴(특굴 제45, 221, 275굴)
14:00 중식
15:00 옥문관
16:00 출발
17:00 양관
19:00 석식
20:30 돈황 숙소 도착

넷째날

09:00 돈황 숙소 출발
09:30 명사산·월아천·낙타 체험
13:00 중식
14:15 출발
14:50 돈황공항 도착
15:50 출발
18:10 서안함양국제공항 도착
19:00 출발
20:00 석식
21:40 종고루 광장·회족거리
22:40 출발
23:00 서안 숙소 도착

다섯째날

09:00 서안 숙소 출발
09:40 사로군조상
10:00 출발
10:50 서안함양국제공항 도착
12:40 출발
16:50 인천국제공항 도착

중국 역대 왕조·유목민족 연표

중국 역대 왕조			연도	유목민족		
하(夏) 기원전 2070~기원전 1600			기원전 2000			
상(商/은殷) 기원전 1600~기원전 1046			기원전 1500			
주(周)	서주(西周) 기원전 1046~기원전 771		기원전 1000			
	동주(東周) 기원전 771~ 기원전 256	춘추시대 기원전 770~기원전 403	기원전 500			[월지] 월지 기원전 3세기~ 기원전 176
		전국시대 기원전 403~기원전 221				
진(秦) 기원전 221~기원전 206				[흉노] 흉노제국 기원전 2세기~기원전 58		
한(漢)	전한(前漢) 기원전 202~8		1	서흉노 기원전 58~기원전 36	동흉노 기원전 58~기원전 31	
	신(新) 8~23			흉노제국(재통일) 기원전 31~46		
	후한(後漢) 23~220			북흉노 46~87	남흉노 48~216	
삼국(三國)시대	위(魏) 220~265 / 촉(蜀) 221~263 / 오(吳) 229~280		250			
서진(西晉) 265~316						
오호십육국(五胡十六國)시대* 304~420				[흉노·선비·저·갈·강] 오호십육국시대 304~420		[선비] 유연 4세기 전반~552
남북조(南北朝)시대* 420~589			500			
수(隋) 589~618				[돌궐(투르크)] 돌궐제국	동돌궐 552~630	
					서돌궐 583~657	
당(唐) 618~907			750	[토번(티베트)] 토번왕국 617~846	[위구르] 오르콘 위구르 제국 744~840	
오대십국(五代十國)시대* 907~979				천산 위구르 857~1209	하서 위구르 860~1028	

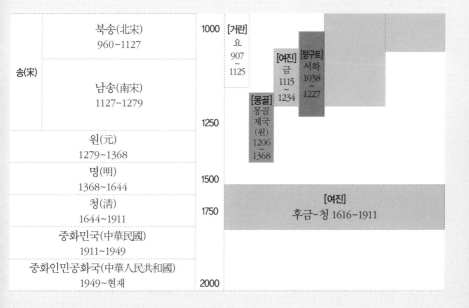

* 오호십육국(五胡十六國)시대의 국가들

  전조(前趙) 304~329 / 후조(後趙) 319~351 / 전진(前秦) 351~394 / 후진(後秦) 384~417
  서진(西秦) 385~431 / 성한(成漢) 304~347 / 하(夏) 407~431 / 전연(前燕) 337~370
  후연(後燕) 384~407 / 남연(南燕) 398~410 / 북연(北燕) 407~436 / 전량(前凉) 317~376
  후량(後凉) 386~403 / 남량(南凉) 397~414 / 북량(北凉) 397~439 / 서량(西凉) 400~421

* 남북조(南北朝)시대의 국가들

  북조 북위(北魏) 386~534 / 동위(東魏) 534~550 / 서위(西魏) 535~557 /
      북제(北齊) 550~577 / 북주(北周) 557~581
  남조 동진(東晉) 317~420 / 유송(劉宋) 420~479 / 남제(南齊) 479~502
      양(梁) 502~557 / 진(陣) 557~589

* 오대십국(五代十國)시대의 국가들

  오대 후량(後梁) 907~923 / 후당(後唐) 923~936 / 후진(後晉) 936~946
      후한(後漢) 947~951 / 후주(後周) 951~960
  십국 오(吳) 902~937 / 오월(吳越) 907~978 / 초(楚) 907~951 / 형남(荊南) 907~963
      민(閩) 909~945 / 전촉(前蜀) 903~925 / 후촉(後蜀) 934~965 / 남당(南唐) 937~975
      남한(南漢) 917~971 / 북한(北漢) 951~979

주요 인명·지명 표기 일람

아래의 일람에서 괄호 안에 한자 번체와 간체, 국립국어원 외래어 표기법에 따르는 중국어 표기, 필요한 경우에 한해 로마자 표기를 밝혀둔다.(편집자)

ㄱ

가욕관(嘉峪關, 嘉峪关, 자위관)
가흥(嘉興, 嘉兴, 자싱)
감숙성(甘肅省, 甘肃省, 간쑤성)
강소성(江蘇省, 江苏省, 장쑤성)
강택민(江澤民, 江泽民, 장쩌민)
개봉(開封, 开封, 카이펑)
계림(桂林, 구이린)
고일함(高一涵, 가오이한)
곤륜산맥(崑崙山脈, 昆仑山脉, 쿤룬산맥)
공상례(龔祥禮, 龚祥礼, 공샹리)
과주(瓜州, 과저우)
곽말약(郭沫若, 궈모뤄)
관산월(關山月, 关山月, 관산웨)
광동성(廣東省, 广东省, 광둥성)
기련산맥(祁連山脈, 祁连山脉, 치롄산맥)
기메, 에밀(Guimet, Émile É., 爾吉美·愛米, 尔吉美·爱米)
길림성(吉林省, 지린성)

ㄴ

나진옥(羅振玉, 罗振玉, 뤄전위)
낙양(洛陽, 洛阳, 뤄양)
난주(蘭州, 兰州, 란저우)
남경(南京, 난징)
내강(內江, 네이장)
농서(隴西, 陇西, 룽시)
누란(樓蘭, 楼兰, 러우란)
누에트, 샤를(Nouette, Charles., 努埃特·夏爾, 努埃特·夏尔)
니야(Niya, 尼雅, 니야)

ㄷ

단단윌릭(Dandan Oilik, 丹丹烏里克, 丹丹乌里克, 단단우리커)
단문걸(段文傑, 段文杰, 돤원제)
답실하(踏實河, 踏实河, 타스허)
대련(大連, 大连, 다롄)
대천하(大泉河, 다취안허)
돈황(敦煌, 둔황)

동정호(洞庭湖, 동팅후)
등소평(鄧小平, 邓小平, 덩샤오핑)

ㄹ

로프노르(Lop Nor, 羅布泊, 罗布泊)
르코크, 알베르트 폰(Lecoq, Albert von,.
　　勒柯剋·阿爾伯特·馮, 勒柯克·
　　阿尔伯特·冯)

ㅁ

막고굴(莫高窟, 모가오쿠)
막하연적(莫賀延磧, 莫贺延碛, 모허옌치)
맥적산(麥積山, 麦积山, 마이지산)
명사산(鳴沙山, 鸣沙山, 밍사산)
모택동(毛澤東, 毛泽东, 마오쩌둥)
무위(武威, 우웨이)
무한(武漢, 武汉, 우한)
미란(Miran, 米蘭, 米兰, 미란)
민풍(民豐, 民丰, 민펑)

ㅂ

번금시(樊錦詩, 樊锦诗, 판진스)
범진서(範振緒, 范振绪, 판전쉬)
베제클리크석굴(Bezeklik Caves,
　　柏孜剋里剋石窟, 柏孜克里克石窟,
　　바이쯔커리커석굴)
병령사(炳靈寺, 炳灵寺, 빙링쓰)
북경(北京, 베이징)

ㅅ

사나(沙娜, 사나)
사장혜(謝長慧, 谢长慧, 셰창후이)
산서성(山西省, 산시성)
삼위산(三危山, 싼웨이산)
상달(尚達, 尚达, 상다)
상서홍(常書鴻, 常书鸿, 창수훙)
상해(上海, 상하이)
샤반, 에두아르(Chavannes, Édouard E.,
　　沙畹·愛德華, 沙畹·爱德华)
서녕(西寧, 西宁, 시닝)
서비홍(徐悲鴻, 徐悲鸿, 쉬베이훙)
서안(西安, 시안)
석도(石濤, 石涛, 스타오)
석반타(石磐陀, 石盘陀, 스판퉈)
선선(鄯善, 산산)
섭창치(葉昌熾, 叶昌炽, 예창치)
소륵하(疏勒河, 수러허)
소주(蘇州, 苏州, 쑤저우)
쇄양진(鎖陽鎭, 锁阳镇, 쒀양전)
수협구석굴(水峽口石窟, 水峡水石窟
　　수이샤커우석굴)
숙북(肅北, 肃北, 쑤베이)
스타인, 마르크 오렐(Marc Aurel Stein,
　　斯坦因·馬爾剋·奧萊爾, 斯坦因·
　　马尔克·奥莱尔)
신강위구르자치구(新疆維吾爾自治區,
　　新疆维吾尔自治区, 신장웨이우얼
　　자치구)
신구촌(新溝村, 新沟村, 신거우춘)

신보덕(辛普德, 신푸더)

ㅇ

아극새(阿克塞, 아커싸이)
아단지모(雅丹地貌, 야단디마오)
안서(安西, 안시)
안양(安陽, 安阳, 안양)
야르칸드(Yarkand, 莎車, 莎车, 사처)
양관(陽關, 阳关, 양관)
양완군(楊宛君, 杨宛君, 양완쥔)
여순(旅順, 뤼순)
연안(延安, 옌안)
연변조선족자치주(延邊朝鮮族自治州,
　　延边朝鲜族自治州, 옌볜차오샨족
　　자치주)
오브루체프, 블라디미르(Obruchev,
　　Vladimir A., 奧佈魯切伏·弗拉迪米爾,
　　奥布鲁切夫·弗拉迪米尔)
오작인(吳作人, 吴作人, 우쭤어런)
옥문관(玉門關, 玉门关, 위먼관)
올덴부르크, 세르게이(Oldenburg,
　　Sergei F., 奧爾登堡·謝爾蓋, 奥尔登堡
　　·谢尔盖)
왕개이(王个簃, 왕거이)
왕국유(王國維, 王国维, 왕궈웨이)
왕신생(汪慎生, 왕선성)
왕원록(王圓籙, 王圆箓, 왕위안루)
왕자운(王子云, 왕쯔윈)
왕종한(汪宗澣, 汪宗浣, 왕쭝환)
요령성(遼寧省, 辽宁省, 랴오닝성)

용문석굴(龍門石窟, 龙门石窟, 룽먼석굴)
용정(龍井, 龙井, 룽징)
우루무치(Ürümqi, 烏魯木齊, 乌鲁木齐,
　　우루무치)
우우임(宇右任, 위유런)
운강석굴(雲崗石窟, 云冈石窟, 윈강석굴)
워너, 랭던(Warner, Langdon., 華爾納·
　　蘭登, 华尔纳·兰登)
월아천(月牙泉, 웨야취안)
유검화(俞劍華, 俞剑华, 위젠화)
유림굴(楡林窟, 위린쿠)
유옥하(劉玉霞, 刘玉霞, 류위샤)
유원(柳圓, 柳圆, 류위안)
유진보(劉進寶, 刘进宝, 류진바오)
유해속(劉海粟, 刘海粟, 류하이쑤)
이단청(李端淸, 리돤칭)
이승선(李承仙, 리청샨)
이정롱(李丁隴, 李丁陇, 리딩룽)
이찬정(李贊庭, 李赞庭, 리쟌팅)
이추군(李秋君, 리취쥔)

ㅈ

장가계(張家界, 장자졔)
장강삼협(長江三峽, 长江三峡, 창장싼샤)
장경동(藏經洞, 藏经洞, 짱징둥)
장대천(張大千, 张大千, 장다쳰)
장선자(張善子, 张善子, 장산쯔)
장심지(張心智, 张心智, 장신즈)
장액(張掖, 张掖, 장예)
장예모(張藝謀, 张艺谋, 장이머우)

장효완(蔣孝琬, 蔣孝琬, 장샤오완)

재란(載瀾, 载澜, 짜이란)

정동(廷棟, 廷栋, 팅둥)

정주(鄭州, 郑州, 정저우)

제백석(齊白石, 齐白石, 치바이스)

조성량(趙聲良, 赵声良, 짜오성량)

주은래(周恩來, 周恩来, 저우언라이)

주천(酒泉, 주취안)

준가르(Dzungar, 准噶爾, 准噶尔, 준가얼)

중경(重慶, 重庆, 충칭)

지춘홍(池春紅, 치춘훙)

진순신(陳舜臣, 陈舜臣, 천순천)

진연유(陳延儒, 陈延儒, 천옌루)

진지수(陳芝秀, 陈芝秀, 천즈슈)

집안(集安, 지안)

ㅊ

천산산맥(天山山脈, 天山山脉, 톈산산맥)

천복사(薦福寺, 荐福寺, 지엔푸쓰)

천수(天水, 톈수이)

청해성(青海省, 칭하이성)

체르첸(Cherchen, 且末, 체모)

ㅋ

카라코룸(Karakorum, 和林, 허린)

카라호토(Kara Khoto, 黑城, 헤이청)

카슈가르(Kashgar, 喀什, 카스)

쿠얼러(Korla, 庫爾勒, 库尔勒, 쿠얼러)

쿠차(Kucha, 庫車, 库车, 쿠처)

쿰투라석굴(Kumtura Caves, 庫木吐喇石窟, 库木吐喇石窟, 쿠무투라석굴)

키질석굴(Kizil Caves, 剋孜石窟, 克孜石窟, 커찌석굴)

ㅌ

타클라마칸사막(Taklamakan Desert, 塔剋拉瑪幹沙漠, 塔克拉玛干沙漠, 타커라마간사막)

탑이사(塔尔寺, 타얼쓰)

태양묘(太陽廟, 太阳庙, 타이양먀오)

톰슈크(Tumshuq, 圖木舒剋, 图木舒克, 투무수커)

투르판(Turfan, 吐魯番, 투루판)

티베트자치구(西藏自治區, 西藏自治区, 시짱자치구)

ㅍ

펠리오, 폴(Pelliot, Paul., 伯希和·保羅, 伯希和·保罗)

풍자개(豊子愷, 丰子恺, 펑쯔카이)

ㅎ

하남성(河南省, 허난성)

하미(Hami, 哈密, 하미)

하창성(河倉城, 河仓城, 허창청)

한협석굴(旱峽石窟, 旱淡石窟 한자석굴)

함곡관(函谷關, 函谷关, 한구관)

항주(杭州, 항저우)

해남도(海南島, 海南岛, 하이난다오)

호북성(湖北省, 후베이성)

호섬감(護陝甘, 护陕甘, 후산간)

호탄(Khotan, 和田, 허톈)

화산(華山, 华山, 화산)

황건중(黃健中, 황젠중)

황빈홍(黃賓虹, 黃宾虹, 황빈훙)

황산(黃山, 황산)

흑룡강성(黑龍江省, 黑龙江省,
　　헤이룽장성)

사진 제공

눌와 70, 75, 145, 286면
동아일보 228면
리우식 59, 269면
불교문화연구소 48, 102면
송재소 259면(가운데·왼쪽)
Aaron Gerschel 144면(오른쪽)
Fandorine1959 291면
Rex Coder 254면
Yoshi Canopus 67, 171면

본문 지도 / 김경진

유물 소장처

개인 소장 227, 231, 240면
국립제주박물관 118면
국립중앙박물관 180, 181면
대만 국립고궁박물원 215면
도쿄국립박물관 263면
돈황연구원 113면
막고굴 13, 25, 27, 30~31, 33, 34, 38, 39, 42, 44, 46~48, 73, 76, 79, 81, 82, 85,
    92~94, 97, 99~102, 111, 190, 257면
베를린 아시아예술박물관 124면
예르미타시 박물관 293면
유림굴 273~275, 277, 278, 280~285면
일본 대은사 70면
일본 서복사 75면
일본 천옥박고관 286면
중국미술관 236~239면
프랑스 국립 기메동양박물관 145면
프랑스 국립도서관 162면
하버드 미술박물관 28, 191, 194면

* 위 출처 외의 사진은 저자 유홍준이 촬영한 것이다.

나의 문화유산답사기

중국편 2 막고굴과 실크로드의 관문

오아시스 도시의 숙명

초판 1쇄 발행 2019년 4월 25일
초판 5쇄 발행 2023년 6월 21일

지은이 / 유홍준
펴낸이 / 강일우
책임편집 / 박주용 최지수 홍지연
디자인 / 디자인 비따 김지선 이차희
펴낸곳 / (주)창비
등록 / 1986년 8월 5일 제85호
주소 / 10881 경기도 파주시 회동길 184
전화 / 031-955-3333
팩시밀리 / 영업 031-955-3399 편집 031-955-3400
홈페이지 / www.changbi.com
전자우편 / nonfic@changbi.com

ⓒ 유홍준 2019
ISBN 978-89-364-7713-4 03800